中國古典文學基本叢書

中州集校注

第七册

〔金〕元好問 編
張靜 校注

中華書局

中州辛集第八

王都運擴一首 趙吏部伯成三首 梁録事仲新一首 盧待制元一首
太常卿石抹世勣一首 苑滑州中一首 趙禮部思文六首 李坊州芳一首
劉鄠縣昂三首 錦峰王仲元三首 盧宜陽洵一首 刁涇州白三首
劉户部光謙一首 毛提舉端卿一首 康司農錫一首 張户部德直一首
馮辰一首 王世昌二首 李宜陽過庭一首 田錫二首 張介一首
龐漢一首 宋景蕭二首 李警院天翼三首 張參議澄四首
劉神童微一首 郭宣道一首 張仲宜二首 胡汲一首 王修齡一首

邢内翰具瞻 一首

具瞻字嵓夫，遼西人〔一〕。天會二年進士。與吴、蔡爲文章友〔二〕。仕至翰林待制。

【注】

〔一〕遼西：古郡名，遼河以西的地區，今遼寧省的西部。

〔二〕吴蔡：吴激和蔡松年。金初著名文學家，《中州集》及《金史》有傳。

出塞〔一〕

樓外青山半夕陽，寒鴉翻墨點林霜〔二〕。平沙細草三千里，一笛西風人斷腸〔三〕。

【注】

〔一〕出塞：本爲漢樂府横吹曲名之一。古辭已佚，後人常以此曲描寫邊疆塞外生活與風光。

〔二〕「樓外」二句：用宋秦觀《滿庭芳》詞「斜陽外，寒鴉萬點」意。

〔三〕一笛西風：喻輕微的風聲。唐杜牧《題宣州開元寺水閣》：「深秋簾幕千家雨，落日樓臺一笛風。」

王太常繪 一首

繪字質夫，濟南人。天會二年進士〔一〕。《武陟道中》詩云：「梧葉重勝迎日露，蕎秧薄要護霜雲。」人頗稱之。仕至太常卿。有《注太白詩》行於世。

【注】

〔一〕天會二年進士：據王繪《大聖院記》：「昔在皇統九年，繪就試回，待榜之次，胸次芥蒂。一日先妣太君田氏謂繪曰：『昨暮夢自絡於張絲杆上，火起，方驚愕間，忽見南寺大聖，忻然而言：汝子今歲必了此吉徵也。』不數月，捷報登第。」見《金文最》卷二三。據此可知，王繪及第當在皇統九年，而非天會二年。

江天秋晚圖

萬頃波間踏浪兒〔一〕，瀟湘秋晚趁歸時〔二〕。四山紅葉風聲健，散入儂家欸乃詞〔三〕。

【注】

〔一〕踏浪兒：弄潮兒。蘇軾《讀孟郊詩》其二：「嫁與踏浪兒，不識離別苦。」

〔二〕趁：趕路。儂家：女子自稱。猶言奴家。

〔三〕欸乃詞：指棹歌。划船時所唱。宋陸游《寄周洪道參政》：「半生篷艇弄煙波，最愛三湘欸乃歌。」

王禮部競 一首

競字無競，安陽人〔一〕。宋末登科，仕國朝至禮部尚書，兼翰林學士承旨。年六十四，大定四年卒。無競善作大字，字或廣長丈餘，而結密如小楷，京都宮殿題牓皆其筆〔二〕。趙禮部以爲古今第一手〔三〕，唯党篆差可配耳〔四〕。一孫名道通，字彥深，今爲黃冠師〔五〕。

【注】

〔一〕安陽：金縣名，屬河北西路彰德府，今河南省安陽市。

〔二〕題牓：題寫匾額。

〔三〕趙禮部：趙秉文，官禮部尚書。

〔四〕党篆：党懷英，工書法，世稱「獨步金代」，尤長篆書。

〔五〕黃冠：道士之冠。亦借指道士。

奉使江左，讀同官蕭顯之西湖行記，因題其後〔一〕

雲煙濃淡費臨摹，行記看來即畫圖。雲夢不妨吞八九〔二〕，筆頭滴水了西湖。

【注】

〔一〕奉使江左：天德二年冬，王競以禮部侍郎、翰林待制兼太常丞，充賀宋正旦副使。《金史紀事本末》卷二七：「天德二年冬，金遣秘書監蕭頤、翰林待制王競賀正旦。」蕭顯之：蕭頤，字顯之。時爲秘書監兼左諫議大夫，任此次賀正旦使正奉大夫。行記：指記述旅行的文章。

〔二〕「雲夢」句：語出漢司馬相如《子虛賦》：「彷徨乎海外，吞若雲夢者八九於其胸中，曾不蔕芥。」宋秦觀《南都新亭行寄王子發》：「胸中雲夢吞八九，日解千牛節皆中。」雲夢：古大澤名，在今湖北、湖南間。

杜佺 一首

佺字真卿，武功人〔一〕。宋末有詩名於關中。兒時嘗作藥名詩，有「杜仲吾家好弟兄〔二〕，自然同姓又同名」之句，及以五言百韻上乾州通判馬涓〔三〕，涓大加賞異〔四〕。阜昌中登科〔五〕，涖官亦有聲〔六〕。馬嵬太真墓〔七〕，過客多題，其詩甚多。道陵詔録其詩〔八〕，得五百餘首，付詞臣第之〔九〕，真卿詩在高等。舊有《錦溪集》，亂後不復見矣。子師楊，亦能詩，尤工書翰。奉天楊焕然云然〔一〇〕。

【注】

〔一〕武功：宋金縣名，大定二十九年以避顯宗諱更名武亭，屬京兆府路乾州，今陝西省武功縣。

〔二〕杜仲：落葉喬木。葉互生，長橢圓狀卵形。春季開花，果實長橢圓狀。樹皮、葉子和果實可提取具有絶緣性的杜仲膠，樹皮可入藥。又名思仲、思仙、木棉等。明李時珍《本草綱目·木二·杜仲》：「杜仲色紫而潤，味甘微辛，其氣溫平。」

〔三〕乾州：金州名，屬京兆府路，今陝西省乾縣。

〔四〕賞異：贊賞稱異。

〔五〕阜昌：僞齊政權劉豫年號（一一三〇——一一三七）。天會八年，金朝建立傀儡政權，國號大齊，立叛宋降金的濟南知府劉豫爲大齊皇帝，年號爲阜昌。

〔六〕涖官：即任官。《禮記·曲禮上》：「班朝治軍，涖官行法，非禮威嚴不行。」孔穎達疏：「涖，臨也；官，謂卿、大夫、士各有職掌。」

〔七〕馬嵬：地名。在陝西省興平縣。唐安史之亂，玄宗奔蜀，途次馬嵬驛，衛兵殺楊國忠，玄宗被迫賜楊貴妃死，葬于馬嵬坡。太真：唐楊貴妃號。《舊唐書·后妃傳上·玄宗楊貴妃》：「時妃衣道士服，號曰『太真』。」

〔八〕道陵：金章宗。完顏璟，死葬道陵（今北京市房山區）。

〔九〕第：品第，評定。

〔一〇〕楊焕然：楊奂（一一八六——一二五五），字焕然，號紫陽，奉天（今陝西省乾縣）人，三赴廷試不第。癸巳之變後，微服北渡。元太宗時赴試東平，兩中賦論第一。授河南路徵收課税所長官兼廉訪史。云然：如此説。

馬嵬道中

垂柳陰陰水拍堤，春晴茅屋燕爭泥。海棠正好東風惡〔一〕，狼藉殘紅送馬蹄〔二〕。

【注】

〔一〕正好：正宜。惡：猛烈。

〔二〕狼藉：縱横散亂貌。殘紅：落花。宋釋惠洪《冷齋夜話》引《太真外傳》：「上皇登沉香亭，詔太真妃子。……妃子醉顔殘妝，鬢亂釵横，不能再拜。上皇笑曰：『豈是妃子醉，真海棠睡未足耳。』」（今本《太真外傳》佚此文）二句暗用此典，以海棠寓指貴妃，謂楊正是年輕貌美深受玄宗寵愛之際，卻遭遇時勢摧殘，殞命荒野。

邊轉運元勳　二首

元勳字輔臣，豐州人〔一〕，後遷雲中〔二〕。祖貫道，遼日狀元。輔臣天會十年進士，終於河間路轉運使〔三〕。與弟元鼎、元恕［闕］①。

【校】

①據《中州集》邊元鼎小傳，所闕内容應爲「俱有時名，號稱『三邊』」。

【注】

〔一〕豐州：金州名，屬西京路，治今内蒙古呼和浩特市東。

〔二〕雲中：金縣名，屬西京路大同府，今山西省大同市。

〔三〕河間路：指河北東路，其總管府在河間府，今河北省河間市。

望瀛臺春望〔一〕

晴雲如困柳如癡，丹杏開殘碧草齊。一派望瀛臺下水，暖風遲日浴鳧鷖〔二〕。

【注】

〔一〕望瀛臺：即瀛臺，在河間古城東南隅瀛海之畔，始建於唐代，相傳爲馮道讀書臺，臺高五丈，可登高覽望，其水光天色，爲舊時河間名勝八景之一。參清乾隆《河間縣誌》卷一《地輿志·古跡》。詩當作於任職河間時。

〔二〕遲日：指春日。語自《詩·豳風·七月》：「春日遲遲。」鳧鷖：鳧，野鴨。鷖：鷗的別名。唐韓愈《内朝賀歸呈同官》：「明庭集孔鸞，曷取於鳧鷖。」

七夕

高樓人散酒罇空，漫擬新文送五窮〔一〕。獨倚南窗夜岑寂〔二〕，一鈎涼月下疏桐。

【注】

〔一〕五窮：喻厄運。唐韓愈《送窮文》謂智窮、學窮、文窮、命窮和交窮是使人困厄不達的五個窮鬼，遂三揖而送之。

〔三〕岑寂：寂寞，孤獨冷清。

李寧州之翰 四首

字周卿，濟南人。宣和末擢第。人有勸參童貫，可以徑至館職者〔一〕，周卿謝絶之。國兵破洺州〔二〕，縛見元帥，誘之使降。語及君臣之際，辭情慷慨，自分一死〔三〕。帥憐之，遂被録用。後守寧州〔四〕，陷田侍郎穀黨籍〔五〕，除名，徙上京〔六〕，遇赦復官，終於東平倅〔七〕。有《漆園集》行於世。子靈石尉謙〔八〕，孫德元〔九〕，今在鄉里。

【注】

〔一〕童貫：字道夫（一作道輔），開封人。北宋末年權宦。領樞密院事，掌兵權二十年，權傾内外。欽宗即位，被處死。《宋史》入「姦臣傳」。

〔二〕洺州：金州名，屬河北西路，治在今河北省永年縣東。

〔三〕自分：自料，自以爲。

〔四〕寧州：金州名，屬慶原路，治今甘肅省寧縣。

〔五〕田侍郎穀黨籍：田穀黨案，又稱皇統黨獄。金熙宗皇統七年六月，有宰相之才的田穀等被殺，孟浩、李之翰等三十四人遭流放。

〔六〕上京：金天眷元年以京師會寧府爲上京，故址在今黑龍江哈爾濱市南阿城。

〔七〕東平：金府名，屬山東西路，治今山東省東平縣。倅：副職。

〔八〕靈石：金縣名，屬河東北路汾州，今山西省靈石縣。按楊宏道所説（詳見下注）其子爲靈石尉，其名不詳。謙爲李之翰孫。姑志疑於此。

〔九〕德元：字善長，李謙子，李之翰曾孫。詳見楊宏道《小亨集》卷六《窺豹集後序》：「初識李善長，嘗出一巨編，題曰《窺豹集》，細書滿紙，乃其曾祖東平府君疇昔之所著撰也。其祖靈石府君，求序於節使許公。」

書呈仲乎〔一〕

造物固難量〔二〕，誰能計寒餓。失馬乃爲福〔三〕，夢牛翻作禍〔四〕。長溪霜練靜，修嶺蒼龍卧。魂夢吾已安，不勞歌楚些〔五〕。

【注】

〔一〕仲乎：《金史·呂中孚傳》：「呂中孚字信臣，冀州南宮人。……有詩名。中孚有《清漳集》。」

〔二〕造物：特指創造萬物的神。《莊子·大宗師》：「偉哉，夫造物者將以予爲此拘拘也。」量：測度，料想。

〔三〕「失馬」句：塞翁失馬。典出《淮南子·人間訓》：近塞上之人，馬無故亡失而不爲禍，馬將駿馬而歸而不爲福。後因以比喻禍福相倚，互相轉化，一定條件下壞事可變成好事。

〔四〕夢牛：宋祝穆《古今事文類聚後集·夢牛》：「蜀蔣琬夜夢一牛頭懸在門下，流血滂沲。趙直曰：『見血者，事分明也。牛角及鼻，公字之象，位當爲三公。』果爲中書令。」後因以夢牛爲吉兆。

〔五〕楚些：指招魂之歌。《楚辭·招魂》是沿用楚國民間招魂詞的形式寫成，句尾皆有「些」字。二句謂自己決意潛心山林，終老於此，不會有客死他方之事，所以亦不必勞駕他人招魂了。

題密雲州學壁〔一〕

崎嶇到此興何堪，况復風謡意未諳〔二〕。旅舍蕭條空自遣〔三〕，胸懷磊落向誰談〔四〕。留連暮雨侵疏牖，宛轉飛雲掃翠嵐〔五〕。因憶林泉歸去好〔六〕，一燈幽夢遶春潭〔七〕。

【注】

〔一〕密雲：金縣名。屬中都路順州，今北京市密雲縣。州學：指順州官學，當在密雲。

〔二〕風謡：泛指反映風土民情的歌謡。諳：熟悉，知道。

〔三〕蕭條：寂寞冷落。自遣：發抒排遣自己的感情。

〔四〕磊落：形容胸懷坦蕩。漢阮瑀《箏賦》：「慷慨磊落，卓礫盤紆，壯士之節也。」

〔五〕翠嵐：指青山。

〔六〕林泉：山林與泉石。指隱居之地。

〔七〕幽夢：隱約的幽居夢境。

中京遇因長老〔一〕

天涯流落偶生還〔二〕，古刹相逢語夜闌。歎我歸途千里遠，喜君禪榻一身安。松聲不斷風吟細，月影無邊露氣寒。分手山堂更寥索〔三〕，冷雲衰草伴征鞍。

【注】

〔一〕中京：金前期五京之一，指中京大定府，在今内蒙古寧城西大明城。因長老：其人不詳。

〔二〕「天涯」句：叙天德元年海陵即位，大赦天下，李之翰等三十二人遇赦自上京還都事。事見《金史·孟浩傳》。知此詩爲遇赦南歸途經中京時作。

〔三〕山堂：山中的寺院。寥索：猶蕭索，冷落。

歲暮

休怪年來白髮新〔一〕，天涯三載困埃塵〔二〕。偶離沙磧窮陰地〔三〕，收得桑榆老病身〔四〕。對雪莫吟秦嶺句〔五〕，撥醅且醉漢江春〔六〕。此生自斷無餘事，何必區區問大鈞〔七〕。

【注】

〔一〕年來：近年以來或一年以來。

〔二〕三載：指皇統七年陷田瑴黨籍被徙上京，至海陵天德元年遇赦放還的時間（一一四七——一一四九）。

〔三〕沙磧：沙漠戈壁。

〔四〕「收得」句：《後漢書·馮異傳》載，馮異與赤眉軍作戰，始大敗於回溪阪，後大破之於黽池。光武帝璽書勞之曰：「始雖垂翅回溪，終能奮翼黽池，可謂失之東隅，收之桑榆。」桑榆，《初學記》卷一引《淮南子》：「日西垂景（影）在樹端，謂之桑榆。」注：「方其光在桑榆樹上。」後以「桑榆」喻晚年。二句言其雖遭黨禍，然終得遇赦生還，亦不幸中之大幸。

〔五〕秦嶺句：指韓愈被貶潮州，途中所作《左遷至藍關示侄孫湘》詩：「雲横秦嶺家何在，雪擁藍關馬不前。」

〔六〕撥醅：舀取未濾過的酒。唐白居易《醉吟先生傳》：「吟罷自哂，揭甕撥醅，又飲數杯，兀然而醉。」漢江春：酒名。

〔七〕區區：拘泥，局限。大鈞：指天或自然。《文選·賈誼·鵩鳥賦》：「雲蒸雨降兮，糾錯相紛。大鈞播物兮，坱圠無垠。」李善注：「如淳曰：『陶者作器於鈞上，此以造化爲大鈞。』應劭曰：『陰陽造化，如鈞之造器也。』」

三興居士 一首

三興居士，阜昌中人〔一〕。

【注】

〔一〕阜昌：僞齊政權劉豫年號（一一三〇——一一三七）。

題平陰僧寺〔一〕

三吴家近水晶宫〔二〕，行坐紅香緑影中。今日異鄉僧寺裏，一盆荷葉戰西風〔三〕。

【注】

〔一〕平陰：金縣名，屬山東西路東平府，今山東省平陰縣。

〔二〕三吴：宋指蘇州、常州、湖州。宋司馬光《送楊太祝忱知長洲縣》：「三吴佳縣首，民物舊熙熙。」水晶宫：蘇州、湖州一帶的美稱。宋姜夔《惜紅衣》詞序：「吴興號水晶宫，荷花甚麗。」

〔三〕戰：摇晃，顫動。唐白居易《西湖晚歸回望孤山寺贈諸客》：「盧橘子低山雨重，栟櫚葉戰水風涼。」

楊興宗　一首

興宗，高陵人〔一〕。宋既渡江〔二〕，故興宗有《龍南集》。予同舍郎關中楊君美嘗見之〔三〕。

【注】

〔一〕高陵：金縣名，屬京兆府路京兆府，今陝西省高陵縣。

〔二〕渡江：指北宋滅亡，宋室南遷事。

〔三〕同舍郎：同居一舍的人，後亦泛指同僚。關中：指今陝西渭河流域一帶。《史記·項羽本紀》：「關中阻山河四塞，地肥饒，可都以霸。」裴駰集解引徐廣曰：「東函谷，南武關，西散關，北蕭關。」楊君美：楊天德（一一八〇—一二五八），字君美。奉元（今陝西省西安市）人。金興定二年進士，任尚書省掾等職。汴京陷，流寓山東。十年後歸長安。見元許衡《南京轉運司度支判官楊公墓誌銘》。楊天德與元好問同爲尚書省官。元有《贈楊君美之子新甫》詩。

出劍門〔一〕

嘔啞鳴櫓下長川〔二〕，萬疊青峰只眼前。山鷓啄殘紅杏粉〔三〕，杜鵑啼破緑楊煙〔四〕。夢迴蜀棧雲千片〔五〕，醉枕巴江月一船〔六〕。物色誰分杜陵老〔七〕，風騷牢落劍南天〔八〕。

【注】

〔一〕劍門：即劍門山，分大劍山和小劍山。兩山緊密相連，東臨嘉陵江，綿亘一百多里，北面千仞峭壁，南面山峰林立。因其山勢巍峨，道路險峻，素以「天下雄關」著稱。

〔二〕嘔啞：象聲詞。形容器物相軋磨的聲音。此形容摇櫓聲。借指船行。長川：長的河流。三國魏曹植《洛神賦》：「浮長川而忘反，思緜緜而增慕。」此指嘉陵江，流經劍門。

〔三〕山鷓：山鵲的别名，古稱鷽，鳴禽類。狀如鵲，色深青，有文彩，彩嘴赤足，頭上有白冠，尾白而長，不能遠飛。《爾雅·釋鳥》：「鷽，山鵲。」郭璞注：「似鵲而有文彩，長尾，嘴脚赤。」

〔四〕杜鵑：鳥名。又名杜宇、子規，相傳爲古蜀王杜宇之魂所化。春末夏初，常晝夜啼鳴，其聲哀切。南朝宋鮑照《擬行路難》其六：「中有一鳥名杜鵑，言是古時蜀帝魂。其聲哀苦鳴不息，羽毛憔悴似人髡。」上二句狀江岸杏紅柳緑、春鳥啼鳴的美麗景象。句仿杜甫《秋興八首》其八：「香稻啄餘鸚鵡粒，碧梧棲老鳳凰枝。」

〔五〕蜀棧：蜀中的棧道，一名閣道，是綿延於大劍山與小劍山之間一條三十多里長的奇險棧道。三國蜀漢時所建，故稱。

〔六〕巴江：古稱四川嘉陵江。以水流曲折如「巴」字，故稱。

〔七〕「物色」二句：謂描繪劍門景色無人能與杜甫相比。杜甫《劍門》：「唯天有設險，劍門天下壯。連山抱西南，石角皆北向。兩崖崇墉倚，刻畫城郭狀。一夫怒臨關，百萬未可傍。」楊倫《杜詩鏡銓》：「宋祁知成都至此，詠杜詩首四句，歎伏，以爲實録。」杜陵老：唐詩人杜甫自稱杜陵野老，曾在四川成都居住，寫下許多詩篇。

〔八〕風騷：借指文采、才情。牢落：孤寂。杜甫《劍門》的結句：「恐此復偶然，臨風默惆悵。」劍南：唐道名。在今四川省劍閣以南、長江以北，治今四川成都。此泛指蜀地。

趙亮功　一首

亮功，華州人〔一〕。嘗監富平酒〔二〕。

【注】

〔一〕華州：金州名，屬京兆府路，今陝西省華縣。

〔二〕富平：宋金縣名。今陝西省富平縣。金太宗天會九年宋金兩軍「富平之役」後，金以富平、美原二縣賜僞齊。熙宗天眷元年兩縣又歸宋。天眷三年，復由宋入金。皇統二年，撤富平縣，其地併入美原縣，隸屬耀州。

甘露寺〔一〕

鄭南峰下寺〔二〕，泉石間疏篁。飛雨度山閣，閑雲生野塘。檐前松子落，廚際柏煙香。別後聞鐘磬〔三〕，山陰空夕陽。

【注】

〔一〕甘露寺：在陝西省華縣東南少華峰之西。唐鄭谷有《少華山甘露寺》詩。

〔二〕鄭南峰：峰名，在少華山西。《華嶽志》：「少華峰西，有白石峪、潭峪、水峪，皆深廣。白石峪之西，爲鄭南峰。」

〔三〕鐘磬：鐘和磬，佛教法器。此處指甘露寺傳出的鐘磬聲。

賈泳 一首

泳字漢甫，洛陽人。

題安生僧寺 並序

天會己酉〔一〕，余嘗與王化原、李端中同過是寺〔二〕。屬兵厄甫罹〔三〕，堂宇頹敝，繪素剥落〔四〕，秋草野蔓，羅生堦上〔五〕，盤桓終日間，闃其無聞〔六〕。時風塵未靜〔七〕，竊謂此地當日就丘墟，及今與端中復來，則寺有僧簡師矣。向之所見，頹者已完葺，剥者復嚴潔。鐘閣巍焉，石塔巋焉，庭樹欝焉，皆向之所未有者也。因一讀舊題，已經五稔〔八〕。自念五年之間，所向齟齬〔九〕，十步九蹶〔一〇〕，卒陷機穽〔一一〕。豈非禍患之來，有積漸歟〔一二〕？抑得失行止，非人所能爲歟？嗚呼！事去如夢，人生如寄〔一三〕。窮達相推〔一四〕，雖賢智有不能免焉者，顧余何足道哉！所不知者，他日過此，寺之興廢，余之得喪悲歡，又何如也？續題一詩，貽失路者共爲一歎云。癸丑七月八日題〔一五〕。

重來已是五年游，憂患相仍欲白頭。翻羡亭亭兩奇樹〔一六〕，不知風雨過春秋。

【注】

〔一〕己酉：天會七年（一一二九）歲次己酉。

〔二〕王化原：其人不詳。李端中：其人不詳。

〔三〕甫：剛剛。罹：遭受。《漢書·文帝紀》：「今崩，又使重服久臨，以罹寒暑之數。」顏師古注：「罹，遭也。」

〔四〕繪素：繪畫。

〔五〕羅：分布；分散。《史記·五帝本紀》：「時播百穀草木，淳化鳥獸蟲蛾，旁羅日月星辰水波土石金玉。」司馬貞索隱：「羅，廣布也。」

〔六〕闃：寂靜。

〔七〕風塵：比喻戰亂。

〔八〕稔：年，古代穀熟謂稔。

〔九〕齟齬：不順達。多指仕途。

〔一〇〕蹶：跌倒。十步九蹶：比喻不順，困難重重，屢遭挫折。

〔一一〕機穽：比喻險境或坑害人的圈套。

〔一二〕積漸：積累漸成。

〔一三〕寄：寓居，暫住。指人的生命短促，就像暫時寄居在人世間一樣。《古詩十九首》：「人生忽如寄，壽無金石固。」

〔一四〕窮達：困頓與顯達。《墨子·非儒下》：「窮達賞罰，幸否有極，人之知力，不能爲焉。」推：按順序推移輪換。

〔一五〕癸丑：天會十一年（一一三三）歲次癸丑。

〔一六〕翻：反而。亭亭：直立貌；獨立貌。

元日能 一首

日能，不知何許人。與劉嵓老同時〔一〕。

【注】

〔一〕劉嵓老：劉瞻，字嵓老，號攖寧居士，亳州（今安徽省亳州市）人。天德三年進士。大定初召爲史館編修。瞻作詩工於野逸，有《攖寧居士集》傳世。《中州集》卷二有小傳。

紅梅

天上瓊兒白玉肌〔一〕，吴妝略約更相宜〔二〕。認桃辨杏由君眼〔三〕，自有溪風山月知。嵓老同賦云：「一點清香透雲雪，是中那得杏花天。」評者謂二詩同意而日能爲工。

【注】

〔一〕瓊兒白玉肌：以美女如玉喻梅花。唐李商隱《燒香曲》「蜀殿瓊人伴夜深」清朱鶴齡《李義山詩集注》引《拾遺記》：「蜀先主甘后玉質柔肌，先主置於白綃帳中，如月下聚雪。」玉肌：猶言玉容，指花瓣。蘇軾《紅梅》其一：「寒心未肯隨春態，酒暈無端上玉肌。」

〔二〕吴妝：形容色彩濃豔者。宋洪適《海棠花二絶》其一：「雨濯吴妝膩，風催蜀錦裁。」略約：略微，輕微；不經意。

〔三〕認桃辨杏：宋石曼卿《紅梅》：「認桃無緑葉，辨杏有青枝。」

范墀 一首

墀字元涉，系出潁川〔一〕。有詩話行於世。

【注】

〔一〕潁川：今河南省禹縣。

和高子初梅〔一〕

春風也自惜流光〔二〕，只放寒梅一樹芳。玉粉更妝前夜雪，口脂猶注昔年香〔三〕。江湖昨夢誰同記，詩酒風流豈易忘。東閣何郎未全老〔四〕，花枝休笑鬢絲長。

【注】

〔一〕高子初：其人不詳。

〔二〕流光：指如流水般逝去的時光。

〔三〕口脂：化妝用的唇膏，口紅。

〔四〕何郎：指南朝梁詩人何遜。杜甫《和裴迪登蜀州東亭送客逢早梅相憶見寄》：「東閣官梅動詩興，還如何遜在揚州。」

王雄州仲通 一首

仲通字達夫，長慶人〔一〕。天會六年進士。皇統中，陷田瑴黨籍〔二〕，編配五國〔三〕，會赦還。世宗即位，復官。終於永定軍節度使〔四〕。

【注】

〔一〕長慶：遼縣名，入金爲廣寧縣，屬北京路廣寧府，今遼寧省義縣。

〔二〕田瑴黨籍：皇統七年，金熙宗以結黨造反的罪名，將有宰相之才的田瑴打入牢獄，並搜捕黨羽。田瑴等八人被殺，受牽連被逐出朝廷的漢族官員衆多，三十多人遭流放。

〔三〕五國：五國城，遼時今黑龍江省依蘭縣東至烏蘇里江口的松花江兩岸有剖阿里、盆阿里、奧里注、越里篤，越里吉五個部落歸附，設節度使統領，稱爲五國城。越里吉在今依蘭縣，稱五國頭城。宋徽宗被金兵所俘，囚死於此。

〔四〕永定軍：屬中都路，治今河北省雄縣。

送客

措足疑無地〔一〕，捫心幸有天〔二〕。故人成邂逅〔三〕，殘喘見哀憐〔四〕。落日驚魂外〔五〕，孤雲淚眼邊〔六〕。西歸萬里夢，今夕到君船。

【注】

〔一〕措足：立足，置身。

〔二〕捫心：撫摸胸口。表示反省。

〔三〕邂逅：不期而遇。

〔四〕殘喘：衰老或垂死時的喘息，此處詩人自指。

〔五〕「落日」句：《詩・王風・君子于役》：「日之夕矣，羊牛下來。君子于役，如之何勿思。」句暗用此典，言自己身在貶地，看到落日，想到家鄉及親人，心情頓覺波瀾起伏。

〔六〕「孤雲」句：用「白雲親舍」典。《新唐書・狄仁傑傳》：「薦授并州法曹參軍，親在河陽，仁傑登太行山，反顧，見白雲孤飛，謂左右曰：『吾親舍其下。』瞻悵久之，雲移，乃得去。」後以「白雲」或「孤雲」作客中思父母之詞。元好問《帝城二首》：「帝城西下望孤雲，半廢晨昏媿此身。」句言自己望雲思親，淚水長流。」

韓内翰汝嘉 一首

汝嘉字公度，宛平人〔一〕。父昉，遼末狀元，仕國朝至宰相，嘗作武元聖德神功碑〔二〕，爲作者所稱〔三〕。公度，皇統二年進士，累遷真定路轉運使〔四〕。坐公事遷清州防禦使〔五〕，召爲翰林侍讀學士，卒。

【注】

〔一〕宛平：金縣名，屬中都路大興府，今屬北京市。

〔二〕武元聖德神功碑：《金史·韓昉傳》：「（昉）善屬文，最長於詔册，作太祖睿德神功碑，當世稱之。」武元：金太祖完顏阿骨打的謚號。

〔三〕作者：指從事文章撰述的人。

〔四〕真定路轉運使：河北西路轉運使。《金史·地理中》載真定府置本路兵馬都總管府、轉運司，治今河北省正定縣。

〔五〕坐：失誤，犯錯。清州：金州名，屬河北東路，治今河北省青縣。

寄元真同年〔一〕

十年塵土鬢毛斑〔二〕，杖屨還來踏故山〔三〕。葉寄殘紅春尚在，雲酣濕翠雨仍慳〔四〕。不堪倚樹追前事〔五〕，更恐臨溪見病顔〔六〕。一日暫來千日去〔七〕，何時倦鳥得真還〔八〕。

【注】

〔一〕元真：魏道明元道之兄，今河北省易縣人。據《中州集》卷八魏道明小傳，其父遼末登科，入金爲兵部郎中。四子上達、元真、元化、元道皆第進士，有詩學，而元道最有名。同年：古代科舉考試同科中式者。

〔二〕「十年」句：言多年來仕途奔波，身心憔悴，以致兩鬢斑白。

〔三〕杖屨：拄杖漫步。

〔四〕慳：缺欠。

〔五〕「不堪」句：用桓温語。《世説新語·言語》：桓温北征，經金城，見年輕時所種之柳皆已十圍，慨然曰：「樹猶如此，人何以堪！」攀枝執條，泫然流淚。

〔六〕「更恐」句：蘇軾《追和子由去歲試舉人洛下所寄詩五首暴雨初晴樓上晚景》其五：「明朝卻踏紅塵去，羞向清伊照病顔。」

〔七〕「一日」句：言自己身屬官府，「來踏故山」固屬所願，但卻只能「一日暫來」，隨之卻是千日之久别與不盡的相思。

〔八〕倦鳥：倦飛之鳥。以喻倦遊之人。晉陶潛《歸去來兮辭》：「雲無心以出岫，鳥倦飛而知還。」

王吏部啟　一首

啟字希畢，大興人〔一〕。正隆二年進士，累遷户部員外郎，通州刺史〔二〕。用宰相萬公薦〔三〕，權右司郎中。章宗即位不一歲，遷工部侍郎，即以河南北路提刑使拜吏部尚書使宋〔四〕。使還，出爲絳陽軍節度使〔五〕。致仕，還鄉里，與左丞董公、參政馬公、宣徽盧公、尚書郭公爲九老會〔六〕，年七十九卒。子師揚，字仲雄。南渡後隱居崧山，時年已六十餘，經傳子史皆手自抄之，如健舉子結夏課然〔七〕。希顔説仲雄在太學〔八〕，同舍號爲「閉户王先生」。其謹厚蓋家法云〔九〕。孫造，字成叔，今居東平〔一〇〕。

【注】

〔一〕大興：金府名，屬中都路，今北京市大興區。

〔二〕通州：金州名，屬中都路，今北京市通州區。

〔三〕萬公：張萬公，字良輔，東平東阿（今屬山東）人，正隆二年進士。《金史》卷九五有傳，《中州集》

卷九有小傳。張萬公大定末在朝中，職爲右司郎中，遷刑部侍郎，還未任宰相，當爲遷刑部侍郎時薦舉王啟以自代。

〔四〕河南北路：有誤，當爲河東南北路。《金史·交聘表》：「明昌五年閏十月甲戌，以河東南北路提刑使王啟、廣威將軍殿前左副都點檢石抹仲溫爲賀宋即位國信使。」

〔五〕絳陽軍：屬河東南路絳州，治今山西省新絳縣。

〔六〕左丞董公參政：董師中，承安四年致仕。馬公宣徽：馬琪。《金史》卷九五有傳，明昌四年拜參知政事，承安二年致仕。盧公尚書：盧璣，章宗即位，爲左宣徽使。《金史》卷七五有傳。郭公：郭邦傑，大定二十九年任刑部尚書，後致仕。

〔七〕結夏課：金代府試期在秋八月，試前集中精力學習，如僧人結夏，故稱。

〔八〕希顏：雷淵，字希顏。

〔九〕謹厚：謹慎篤厚。

〔一〇〕東平：金府名，屬山東西路，治今山東省東平縣。

王右轄許送酒，久而不到，以詩戲之〔一〕

燕酒名高四海傳，兵廚許送已經年〔二〕。青看竹葉應猶淺〔三〕，紅比榴花恐更鮮〔四〕。枕上未消司馬渴〔五〕，車前空墮汝陽涎〔六〕。不如便約開東閤〔七〕，一看長鯨吸百川〔八〕。

【注】

〔一〕右轄：右丞的別名。左右丞分管尚書省事，故右丞稱右轄。王右轄：其人不詳。

〔二〕兵廚：代稱儲存好酒的地方。三國魏阮籍聞步兵校尉廚貯美酒數百斛，營人善釀，乃求爲校尉。事見《世說新語·任誕》。此處代王右轄。

〔三〕竹葉：酒名。即竹葉青。亦泛指美酒。《文選·張協·七命》：「乃有荆南烏程，豫北竹葉，浮蟻星沸，飛華蓱接。」李善注：「張華《輕薄篇》曰：『蒼梧竹葉清，宜城九醖酒。』」

〔四〕榴花：《南史·夷貊傳上·扶南國》載，頓遜國有酒樹似安石榴，採其花汁貯甕中，數日成酒。後以「榴花」雅稱美酒。南朝梁元帝《劉生》：「榴花聊夜飲，竹葉解朝酲。」二句想像王右轄所送美酒或如竹葉青，或如石榴紅。

〔五〕「枕上」句：用司馬相如典。司馬相如患有消渴症，《史記·司馬相如列傳》：「相如口吃而善著書，常有消渴疾。」司馬相如嗜酒，其《長門賦序》言陳皇后「奉黄金百斤，爲相如、文君取酒」事。

〔六〕「車前」句：用汝陽流涎典，唐汝陽王李璡性嗜酒。杜甫《飲中八仙歌》：「汝陽三斗始朝天，道逢麴車口流涎，恨不移封向酒泉。」

〔七〕東閤：東向的小門。稱宰相招致款待賓客之所。典出《漢書·公孫弘傳》：「弘自見爲舉首，起徒步，數年至宰相封侯，於是起客館，開東閤以延賢人。」王先謙補注引姚鼐曰：「此閤是小門，不以賢者爲吏屬，别開門延之。」

〔八〕長鯨吸百川：杜甫《飲中八仙歌》：「左相日興費萬錢，飲如長鯨吸百川，銜杯樂聖稱避賢。」用以描繪李適之飲酒的豪爽。

晁洗馬會 一首

會字公錫，高平人〔一〕。道院文元公之後〔二〕。宣和末〔三〕，中武舉〔四〕，仕爲太子洗馬。天眷二年經義進士。爲人美風儀〔五〕，氣量宏博。澤人經靖康之亂，生徒解散，公錫稍誘進之〔六〕；貧不能就舉者，必厚爲津遣〔七〕；在官下則分俸以給之。至于李承旨致美昆仲〔八〕，亦出其門，士論歸焉。歷虞鄉、猗氏、臨晉三縣令〔九〕，以興平軍節度副使致仕〔一〇〕。年七十八，終於家。詩號《泫水集》。《虞鄉縣齋》云：「官况薄於重榨酒，瓜期近似欲殘碁。」《王官谷》云：「煙藏芳樹遠，雲補斷山齊。」鄉人至今傳之。孫國章，字公憲，李承旨外孫，教授鄉里，樂於提誨諸生，經指授者肅然如在官府〔一一〕，進退拱揖皆有可觀，蓋其家法云。

【注】

〔一〕高平：金縣名，屬河東南路澤州，今山西省高平市。

〔二〕道院文元公：晁迥，字明遠，舉進士，累官刑部侍郎，進承旨。宋仁宗時，擢禮部尚書。以太子少保致仕。卒贈太子太保，謚文元。著有《道院集》十五卷。《宋史》卷三〇五有傳。

〔三〕宣和：北宋徽宗年號（一一一九——一一二五）。

〔四〕武舉：武舉人，科舉時代，武鄉試及第者。

〔五〕風儀：風度，儀容。

〔六〕誘進：誘導、勉力。

〔七〕津遣：資助遣送。

〔八〕李承旨致美：李晏，字致美，澤州高平（今山西省高平市）人。《金史》卷九六有傳，《中州集》卷二有小傳。昆仲：稱人兄弟。長曰昆，次曰仲。李晏兄李曼，幼以能賦稱，大定三年登第，一説天德三年進士。任隰州軍事判官，政尚平易，號稱循吏。事見《雍正山西通志》卷六五、卷一二一。

〔九〕虞鄉：金縣名，屬河東南路河中府，今屬山西省永濟市。猗氏：金縣名，屬河東南路河中府，今山西省臨猗縣。臨晉：金縣名，屬河東南路河中府，今山西省永濟市臨晉鎮。

〔一〇〕興平軍：金代屬中都路平州，治在今河北省盧龍縣。

〔一一〕肅然：恭敬貌。

杜鵑

杜宇啼聲枕上來〔一〕，一聲哀似一聲哀。千哀萬怨無今古，喚得行人若箇迴〔二〕。

【注】

〔一〕杜宇：即杜鵑鳥。據《成都記》載：杜宇又曰杜主，自天而降，稱望帝，好稼穡，治郫城。後望帝死，其魂化爲鳥，名曰杜鵑。蔡夢弼《杜工部草堂詩箋·杜鵑行》引《華陽風俗録》：「鳥有杜鵑者，其大如鵲而羽烏，聲哀而吻有血。」宋王安石《雜詠絶句》其十五：「月明聞杜宇，南北總關心。」

〔二〕若箇：哪個。《太平御覽》卷八八八引揚雄《蜀王本紀》：「望帝去時子規鳴，故蜀人悲子規鳴而思望帝。」二句謂杜鵑的悲鳴雖然令人愁起思鄉之情，但從古到今都没有外出之人因之歸鄉。

王内翰遵古 二首

遵古字元仲。父政，金吾衛上將軍。三子遵仁、遵義，元仲其季也。元仲四子：庭玉，字子温，内鄉令〔一〕，終於同知遼州軍州事〔二〕。庭堅，字子貞，有時名。庭筠，字子端〔三〕。庭掞，字子文。

【注】

〔一〕内鄉：金縣名，屬南京路鄧州。今河南省西峽縣。

〔二〕遼州：金州名，屬河東南路，治今山西省左權縣。

〔三〕庭筠：王庭筠，字子端，號黄華山主、黄華老人。大定十六年進士，歷官州縣，仕至翰林修撰。文詞淵雅，字畫精美。《金史》卷一二六有傳，《中州集》卷三有小傳。

過太原贈高天益　天益能作大字〔一〕

遼海渺千里〔二〕，風塵今二毛〔三〕。心雖如筆正〔四〕，官不稱才高。筦庫非君事〔五〕，山林必我曹①〔六〕。相期老鄉國〔七〕，拂石弄雲璈〔八〕。

【校】

① 我：毛本作「吾」。

【注】

〔一〕高天益：其人不詳。

〔二〕遼海：遼東。泛指遼河以東沿海地區。

〔三〕風塵：指仕途奔波。二毛：斑白的頭髮。《左傳·僖公二十二年》：「君子不重傷，不禽二毛。」杜預注：「二毛，頭白有二色。」

〔四〕心如筆正：古人認爲書法的優劣與人的品性有關，心正寫出來的字就端正。《舊唐書·柳公權傳》：「用筆在心，心正則筆正。」

〔五〕筦庫：管庫。指保管倉庫的役吏。
〔六〕山林：指隱居。我曹：我輩，我們。
〔七〕相期：相約。老：終老。鄉國：家鄉。
〔八〕雲璈：即雲鑼，打擊樂器。二句謂詩人與高天益相約，一起回家鄉，優遊卒歲。

野菊　子貞〔一〕

鬪雞臺下秋風裏〔二〕，白白黄黄無數花。日暮城南城北道，半隨榛棘上樵車〔三〕。

【注】

〔一〕野菊：又稱野菊花。多年生草本，葉互生，秋季開花，花黄色，野生在路邊荒地。宋歐陽修《筆説·辨甘菊説》：「今市人所賣菊苗，其味苦烈，迺是野菊，其實蒿艾之類，强名爲菊爾。家菊性涼，野菊性熱，食者宜辨之。」子貞：王庭堅，字子貞，王遵古次子。此詩爲王庭堅所作，附録於其父詩後。
〔二〕鬪雞臺：今河北、河南、山西、江蘇皆有名鬪雞臺者。按《金史·地理上》「西京路大同府」下云，大同有鬪雞臺。當指此。
〔三〕榛棘：猶荆棘。樵車：運柴的車子。

王汾州璹 二首

璹字君玉，太原人。天眷二年進士。弟珙器玉、珦汝玉，皇統九年同榜。家世業醫，有陰德聞里中〔一〕，嘗有金蠶、金馬之瑞〔二〕。君玉，仕至汾陽軍節度使〔三〕，鄉人榮之，號「三桂王氏」。行尚書省左右司郎中仲澤〔四〕，其從孫也。金馬在部掾清卿房〔五〕，迄今寶之。

【注】

〔一〕陰德：暗中做的有德於人的事。《淮南子·人間訓》：「有陰德者必有陽報，有陰行者必有昭名。」

〔二〕金蠶、金馬之瑞：即「王氏金馬」。元好問《續夷堅志》卷一：「太原王氏，上世業醫，有陰德聞里中。至君玉之父，翁母皆敬神佛。一淨室中安置經像，扃鑰甚嚴，於灑掃母亦親爲之。一日晚，入室中焚誦。忽供几下一細小物跳躍而出，有光隨之，須臾，作聲如馬嘶。母起立祝曰：『古老傳有金馬駒，今真見之。果欲送福，來老婦衣襟中。』即以襟迎之，此物一跳而上，視之，金馬也。……金馬方廣三寸，金作棗瓤色，項頸微高，尾上揭如艾炷，髀股圓滑。兵亂之後，予曾見之。」

〔三〕汾陽軍：屬河東北路汾州，治今山西省汾陽市。

〔四〕仲澤：王渥，字仲澤。興定二年進士，曾任尚書省掾，左右司員外郎等。博學善論，工尺牘，詩有佳句。《金史》卷一二〇有傳，《中州集》卷六、《歸潛志》卷二有小傳。

〔五〕部掾清卿：王清卿，金代著名書法家。元好問《題學易先生劉斯立詩帖後》云「北渡後，將還太原，過東郡，乃復見之鄉人王清卿家」即此人。又《跋國朝名公書》謂「王都勾清卿、許司諫道真爲一時」。

游太寧寺

西山踏破萬層青，與客攜壺上太寧〔一〕。泉石有情容避俗〔二〕，軒裳無術可逃形〔三〕。雲縈屋角僧禪靜，露下松梢鶴夢醒〔四〕。明日卻尋塵境去〔五〕，曉猿啼月若爲聽〔六〕。

【注】

〔一〕「與客」句：唐杜牧《九日齊山登高》：「江涵秋影雁初飛，與客攜壺上翠微。」

〔二〕避俗：避世隱居。

〔三〕軒裳：指官位爵禄。逃形：猶藏身。指隱居。

〔四〕鶴夢：謂超凡脱俗的向往。唐司空圖《與李生論詩書》：「地凉清鶴夢，林靜肅僧儀。」

〔五〕塵境：世俗之地。佛教以色、聲、香、味、觸爲六塵，因稱現實世界爲「塵境」。

〔六〕若爲：怎能。

王元仲海岳樓同諸公賦 汝玉〔一〕

十二珠欄倚半空〔二〕，元龍高卧定誰雄〔三〕。檐楹翠濕蓬山雨〔四〕，枕簟涼生弱水風〔五〕。物色横陳詩卷裏〔六〕，雲濤飛動酒杯中。謫仙會有騎鯨便〔七〕，八極神游路可通〔八〕。

【注】

〔一〕王元仲：王遵古，字元仲，號東海散人。正隆五年進士。《中州集》卷八有小傳。鄉中有海嶽樓，時人多有題詠。王寂《鴨江行部志》：「次熊嶽縣，宿興教寺，晚登經閣，南望王元仲海嶽樓不及一牛鳴，但以謁禁，不得一登覽焉。舊聞京師名公皆有題詠，已刻於樓下。命借副本，因得詳觀。蓋玉照老人劉鵬南爲之序，平章公張仲澤首唱『通』字韻詩，自餘賡和者，張御史壽甫、鄭侍講景純、蔡濰州正父、李禮部致美，如此凡二十五人。」汝玉：王珣，字汝玉，王璹弟。此詩爲王珣所作，其當爲二十五人之一。

〔二〕十二珠欄：神話傳説中的十二樓，指仙人之居。《漢書·郊祀志下》「五城十二樓」顔師古注引應劭曰：「昆侖玄圃五城十二樓，仙人之所常居。」後泛指高層樓閣。珠欄，裝飾華麗的樓邊欄杆。

〔三〕「元龍」句：陳登，字元龍。《三國志·魏志·陳登傳》：「（許）汜曰：『昔遭亂過下邳，見元龍。元龍無客主之意，久不相與語，自上大牀卧，使客卧下牀。』備曰：『君有國士之名，今天下大亂，帝主失所，望君憂國忘家，有救世之意。而君求田問舍，言無可采，是元龍所諱也，何緣當與君語？如小人欲卧百尺樓上，卧君於地，何但上下牀之間邪？』」後人常將陳登事與劉備語合爲一談，指豪傑居高臨下之氣概。元好問《横波亭》：「孤亭突兀插飛流，氣壓元龍百尺樓。」

〔四〕檐楹：屋檐下廳堂前部的梁柱。蓬山：蓬萊山。傳説中的海上仙山，爲仙人所居。

〔五〕弱水：古代神話傳説中稱險惡難渡的河海。《海内十洲記·鳳麟洲》：「鳳麟洲在西海之中央，地方一千五百里，洲四面有弱水繞之，鴻毛不浮，不可越也。」宋蘇軾《金山妙高臺》：「蓬萊不可到，弱水三萬里。」

〔六〕物色：景色，景象。横陳：羅列，横列。指描繪、羅列景物。

〔七〕謫仙騎鯨：李白騎鯨魚。杜甫《送孔巢父謝病歸游江東兼呈李白》「幾歲寄我空中書，南尋禹穴見李白」清仇兆鼇注：「南尋句，一作『若逢李白騎鯨魚』。按：騎鯨魚，出《羽獵賦》。俗傳太白醉騎鯨魚，溺死潯陽，皆緣此句而附會之耳。」後用爲詠李白之典。

〔八〕八極：八方極遠之地。李白《大鵬賦》：「余昔於江陵見天臺司馬子微，謂余有仙風道骨，可與神遊八極之表。」二句言將來會有更多的詩人會聚於此，騁才賦詩。

李特進獻可 二首

獻可字仲和，遼東人〔一〕。太師金源郡王石之子。太師遼末狀元，仲和世宗元妃之弟。大定十年史紹魚牓進士〔二〕。歷州縣，入翰苑，累遷户部員外郎，以事貶清水令〔三〕。召爲大興少尹〔四〕，遷户部侍郎，終於山東西路提刑使。衛紹王即位，以仲和元舅〔五〕，贈特進、道國公。子道安，特旨符寶郎。

【注】

〔一〕遼東：指遼河以東的地區，今遼寧省的東部和南部。

〔二〕史紹魚：定州（今河北省定州市）人。金世宗大定十年庚寅科詞賦狀元。

〔三〕清水：金縣名，屬鳳翔路秦州。今甘肅省清水縣。

〔四〕大興：金府名，屬中都路，今北京市。

〔五〕元舅：長舅。《詩·大雅·崧高》：「不顯申伯，王之元舅，文武是憲。」

清水寒食感懷〔一〕

桃花零亂柳成陰，人到春深思更深。芳草戍樓天不盡，異鄉寒食故鄉心。

【注】

〔一〕清水：李獻可於明昌初以事貶清水令。寒食：寒食節。在清明前一二日，有禁煙、寒食等習俗。

召還過故關山〔一〕

過關天日正晴明，誰道山神不世情〔二〕。遠客得歸心緒別，隴瀧閑作斷腸聲〔三〕。

【注】

〔一〕召還：李獻可被貶與被召還，在明昌元年至四年間。《金史》卷一〇〇：「明昌元年，御史臺奏薦户部員外郎李獻可……詔除獻可右司諫。」此在被貶之前。《金史·章宗紀》：「明昌四年正月丁丑，遣户部侍郎李獻可等分路勸農事。」按小傳，此在召回之後。故關山，山名。位於秦州與清水縣間。宋司馬光《涑水記聞》卷一一：「自隴川入秦州，由故關山，阪險隘行，兩日方至清水縣。」詩作於由清水召還途中。

〔二〕山神：主管某山的神靈。世情：世俗之情。

〔三〕隴瀧：隴地河流。瀧：湍急的河流。閑：徒然；憑空。古樂府《隴水歌辭》：「隴頭流水，鳴聲幽咽。遥望秦川，心肝斷絶。」二句言自貶地召回，心情喜悦，連昔日聞之斷腸的隴水聲亦變得不再壓抑了。

雷溪先生魏道明 二首

道明字元道，易縣人〔一〕。父遼，天慶中登科，仕國朝爲兵部郎中。子上達、元真、元化、元道，俱第進士，又皆有詩學。元道最知名，仕至安國軍節度使〔二〕。暮年居雷溪〔三〕，自號雷溪子。有《鼎新詩話》行於世。元道《春興》云：「燕來燕去烏衣巷〔四〕，花落花開穀雨天〔五〕。」《高麗館偏涼亭涼或作梁》云：「碧海半彎蝸角國〔六〕，春風十里鴨頭波〔七〕。」《中秋》云：「丹桂知經幾寒暑〔八〕，冰壺別是一山川〔九〕。」其所得者也。

【注】

〔一〕易縣：金縣名，屬中都路易州，今河北省易縣。

〔二〕安國軍：屬河北西路，治今河北省邢臺市。

〔三〕雷溪：地名，在易州。《畿輔通志》卷二四「山川」：「雷溪在易州西南，發源五迴嶺，即徐河上流也。灘水湍急，聲聞若雷，故名。」

〔四〕烏衣巷：地名。在今南京市秦淮河南。三國吴時在此置烏衣營，以士兵著烏衣而得名。東晉時王謝等望族居此，因著聞。句本唐劉禹錫《烏衣巷》：「朱雀橋邊野草花，烏衣巷口夕陽斜。舊時王謝堂前燕，飛入尋常百姓家。」

〔五〕穀雨：二十四節氣之一。在四月十九、二十或二十一日。穀雨前後，大部分地區降雨量比前增加，有利作物生長。《逸周書·周月》：「春三月中氣：雨水、春分、穀雨。」宋歐陽修《洛陽牡丹記》：「洛花，以穀雨爲開候。」

〔六〕蝸角國：典自《莊子·則陽》：「有國于蝸之左角者曰觸氏，有國于蝸之右角者曰蠻氏。」此喻國土之狹小。

〔七〕鴨頭波：綠色水波。鴨頭色綠，常用以形容水色。如蘇軾《送別》：「鴨頭春水濃如染，水面桃花弄春臉。」清納蘭性德《踏莎行》詞：「春水鴨頭，春山鸚嘴。」

〔八〕丹桂：桂樹的一種。晉嵇含《南方草木狀》卷中：「桂有三種：葉如柏葉，皮赤者爲丹桂。」唐白居易《有木詩》之八：「有木名丹桂，四時香馥馥。」此指月中之桂樹。

〔九〕「冰壺」句：合觀詩題，當本宋楊萬里《中秋前二夕釣雪舟中靜坐》：「人間何處冰壺是，身在冰壺却道非。」以「冰壺」喻月光下銀輝晶瑩之境。

佛巖寺〔一〕

虎谷西垠北口南〔二〕，橫橋過盡見松庵。舊遊新夢猶能記，般若真如得徧參〔三〕。霜圃擷蔬充早供，石泉煮茗薦餘甘〔四〕。殘年便擬依僧住，過眼空花久已諳〔五〕。

【注】

〔一〕佛巖寺：在昌平湯峪山中。《畿輔通志》卷一七「湯峪山」：「昌平州西北二十五里，下有温泉，上有佛巖寺。」遺址在今北京市昌平區南口鎮山中，僅存兩株公孫樹及原寺的柱礎、道長修煉的仙人洞和摩崖石刻等。

〔二〕虎谷：山名。在昌平。《日下舊聞考》卷一百三十四引《昌平舊志》：「原西山口西四里有虎谷山，又三里有大虎谷山。」又引《長安客話》：「原駐驛山之西曰虎谷，其旁土崗一丘名小金山，日亭午，人過崗下，有光射衣若金色然。」北口：即今北京市八達嶺之北口，因在居庸關北，故稱。

〔三〕般若：佛教語。梵語的譯音。或譯爲「波若」，意譯「智慧」。佛教用以指如實理解一切事物的智慧，爲表示有别於一般所指的智慧，故用音譯。真如：佛教語。梵文意譯。謂永恒存在的實體、實性，亦即宇宙萬有的本體。

〔四〕餘甘：餘留香甜滋味。唐杜甫《軍中醉飲寄沈八劉叟》：「酒渴愛江清，餘甘漱晚汀。」

〔五〕空花：亦作「空華」。佛教語。隱現於病眼者視覺中的繁花狀虚影。比喻紛繁的妄想和假相。《楞嚴經》卷四：「亦如翳人，見空中華，翳病若除，華於空滅。」諳：熟知。

退食〔一〕

竿頭犢鼻清貧在〔二〕，夢裏槐安舊習空〔三〕。退食歸來澹無事，水邊長嘯看晴虹〔四〕。

【注】

〔一〕退食：歸隱，退休。

〔二〕「竿頭」句：用三國魏阮咸典故。《世説新語·任誕》載，阮族所居，道北爲富户，道南爲貧家。俗有七月七日曬衣之習，是日，道北諸阮盛陳紗羅錦綺，道南阮咸也「以竿高掛大布犢鼻褌於中庭」，人多怪之。其云：「不能免俗，聊復爾耳！」藉以調侃世俗。後用爲貧窮的典故。犢鼻：犢鼻褌。短褲，一説圍裙。形如犢鼻，故名。

〔三〕「夢裏」句：用「槐安夢」典，比喻人生如夢，富貴無常。淳于棼飲酒古槐樹下，醉後入夢，被槐安國王招爲駙馬，任南柯太守三十年，享盡富貴榮華。醒後見槐下有一大蟻穴，南枝有一小穴，即夢中的槐安國和南柯郡。事見唐李公佐《南柯太守傳》。

〔四〕晴虹：雨過天晴後的虹霓。

學易先生雷思 一首

思字西仲，渾源人〔一〕。天德三年進士。大定中，任大理司直，持法寬平，至今稱之。仕至同知北京轉運使事。有《易解》行於世。弟志，字尚仲，亦第進士，仕至永定軍節度使〔二〕。西仲季子淵〔三〕，最知名。

【注】

〔一〕渾源：金縣名，屬西京路應州，今山西省渾源縣。

〔二〕永定軍：金代屬中都路，治今河北省雄縣。

〔三〕淵：雷淵字希顔，别字季默。雷思子。至寧元年進士，調任涇州録事。後因牽連入獄，出獄後改官東平，授徐州觀察判官。轉任應奉翰林文字，拜監察御史。《金史》卷一一〇有傳，《中州集》卷六有小傳。

食松子〔一〕

千巖玉立盡長松〔二〕，半夜珠璣落雪風〔三〕。休道東游無所得，歲寒梁棟滿胸中〔四〕。

【注】

〔一〕松子：松樹的種實，可食。杜甫《秋野》其三：「風落收松子，天寒割蜜房。」

〔二〕玉立：猶言挺拔，矗立。元好問《黄華峪十絶句》其五：「玉立千峰畫不如，天公自有范寬圖。」

〔三〕珠璣：晶瑩似珠玉之物，此指松子。

〔四〕歲寒：指松柏。《論語·子罕》：「歲寒，然後知松柏之後彫也。」

王大尹翛 一首

翛字翛然，范陽人〔一〕。皇統二年進士。資禀鯁峭〔二〕，甫入仕即以材幹稱。大定中，皇子曹王尹大興〔三〕，翛然爲少尹。王移鎮北門〔四〕，復以同尹從之，前後多所規益，朝廷稱焉。遷咸平轉運使〔五〕，改知瀋州〔六〕。坐爲怨家所誣奪官。宰相有爲辨理者，得鄭州防禦使。章宗即位，召拜禮部尚書，以選爲大興尹，兩月政成，發姦擊强，剖繁理劇，百年以來無有出其右者。尋爲護前者所排〔七〕，繫獄累月，天子知其非罪，出之。翛然幅巾歸范陽。明年，起爲定國軍節度使〔八〕，致仕，卒。遺命無請謚，無立碑。然至今言名臣者必及焉。

【注】

〔一〕范陽：金縣名，屬中都路涿州，今河北省涿州市。

〔二〕鯁峭：剛正峭直，正直嚴峻。

〔三〕曹王：金世宗子完顔永功，大定十一年封曹王，十八年改大興尹。二十三年，改北京留守。判東京留守。大興：金府名，屬中都路，治今北京市大興區。

〔四〕北門：北京路。

〔五〕咸平：咸平路咸平府，置遼東路轉運使。治今遼寧省開原縣。

〔六〕瀋州：金州名，屬東京路，治今遼寧省瀋陽市老城區。

〔七〕護前：回護以前的錯誤，猶護短。《金史·王翛傳》：「明昌二年，改知大興府事。時僧徒多游貴戚門，翛惡之，乃禁僧午後不得出寺。嘗一僧犯禁，皇姑大長公主爲請，翛曰：『奉主命，即令出之。』立召僧，杖一百死。京師肅然。」知「護前者」指公主等貴戚。

〔八〕定國軍：屬京兆府路，治今陝西省大荔縣。《金史》本傳作「定海軍」：「明年，特授定海軍節度使。」萊州定海軍，屬山東東路，今山東省萊州市。

烏子秀自左司員外郎左遷上京幕官〔一〕

楚山白玉點蠅頭〔二〕，正坐胸中有九流〔三〕。同部吏郎皆五馬〔四〕，不知山鬼解揶揄〔五〕。

【注】

〔一〕烏子秀：其人不詳。左遷：降官，貶職。上京：金天眷元年以京師會寧府爲上京，故址在今黑龍江省哈爾濱市南。

〔二〕楚山：即荆山，在湖北省。有抱玉巖，相傳春秋楚人卞和得璞玉於此。蠅頭：如蒼蠅頭一般。《詩·小雅·青蠅》：「營營青蠅，止于樊。豈弟君子，無信讒言。」鄭箋：「蠅之爲蟲，汙白使黑，汙黑使白，喻佞人變亂善惡也。」後以「蠅糞點玉」喻讒佞誣陷，使好人受害。宋陸佃《埤雅·釋蟲》：「青蠅糞猶能敗物，雖玉猶不免，所謂蠅糞點玉是也。」點玉，使白玉沾有污點，喻惡言中傷。

〔三〕坐：因爲，由於。九流：本指先秦的九個學術流派。《漢書·敘傳下》：「劉向司籍，九流以別。」顏師古注引應劭曰：「儒、道、陰、陽、法、名、墨、縱横、雜、農，凡九家。」泛指各學術流派。二句言烏子秀所以被貶，乃被人誣陷，主因是其學識廣博有能力。

〔四〕五馬：太守的代稱。漢樂府《陌上桑》：「使君從南來，五馬立踟躕。」宋胡仔《苕溪漁隱叢話前集》卷六：「《遯齋閑覽》云：世謂太守爲五馬，人罕知其故事。……後見龐幾先云：古乘駟馬車，至漢時太守出則增一馬，事見《漢官儀》也。……《潘子真詩話》云：《禮》：天子六馬左右驂，三公九卿駟馬右騑。漢制：九卿則中二千石，亦右騑；太守駟馬而已，其有功德加秩中二千石及使者，乃有右騑。故以五馬爲太守美稱。」

〔五〕山鬼：山精。傳説中一種能戲弄人且致病的獨脚怪物。南朝宋鄭緝之《永嘉郡記》：「安國縣有山鬼，形體如人而一脚，裁長一尺許。好噉鹽，伐木人鹽輒偷將去。不甚畏人，人亦不敢犯，犯之即不利也。」句言烏子秀只知憑借才學剛正直行，卻不知防備奸人，以致左遷。

高工部有鄰 一首

有鄰字德卿，遂城人〔一〕。數歲入小學。州將爲子娶婦，騶御盈路〔二〕，同舍兒競觀之，德卿讀書自若也。大定三年第進士，歷州縣，爲尚書省令史。時相議絀詞賦，專明經，德卿以賦有譎諫之義〔三〕，反復詰難〔四〕，竟得不罷。爾後擢第者，廷試時務策〔五〕，亦自德卿發之。明昌初，累遷安國軍節度使〔六〕。父飛狐令某，嘗尉南和〔七〕，以公事活千餘人，德卿實生是邑，父老有身及當時事者，扶杖迎勞，歡呼馬前，德卿亦爲立碑尉廳。不踰月，子嵩、猶子鑄同牓登科，時人榮之。泰和中，使宋還，拜工部尚書。致仕，卒。德卿孝友廉介，長於吏事。所至興學校，敦風化，以儒雅自緣飾，耆舊至今稱之。子嵓，字士瞻，第進士。季子嶷，字士美，正大初監察御史，最知名。

【注】

〔一〕遂城：金縣名，屬中都路遂州，今河北省徐水縣遂城鎮。

〔二〕驂御：指陪乘。驂，通「參」。《左傳·文公十八年》：「納閻職之妻，而使職驂乘。」杜預注：「驂乘，陪乘。」

〔三〕賦有譎諫之義：指賦這種文體有「勸百諷一」之功能。漢賦多正面宣揚帝國盛世，結尾別轉，以示規諫之義。譎諫：委婉地規諫。《詩·周南·關雎序》：「上以風化下，下以風刺上，主文而譎諫，言之者無罪，聞之者足以戒，故曰風。」鄭玄箋：「譎諫，詠歌依違不直諫。」

〔四〕詰難：詰問駁難。

〔五〕廷試：科舉制度會試中式後，由皇帝親自策問，在殿廷上舉行的考試。通常稱殿試。《宋史·選舉志一》：「凡廷試，帝親閲卷累日，宰相屢請宜歸有司，始詔歲命官知舉。」

〔六〕安國軍：金河北西路邢州置，治今河北省邢臺市。

〔七〕飛狐：金縣名，屬西京路蔚州，今河北省淶源縣。因境有飛狐要隘而得名。飛狐在今河北省淶源縣北、蔚縣南。兩崖峭立，一線微通，迤邐蜿蜒，百有餘里，爲河北平原與北方邊郡間的交通咽喉。南和：金縣名，屬河北西路邢州，今河北省南和縣。

馬嵬〔一〕

事去君王不奈何〔二〕，荒墳三尺馬嵬坡〔三〕。歸來枉爲香囊泣〔四〕，不道生靈淚更多〔五〕。

【注】

〔一〕馬嵬：地名。在陝西省興平縣馬嵬鎮。唐玄宗賜死貴妃楊玉環處。清吴景旭《歷代詩話·金詩》：「（章宗）詔録馬嵬詩，得五百餘首，付詞臣第之，杜真卿詩（略）高德卿詩（略）皆在高等。」

〔二〕「事去」句：《舊唐書·后妃列傳》載，安禄山叛亂，攻破潼關後，唐玄宗離京西去，道次馬嵬，禁軍不發，要求誅殺楊國忠、楊玉環兄妹。唐玄宗眼見大勢已去，只能無奈地答應。

〔三〕「荒墳」句：楊貴妃葬於馬嵬坡。

〔四〕「歸來」句：《舊唐書·后妃列傳》載，唐玄宗自蜀返京後，密令中使將楊貴妃改葬。發墓時，肌膚已壞，香囊仍在。中使攜回上獻，唐玄宗視之淒惋。香囊：盛香料的小囊，佩於身以爲飾物。

〔五〕生靈：人民，百姓。

宋孟州楫 二首

楫字濟川，長子人〔一〕。年十九，天德三年擢第，除著作郎。母老丐歸養，許之。泰和三年〔二〕，以省掾從吏部尚書梁肅使宋〔三〕，副趙王府長史直臣獵淮上〔四〕，射一虎，斃之。濟川有詩記其事，語意俊拔〔五〕，泗州守刻石於鎮淮堂〔六〕。濟川官至孟州防禦使〔七〕。子元吉，字祐之，明昌二年進士。元圭，字達之，泰和三年進士。皆有名於時。曾孫弘道，今在武陟〔八〕。

【注】

〔一〕長子：金縣名，屬河東南路潞州，今山西省長子縣。

〔二〕泰和三年：梁肅卒於大定二十八年，其使宋在大定十四年，故「泰和三年」有誤。

〔三〕吏部尚書梁肅：大定十四年，梁肅官刑部尚書。《金史》本傳：「改刑部尚書。宋主屢請免立受國書之儀，世宗不從。及大興尹璋爲十四年正旦使，宋主使人就館，奪其書而重賂之。璋還，杖一百五十，除名。以肅爲宋國詳問使。」《金史・交聘表中》：「（大定十四年）二月，以刑部尚書梁肅、趙王府長史蒲察訛里刺爲詳問宋國使。」按此，「吏部」應爲「刑部」。

〔四〕直臣：駝滿蒲馬，亦作蒲察訛里刺，漢名直臣，時爲都管趙王府長史。

〔五〕俊拔：卓異出衆。

〔六〕泗州：金州名，先隸山東西路，大定六年屬南京路。治今江蘇省盱眙市。

〔七〕孟州：金州名，屬河東南路，治今河南省孟州市。

〔八〕武陟：金縣名，屬懷州，今河南省武陟縣。

還紫雲寺素扇且題詩其上〔一〕

吴綾便面小團團〔二〕，信手拈來亦厚顔〔三〕。障盡驛塵三十里，却還明月紫雲間〔四〕。

【注】

〔一〕紫雲：即紫雲山，在今山西省長子縣。《山西通志》卷一九「長子縣」：「紫雲山在縣東南四十里，遞高三里，盤踞十里，接慈林壺口山。唐《瑞應録》：『明皇别駕潞州時，與郡僚宴壺口，遥見羊頭山西北紫雲朝拱，因名曰紫雲山。』一説壺關山東北現紫雲云。」素扇：潔白而没有寫字繪畫的扇子。

〔二〕吴綾：古代吴地所産的一種有紋彩的絲織品，以輕薄著名。便面：古代用以遮面的扇狀物。《漢書·張敞傳》：「然敞無威儀，時罷朝會，過走馬章臺街，使御吏驅，自以便面拊馬。」顔師古注：「便面，所以障面，蓋扇之類也。不欲見人，以此自障面則得其便，故曰便面，亦曰屏面。今之沙門所持竹扇，上袤平而下圜，即古之便面也。」後稱團扇、摺扇爲便面。團團：圓貌。

〔三〕厚顔：臉皮厚，不難爲情。

〔四〕明月：喻扇。

庭槐

庭槐先人手所植〔一〕，再世清陰方滿臺〔二〕。慚媿兒孫種桃李，花枝準擬當年開〔三〕。

【注】

〔一〕「庭槐」句：古人在庭院植槐往往賦予寓意。周代朝廷種三槐、九棘，公卿大夫分坐其下，以定三公九卿之位。漢公孫詭《文鹿賦》：「麀鹿濯濯，來我槐庭。食我槐葉，懷我德聲。」或以指三公之位。《晉書·王戎王衍傳論》：「濬沖善發談端，夷甫仰希方外，登槐庭之顯列，顧漆園而高視。」

先人：亡父。

〔二〕再世：兩代。

〔三〕準擬：希望。二句謂如今兒孫皆急功近利，希望自身得益，將前輩的深謀遠慮、惠及兒孫之做法抛之腦後，實屬愚鈍。

高轉運德裔 一首

德裔字曼卿，鶴野人〔一〕。高才博學，弱冠擢第〔二〕，累遷登聞檢院同知、太府少監、平陽少尹、開州刺史、豐王傅〔三〕，卒於西京路轉運使〔四〕。工於爲文，字畫尤有法，所題卷軸今猶有存者。嘗以樗軒所書比之〔五〕，氣韻形似，無毫髮少異。樗軒自望者甚高，何至學曼卿，乃暗與之合，真異事也。子元道，殿中侍御史。

【注】

〔一〕鶴野：遼金縣名，屬東京路遼陽府，今屬遼寧省遼陽市。《遼史・地理志》：「鶴野縣，本漢居就縣地，渤海爲雞山縣。昔丁令威家此，去家千年，化鶴來歸，集于華表柱，以味畫表云：『有鳥有鳥丁令威，去家千年今來歸。城郭雖是人民非，何不學仙冢纍纍。』戸一千二百。」金因之。

〔二〕弱冠：《禮記・曲禮上》：「二十曰弱，冠。」孔穎達疏：「二十成人，初加冠，體猶未壯，故曰弱也。」後遂稱男子二十歲或二十出頭爲弱冠。

〔三〕平陽：金府名，屬河東南路，治今山西省臨汾市堯都區。開州：金州名，屬大名府路，今河南省濮陽市。豐王：金宣宗完顏珣，大定二十九年封豐王，承安元年封翼王。

〔四〕西京路：金路名，治今山西省大同市。

〔五〕樗軒：完顏璹，字仲實，號樗軒居士。世宗之孫，越王之子，封密國公。被譽爲「百年以來，宗室中第一流人」。資質簡重，博學有俊才，善真草書。畫墨竹自成規格。《金史》卷八五有傳，《中州集》卷五、《歸潛志》卷一有小傳。

坐忘女

女，環州張氏，年十三，異夢之後，坐忘已四年矣。贈詩者甚多〔一〕。

結習銷來性自圓〔二〕，去留元不問人天〔三〕。消摇自是忘形蝶〔四〕，枯寂寧同委脱蟬①〔五〕。無礙真空常蕩蕩〔六〕，若存餘息尚綿綿〔七〕。立亡坐脱皆游戲〔八〕，定力何嘗有變遷〔九〕。

【校】

①脱：毛本作「蜕」。

【注】

〔一〕坐忘：道家謂物我兩忘、與道合一的精神境界。《莊子·大宗師》：「墮肢體，黜聰明，離形去知，同於大通，此謂坐忘。」郭象注：「夫坐忘者，奚所不忘哉！既忘其跡，又忘其所以跡者，内不覺其一身，外不識有天地，然後曠然與變化爲體而無不通也。」環州：金州名，屬慶原路，治今甘肅省環縣。

〔二〕結習：佛教稱煩惱。句謂世俗欲望煩惱除盡後佛性便得以顯現。

〔三〕「去留」句：謂對待生死的態度，她與天人没有任何差别。

〔四〕「消摇」句：用莊周夢蝶典故。消摇：逍遥。悠閒自得貌。忘形：指超然物外，忘了自己的形體。

〔五〕「枯寂」句：謂枯坐静修與道家像蟬蜕一樣的羽化屍解截然不同。《晉書·葛洪傳》：「而洪坐至日中，兀然若睡而卒……視其顔色如生，體亦柔軟，舉屍入棺，甚輕，如空衣，世以爲屍解得仙云。」

〔六〕真空：佛教語。一般謂超出一切色相意識界限的境界。唐慧能《壇經·般若品》：「念念説空，不識真空。」句言歸於真空，進入無思無慮、俗念蕩然無存的境界。

〔七〕「若存」句：謂張氏坐忘後其鼻息仍有細微之氣。

〔八〕立亡坐脱：佛教術語，坐脱，又稱坐化、坐亡，指端坐念佛而遷化。立亡，指直立合掌念佛而逝。元耶律楚材《寄萬松老人書》：「又安知視死生如逆旅，坐脱立亡，乃衲僧之餘事耳。」

〔九〕定力：佛教語。五力之一。伏除煩惱妄想的禪定之力。

路冀州仲顯 一首

仲顯字伯達，冀州人〔一〕。家世寒微，其母有賢行，教伯達讀書。國初賦學家有類書名節事者，新出，價數十金。大家兒有得之者，輒私藏之。母爲伯達買此書，撙衣節食〔二〕，累年而後致。戒伯達言：「此書當置學舍中，必使同業者皆得觀。少有靳固〔三〕，吾即焚之矣。」伯達，正隆五年進士。明昌初，授武安軍節度使〔四〕，鄉人榮之。雲朔用兵〔五〕，伯達奉使江左還〔六〕，獻賜幣以佐軍〔七〕。未報，而伯達死。章廟詔以所獻還其家〔八〕。夫人傅氏曰：「此非吾夫意。」復上之，有司不聽。夫人付之州學，買上田二千畝有奇，以贍生徒。故相馬琪德玉時判州事〔九〕，聞于朝，賜號成德夫人。伯達二子，鐸，字宣叔；鈞，字和叔，俱有名于時。宣叔爲諫官，諫章廟元妃李氏出細微〔一〇〕，不應上僭〔一一〕，有累聖德。又其兄弟恃寵納賂〔一二〕，將有楊國忠之禍〔一三〕。坐謗訕除名〔一四〕，宣叔布衣還鄉里。傅夫人臨終敕宣叔曰：「汝以憂國愛君，故極言直諫，天子明聖，特暫有所蔽，計他日必復起汝。前事須再言，勿有所顧藉也〔一五〕。」墓碑不之載，故表出之。

【注】

〔一〕冀州：金州名，屬河北東路，治今河北省冀州市。

〔二〕撙衣節食：節衣縮食。

〔三〕靳固：吝惜。《晉書·嵇康傳》：「昔袁孝尼嘗從吾學《廣陵散》，吾每靳固之，《廣陵散》於今絶矣！」

〔四〕武安軍：安武軍。金河北東路冀州置。《金史・路伯達傳》：「拜安國軍節度使，未幾，改鎮安武。」

〔五〕雲朔：雲中、朔州，今山西省大同、朔州一帶。

〔六〕奉使江左：奉命出使南宋。

〔七〕「獻賜」句：《金史・路伯達傳》載：「嘗使宋回，獻所得金二百五十兩、銀一千兩以助邊，表乞致仕，未及上而卒。」贊曰：「金詘宋稱臣稱侄，受其歲幣，禮也。使聘于其國，燕享禮也，納其重賂其可乎哉？時人貪利忘禮，習以爲常，莫有知其爲非者。故去則云酬勞效，還則户增物力，上下交征，惟利是事，此何誼耶？伯達獨能明其非禮，回獻所饋，齎志未畢，傅氏又能成之，及歸所獻，竟以買田贍學。婦人秉心之烈、制事之宜，乃能如是，士大夫溺于世俗之見者寧不愧哉！賜號成德，不亦宜乎。」評價極高。

〔八〕章廟：指金章宗完顏璟。

〔九〕馬琪：字德玉，大興寶坻人，正隆五年進士。明昌四年拜參知政事，承安二年致仕。《金史》卷九五有傳。

〔一〇〕細微：低賤。

〔一一〕上僭：謂越位踰制，冒用高於自己身份的名義、禮儀等。《詩・邶風・緑衣序》：「《緑衣》，衛莊姜傷己也。妾上僭，夫人失位而作是詩也。」孔穎達疏：「由賤妾爲君所嬖而上僭，夫人失位而幽微。」

〔三〕「又其」句：《金史·后妃傳·章宗元妃李氏傳》：「兄喜兒舊嘗爲盜，與弟鐵哥皆擢顯近，勢傾朝廷，風采動四方，射利競進之徒爭趨走其門。」

〔三〕楊國忠：本名楊釗，蒲州永樂人，楊貴妃族兄。貴妃受寵於唐玄宗，國忠亦飛黄騰達，升任宰相，專權跋扈。其與安禄山的矛盾，直接導致了「安史之亂」的爆發。新、舊唐書有傳。

〔四〕謗訕：毁謗譏刺。

〔五〕顧藉：猶顧忌。

楊秘監釋迦出山像〔一〕

自從此老出山隅〔二〕，惱亂蒼生底事無〔三〕。他日若逢楊處士〔四〕，只教畫箇涅槃圖〔五〕。

【注】

〔一〕楊秘監：楊邦基，字德茂，號息軒，大定中進士，仕至秘書監、禮部尚書。文筆字畫有前輩風調，世獨以其畫比宋代畫家李公麟。《中州集》卷八有小傳。釋迦出山像：爲佛傳畫題之一。又作出山如來，出山相。相傳釋迦牟尼在雪山林中修苦行，成道之後，頭頂明星、全身放光而出。自宋以降，此一故事成爲水墨描繪和文人賞玩之題材。金完顔璹《釋迦出山息軒畫》：「龐眉袖手出巖阿，及至拈花事已訛。千古雪山山下路，杖藜無處避藤蘿。」

〔二〕此老：指釋迦牟尼。

〔三〕惱亂：撩亂。底事：何事。二句言釋迦成道出山傳播佛法，導致衆生眼花繚亂，事事皆依其指教，實乃無事生非。

〔四〕楊處士：指楊邦基。

〔五〕涅槃：佛教語。梵語的音譯。意譯爲「寂滅」、「圓寂」等。是佛教全部修習所要達到的最高理想，一般指熄滅生死輪回後的境界。此指去世。

張代州大節 一首

大節字信之，五臺人〔一〕。天眷中進士。與興陵有藩邸之舊〔二〕，愛其真淳〔三〕，甚倚重之。歷横海軍節度使、咸平大興尹、吏部尚書、河東北路兵馬都總管〔四〕。明昌初，請老，特授雁門節鉞〔五〕，除其子嵓叟忻州刺史〔六〕，以榮其歸。信之好奨進士類，滄州徐韙、太原王澤、大興吕造〔七〕，經其指授，卒成大名。士論以風鑒歸之〔八〕。嵓叟，字夢弼，亦第進士。歷嵐、潞、懷三州節度〔九〕，終於集慶軍〔一〇〕。屏山謂吏事不及乃父〔一一〕，而以長厚見稱〔一二〕。子待，舉臺掾，選授奉御。正大末，從車駕東狩〔一三〕，不知所終。孫紹祖，在東平〔一四〕。

【注】

〔一〕五臺：金縣名，屬河東北路代州，今山西省五臺縣。

〔二〕興陵：指金世宗完顔雍，死後葬於興陵（今北京市房山區）。藩邸之舊：《金史·張大節傳》：「改東京市令，世宗判留務，甚愛重之。」此乃世宗以藩王任遼東留守時事。

〔三〕真淳：真率淳樸。

〔四〕横海軍：屬河北東路滄州，治今山東省滄州市。咸平：金府名，屬咸平路，治今遼寧省開原縣。大興：金府名，屬中都路，治今北京市大興區。

〔五〕節鉞：符節與斧鉞。古代授予官員或將帥，作爲加重權力的標誌。

〔六〕忻州：金州名，屬河東北路，治山西省忻州市忻府區。

〔七〕徐韙：金大定二十五年詞賦狀元（見《金石萃編》卷一五八《改建題名碑》）。金趙渢《太原府學文廟記》：「先是，公持横海節，亦時修飾學宮，督課儒業。學生徐韙是舉遂魁天下。」張大節任横海節度使在金世宗大定年間。王澤：陽曲（今山西省陽曲縣）人。明昌二年詞賦狀元。《山西通志》卷三五「太原府儒學」：「明昌二年，張大節知太原，增治殿宇、講堂、齋室，翰林趙渢爲記。是年登龍飛榜者，學籍凡七人，翰林應奉王澤首冠多士，而州學復一新。」吕造：字子成，大興（今北京市大興區）人。承安二年詞賦狀元。

〔八〕風鑒：善于識别獎掖人才者。

〔九〕嵐：嵐州，金屬河東北路，治今山西省嵐縣。潞：潞州，金代屬河東南路，治今山西省長治市。懷：懷州，金屬河東南路，治今河南省沁陽市。

〔一〇〕集慶軍：南京路亳州置，治今安徽省亳州市。

〔一一〕屏山：李純甫，號屏山居士。吏事：政事，政務。

〔一二〕長厚：恭謹寬厚。

〔一三〕車駕東狩：指金天興元年哀宗離京東逃事。《金史·哀宗下》載，天興元年十二月丙子朔，事勢危急。甲申，詔議親出。庚子，上發南京。辛丑，至開陽門外，有人來報「京西三百里之間無井竈，不可往。東行之議遂決」。壬寅，次杞縣。癸卯，次黃城。甲辰，次黃陵岡。

〔一四〕東平：金府名，屬山東西路，治今山東省東平縣。

同新進士呂子成輩宴集狀元樓〔一〕

鸚鵡新班宴杏園〔二〕，不妨老鶴也乘軒〔三〕。龍津橋上黃金牓〔四〕，三見門生是狀元〔五〕。

【注】

〔一〕呂子成：呂造，字子成，大興（今北京市大興區）人。承安二年詞賦狀元。

〔二〕鸚鵡：比喻有才之士。唐紀唐夫《送温庭筠尉方城》：「鳳皇詔下雖霑命，鸚鵡才高卻累身。」新班：指新的一代才士。杏園：園名。唐代新科進士賜宴之地。後泛指新科進士游宴處。

〔三〕老鶴亦乘軒：《左傳·閔公二年》：「衛懿公好鶴，鶴有乘軒者。」杜預注：「軒，大夫車。」宋蘇軾《次韻子由述懷四絶》之三：「兩鶴摧頹病不言，年來相繼亦乘軒。」

〔四〕龍津橋：喻登科之路，飛黄騰達之路。黄金牓：黄榜，殿試後朝廷發布的中式者名單。

〔五〕三見門生：門生滄州徐韙、太原王澤、大興吕造三爲狀元。徐韙大定三十年詞賦狀元及第。王澤爲明昌二年詞賦狀元。金趙渢《太原府學文廟記》：「明昌二年，以前中都路都轉運使張公大節出尹太原……是年登龍飛榜者，學籍凡七人，翰林應奉王澤首冠多士。」又《金史·章宗本紀》：「敕魏汝翼特賜進士及第，劉震亨等同進士出身，並附王澤榜。」

趙轉運慤 三首

慤字叔通，黄山先生渢之父也〔一〕。宋末汪彦章任鄆州教官〔二〕，叔通爲學正〔三〕，嘗預酬唱〔四〕，故其詩文皆有源委〔五〕。國初登科，仕至同知南京路轉運使事。

【注】

〔一〕黄山先生渢：趙渢，字文孺，自號黄山，東平人。大定二十二年進士，仕至禮部郎中。性冲淡，尤工書。《金史》卷一二六有傳，《中州集》卷四有小傳。

〔二〕汪彦章：汪藻，字彦章，北宋文學家。《宋史》卷四四五有傳。鄆州：北宋州名，宣和元年改稱東平府，治今山東省東平縣。

〔三〕學正：宋代地方學校學官。宋代路、州、縣學及書院設學正，掌教育所屬生員。宋洪邁《夷堅支甲志·林學正》：「王瞻叔參政帥閩，公言林平生行義，不妄取予，使加禮重。王訪其所止，遣五兵一車，齎錢三萬，聘以爲學正。」

〔四〕酬唱：以詩詞相互贈答。

〔五〕源委：指水的發源和歸宿。引申爲事情的本末或淵源。語本《禮記·學記》：「三王之祭川也，皆先河而後海，或源也，或委也，此之謂務本。」鄭玄注：「源，泉所出也；委，流所聚也。」

擬古

春風動地來，依依燒痕青〔一〕。王孫行不歸〔二〕，離恨何時平。翩翩誰家兒，曉獵開紅旌。彫弓插白羽，怒馬懸朱纓〔三〕。園合意氣雄，厮養厭庖烹〔四〕。人生一春草，時至何足榮〔五〕。君看五陵樹〔六〕，日暮悲風生。

【注】

〔一〕燒痕：野火的痕跡。

〔二〕「王孫」句：化用《楚辭・招隱士》詩句：「王孫游兮不歸，春草生兮萋萋。」

〔三〕怒馬：體健氣壯的馬。《後漢書・第五倫傳》：「蜀地肥饒，人吏富實，掾史家貲多至千萬，皆鮮車怒馬，以財貨自達。」李賢注：「怒馬，謂馬之肥壯，其氣憤怒也。」

〔四〕厮養：《史記・張耳陳餘列傳》裴駰集解引韋昭曰：「析薪爲厮，炊烹爲養。」句言獵者乃權貴膏粱子弟。

〔五〕「人生」二句：謂人生如春草，有榮必有枯。這些權貴膏粱子弟之氣焰囂張，乃時代家勢使然，而時勢是不會長久不變的，他們又何必誇耀呢？

〔六〕五陵：漢代五個皇帝的陵墓，在長安附近。

蜀山曉發〔一〕

曉發蜀山道，山深人自迷。殘星數徽小〔二〕，斜月一梳低〔三〕。隔舍繅車響〔四〕，遥林杜宇啼〔五〕。區區事行役〔六〕，何日得安棲。

【注】

〔一〕蜀山：蜀地山嶽的泛稱。然此時屬南宋地，詩人不當到此。味此意，當指臨近漢中之金地的蜀山餘脈。

〔二〕徽：通「微」。隱微。

〔三〕「斜月」句：即一梳月，紘月，彎月。宋楊萬里《晚步》：「半疋輕煙束翠山，一梳月寒仰青天。」又《十二月二十一日迎春》：「星淡孤螢月一梳，迎春早起正愁予。」

〔四〕繅車：抽繭出絲的工具。

〔五〕杜宇：杜鵑。

〔六〕區區：謂盡力奔走。區，通「驅」。行役：因公務而出外跋涉。或泛稱行旅，出行。

寒齋雪中書呈許守〔一〕

剪水作花開，紛紛天上來。聲清偏傍竹，艶冷欲欺梅。積潤滋牟麥〔二〕，餘膏丐草萊〔三〕。窮閻休歎息〔四〕，數日是春回。

【注】

〔一〕許守：其人不詳。

〔二〕牟麥：大麥，稞麥。牟，通「麰」。《詩·周頌·臣工》「於皇來牟」漢鄭玄箋：「於美乎赤烏，以牟麥俱來。」

〔三〕丐：給予。草萊：猶草莽。雜生的草。

〔四〕窮閻：陋巷；窮人住的里巷。《荀子·儒效》：「雖隱於窮閻漏屋，人莫不貴之，貴道存也。」楊倞注：「窮閻，窮僻之處。閻，里門也。」

郭秘監長倩 一首

長倩字曼卿，文登人〔一〕。皇統丙寅經義乙科〔二〕，仕至秘書少監，兼禮部郎中，修起居注。與施朋望、王無競、劉巖老、劉無黨相友善〔三〕，所撰《石决明傳》爲時人所稱。有《崑崙集》傳于世。子天驥。

【注】

〔一〕文登：金縣名，屬山東東路寧海州，今山東文登市。

〔二〕皇統丙寅：皇統六年。乙科：此指詞賦科及第中的乙等。

〔三〕施朋望：施宜生。朋，當作「明」。王無競：王競。劉巖老：劉瞻。劉無黨：劉迎。

義師院叢竹

南軒移植自西壇，瘦玉亭亭十數竿。得法未應輸老柏〔一〕，植根兼得近幽蘭。雖無穠艷包春色，自許貞心老歲寒〔三〕。百草千花盡零落，請君來向此中看。

【注】

〔二〕得法：叢竹之移植時深得移栽之法。

〔三〕貞心：堅貞不移的意志。歲寒：一年中的嚴寒時節。

郭録事用中 一首

用中字仲正，平陽人〔一〕。大定七年進士。歷浮山簿、陜州録事〔二〕，卒年三十一。有《寂照居士集》，郝子玉、毛牧達、鄭仲康爲之引〔三〕。其《賦醋魚》云：「身卧不知雲子白，氣酣聊作木奴酸。」〔四〕按，《博物志》：西羌仲秋日〔五〕，取鯉子，不去鱗，破腹，以赤秫米飯鹽醋合糝之，逾月則熟，謂之秋鮓〔六〕。故仲正云然。又《賦雪》云：「灞橋柳絮人千里，楚澤蘆花水半扉。」殊有詩人思致。恨不假之以年耳。

【注】

〔一〕平陽：金府名，屬河東南路，治今山西省臨汾市。

〔二〕浮山：金縣名，屬河東南路平陽府，今山西省浮山縣。陜州：金州名，屬南京路，治今河南省三門峽市。

〔三〕郝子玉：郝俣，字子玉。毛牧達：毛麾，字牧達。鄭仲康：鄭時昌，字仲康。

〔四〕雲子：米粒，米飯。宋陸游《起晚戲作》：「雲子甑香炊熟後，露芽甌淺點嘗初。」木奴：《三國志·吴志·孫休傳》「丹陽太守李衡」裴松之注引晉習鑿齒《襄陽記》：「（李衡）於武陵龍陽氾洲上作宅，種甘橘千株。臨死，敕兒曰：『汝母惡我治家，故窮如是。然吾州里有千頭木奴，不責汝衣食，歲上一匹絹，亦可足用耳……吴末，衡甘橘成，歲得絹數千匹，家道殷足。』」後因稱柑橘樹爲「木奴」。此處指柑橘的果實。

〔五〕西羌：西漢時對羌人的泛稱。亦指東漢羌人内徙定居在金城、隴西、漢陽等郡的一支。《後漢書·西羌傳》：「西羌之本，出自三苗，姜姓之别也。」

〔六〕秋鮓：仲秋製作的醃魚。

偶得

參徧叢林懶出游〔一〕，指端孤月照高秋〔二〕。大千界裏閑窺掌〔三〕，不二門中暗點頭〔四〕。掃地燒香聊自遣，栽花種竹儘風流。莊蒙抵死談齊物〔五〕，無物齊時也合休〔六〕。

【注】

〔一〕叢林：佛教多數僧衆聚居的處所。《大智度論》卷三：「僧伽秦言衆，多比丘一處和合，是名僧伽；譬如大樹叢聚是名爲林。」後泛稱寺院爲叢林。

〔二〕指端孤月：《御注圓覺經》卷一：「修多羅教，如標月指，若復見月，了知所標，畢竟非月（因指見月，見月忘指。因教詮心，悟心忘教）。」

〔三〕大千界：佛教語。「三千大千世界」之省稱。後亦以指廣闊無邊的世界。窺掌：猶指掌。《金勝寺募緣疏》：「靜裏妙明，大千世界閑窺掌；空中法相，一輪浩月印秋波。」句言習佛悟道時對事理非常了解，將佛法妙諦看得淺顯易明。

〔四〕不二門：不二法門。佛家語。謂平等而無差異之至道。《維摩詰經·入不二法門品》：「如我意者，於一切法無言無説，無示無識，離諸問答，是爲入不二法門。」點頭：表示贊許領悟。

〔五〕莊蒙：莊周。曾爲蒙地漆園吏，故稱。抵死：竭力。齊物：老莊學派的一種哲學思想。認爲宇宙間一切事物，如生死壽夭，是非得失，物我有無，都應當同等看待。這一思想，集中反映在《莊子·齊物論》中。

〔六〕「無物」句：意謂《莊子·齊物論》仍着眼於物，與佛家着眼於心相較，就略欠一籌，不值一提了。

趙太常之傑 三首

之傑字伯英，大定人〔一〕。本名宗傑，避諱改〔二〕。大定十六年進士，歷西京提刑副使、棣州防禦使〔三〕，終於太常卿。使宋還，言事云：「宋人文敝之極〔四〕，且脆弱不足爲慮，邊部爲可慮也〔五〕。」其前識如此〔六〕。子繪，名進士，早卒。孫季卿，在燕中〔七〕。

【注】

〔一〕大定：遼金府名，遼代屬中京，金代屬北京路，今内蒙古寧城西北。

〔二〕避諱改：避睿宗諱。睿宗宗堯，太祖子。世宗即位，追謚帝位，廟號睿宗。《中州集》同卷「宗端修小傳」：「章宗避睿宗諱，改宗爲姬。」

〔三〕棣州：金州名，屬山東東路，今山東省濱州市。

〔四〕文敝：謂尚文之極而成弊害。

〔五〕邊部：邊境地區。此當指北方邊境。

〔六〕前識：謂先見之明。《老子》：「前識者，道之華而愚之始。」王弼注：「前識者，前人而識也，下德之倫也。竭其聰明以爲前識，役其智力以營庶事。」

〔七〕燕中：燕京。金中都，今北京市。

許道寧群峰暮雪〔一〕

道士平生林野人，醉中拈出雪峰真〔二〕。爲君療卻煙霞癖〔三〕，比似青囊藥更神〔四〕。

【注】

〔一〕許道寧：北宋中期畫家，長安（今陝西省西安市）人。長於畫林木、平遠、野水三種景色，晚年筆法簡快，所畫峰巒樹木，峭拔勁硬。李成、范寬之後山水畫第一人。

〔二〕「醉中」句：許道寧嗜酒如命，人號「醉許」。宋黃庭堅《答王道濟寺丞觀許道寧山水圖》：「往逢醉許在長安，蠻溪大硯磨松煙。忽呼絹素翻硯水，久不下筆或經年。異時踏門闖白首，巾冠欹斜更索酒。舉杯意氣欲翻盆，倒卧虛樽即八九。醉拾枯筆墨淋浪，勢若山崩不停手。數尺江山萬里遥，滿堂風物冷蕭蕭。」描繪許道寧醉中作畫的神情舉止。

〔三〕煙霞癖：謂酷愛山水成癖。

〔四〕青囊：古代醫家存放醫書的布袋。

題濟源龍潭寺〔一〕

樹圍修竹竹圍庵，庵下泓然碧一潭〔二〕。極目荷花半秋色，小横圖上看江南〔三〕。

【注】

〔一〕濟源：金縣名，屬南京路懷州，今河南省濟源市。龍潭寺：又名延慶寺，在濟源市西，宋景祐年間建。

〔二〕泓然：水清澈貌。

〔三〕「極目」二句：言放眼瞭望龍潭秋荷，猶如橫幅江南澤國圖。

除夜〔一〕

日月不肯留，歲曆倏云畢〔二〕。僧坊見節物〔三〕，新正在明日〔四〕。夜半拊枕歎，半百又加七〔五〕。形骸念念改〔六〕，膂力能不失〔七〕。經言男數八〔八〕，此去才有一〔九〕。健者未可期，況乃常衰疾〔一〇〕。物情忌盈滿〔一一〕，君子慎名實〔一二〕。行矣安退閑，吾其保終吉〔一三〕。

【注】

〔一〕除夜：即除夕，大年三十晚上。

〔二〕倏：即倏。極快地，疾速地。

〔三〕僧坊：僧舍。節物：應節的物品。宋陸游《老學庵筆記》卷二：「靖康初，京師織帛及婦人首飾衣服皆備四時，如節物則春旛、燈毬、競渡、艾虎、雲月之類。」

〔四〕新正：農曆新年正月。

〔五〕「半百」句：詩人時年五十七歲。

〔六〕形骸：指容貌，外貌。念念：佛教語。謂極短的時間，猶言剎那。《百喻經·病人食雉肉喻》：

「一切諸法念念生滅，何有一識常恒不變。」《維摩經・方便品》：「是身如電，念念不住。」

〔七〕膂力：體力，力氣。

〔八〕經：指《黄帝内經》。男數八：古人認爲，人生長發育衰老生命週期中，男女有别。一些重要的節點，男子以八的倍數計，而女子早於男子，以七的倍數計。《黄帝内經・上古天真論》：「丈夫八歲，腎氣實，髮長齒更；二八，腎氣盛，天癸至，精氣溢寫，陰陽和，故能有子；三八，腎氣平均，筋骨勁强，故真牙生而長極；四八，筋骨隆盛，肌肉滿壯；五八，腎氣衰，髮墮齒槁；六八，陽氣衰竭於上，面焦，髮鬢頒白；七八，肝氣衰，筋不能動，天癸竭，精少，腎藏衰，形體皆極；八八，則齒髮去。」

〔九〕「此去」句：謂時年五十七，距七八才超出一歲。

〔一〇〕「健者」二句：言身體原本健康的人到了這一年齡段亦難保無虞，不可强求，更何況自己體弱多病。

〔一一〕「物情」句：猶物極必反。

〔一二〕「君子」句：言君子擔心名位或名聲超過實際。《韓詩外傳》卷一：「禄過其功者削，名過其實者損。」

〔一三〕「行矣」二句：言自己决定急流勇退，以保晚年安然無虞。此亦《易》所云「滿招損，謙受益」之理。終吉：語自《易・謙・九三》：「勞謙君子，有終，吉。」

趙轉運鼎 一首

鼎字德新，欒城人〔一〕。大定十六年進士。喜作詩，頗知道學。屏山所許如此〔二〕。仕至西京路轉運使。《元日》詩云〔三〕：「拜嗟筋力隨年改，飲覺屠蘇到手遲〔四〕。」惜不多見也。子中立，字正卿，第進士，文譽甚著。

【注】

〔一〕欒城：縣名，金時屬河北西路真定府，今河北省欒城縣。

〔二〕屏山：李純甫，號屏山居士。

〔三〕元日：正月初一。《書・舜典》：「月正元日，舜格于文祖。」孔傳：「月正，正月；元日，上日也。」

〔四〕屠蘇：亦作「屠酥」。藥酒名。古代風俗，農曆正月初一飲屠蘇酒。南朝梁宗懍《荆楚歲時記》：「（正月一日）長幼悉正衣冠，以次拜賀，進椒柏酒，飲桃湯，進屠蘇酒……次第從小起。」

宿來同堡〔一〕

渭北洮南過卻春〔二〕，窮邊冰雪更愁人〔三〕。來同驛裏題詩處，破屋青燈一病身。

【注】

〔一〕來同堡：在今甘肅省積石山保安族東鄉族撒拉族自治縣東南。《宋史》卷八七：「來同堡，在南川寨東九十里。番名甘撲堡。熙寧中收復。崇寧中，改築，賜名來同。」金大定二十二年，升積石軍爲積石州，轄懷羌城、循化城、大通城、通津堡、來同堡、臨灘堡，歸臨洮路。

〔二〕渭北：古代地名，指渭水以北。渭水是黄河的第一大支流，發源於甘肅省渭源縣的鳥鼠山，由陝西省潼關匯入黄河。洮南：洮河之南。洮河是黄河的第二大支流，發源於青海西傾山麓，流經甘肅岷縣、臨洮後，在永靖匯入黄河。

〔三〕窮邊：荒僻的邊遠地區。

田轉運特秀 一首

特秀字彦實，易縣人〔一〕。大定十九年進士，仕至太原轉運使。喜作詩，爲周德卿、李之純所賞〔二〕。《感興》云：「散木不材寧適用〔三〕，虚舟無意任乘流①〔四〕。百年身世槐安國〔五〕，千古人情羹頡侯〔六〕。」《賦古塔》云：「締構百年人换世〔七〕，消沉千古鳥盤空。」他類此。彦實所居里名半十，行第五，以五月五日生，小字五兒，二十五歲鄉府省御四試俱中第五。年五十五，八月十五日卒。造物之戲人如此。五月五日生者，見其賦集序，胡國瑞云〔八〕。

【校】

①乘：毛本作「隨」。

【注】

〔一〕易縣：金縣名，屬中都路易州，今河北省易縣。

〔二〕周德卿：周昂，字德卿，真定（今河北省正定縣）人。始入翰林，言事愈切。入拜監察御史。路鐸以言事被斥，昂送以詩，語涉謗訕，坐停銓。學術醇正，文筆高雅，諸儒皆師尊之。《金史》卷一二六有傳，《中州集》卷四有小傳。李之純：李純甫（一一七七——一二二三），字之純，號屏山居士，弘州襄陰（今河北省陽原縣）人。承安二年進士。《金史》一二六有傳，《中州集》卷四、《歸潛志》卷一有小傳。

〔三〕「散木」句：用莊子典故。《莊子·人間世》：「匠石之齊，至于曲轅，見櫟社樹……曰：『已矣，勿言之矣！散木也，以爲舟則沉，以爲棺槨則速腐，以爲器則速毁，以爲門户則液樠，以爲柱則蠹。是不材之木也，無所可用，故能若是之壽。』」散木：原指因無用而享天年的樹木，後多喻天才之人或全真養性、不爲世用之人。

〔四〕虚舟：無人駕御的船隻。語本《莊子·山木》：「方舟而濟于河，有虚船來觸舟，雖有惼心之人不怒。」

〔五〕「百年」句：用槐安夢典故。比喻人生如夢，富貴得失無常。唐李公佐《南柯太守傳》：書生淳于棼家居廣陵郡，飲酒古槐樹下，醉後夢入大槐安國，被國王招爲駙馬，榮耀日盛。又出任南柯太守，多有建樹，享盡富貴榮華。一旦醒來，見槐樹下一大蟻穴，南枝下有一小蟻穴，即爲夢中的槐安國和南柯郡。

〔六〕「千古」句：用漢高祖典故。《史記·楚元王世家》：「高祖兄弟四人，長兄伯，伯蚤卒。始高祖微時，嘗辟事，時時與賓客過巨嫂食。嫂厭叔，叔與客來，嫂詳(佯)爲羹盡，櫟釜，賓客以故去。已而視釜中尚有羹，高祖由此怨其嫂。及高祖爲帝，封昆弟，而伯子獨不得封。太上皇以爲言，高祖曰：『某非忘封之也，爲其母不長者耳。』于是乃封其子信爲羹頡侯。」

〔七〕締構：建造。《西京雜記》卷一：「匠人丁緩、李菊，巧爲天下第一，締構既成，向其姊子樊延年説之，而外人稀知，莫能傳者。」

〔八〕胡國瑞：其人不詳。

宿萬安寺

長途鞍馬倦黃塵，喜見空巖萬疊雲。漫漫野煙迷去鳥，蕭蕭林葉帶殘曛〔一〕。苔封老檜龍鱗起〔二〕，石礙流泉燕尾分〔三〕。夜敞松窗耿無寐〔四〕，一庭蘿影月紛紛〔五〕。

【注】

〔一〕曛：落日的餘光。

〔二〕老檜：松檜之屬。句言松檜之皮如龍鱗。唐王維《春日與裴迪過新昌里訪吕逸人不遇》：「閉户著書多歲月，種松皆老作龍鱗。」

〔三〕燕尾：燕尾分叉像剪刀，因用以摹狀末端分叉之物象。

〔四〕耿：指浮想聯翩、思緒不斷的情形。

〔五〕紛紛：紛亂貌。

趙漕副文昌 一首

文昌字當時，陵川人〔一〕。仕至京兆轉運副使。嘗有詩云：「蟲聲連壞壁，樹色入秋窗。」「草香花落處，山黑雨來時。」頗爲黄華所稱〔二〕。

【注】

〔一〕陵川：金縣名，屬河東南路澤州，今山西省陵川縣。

〔二〕黄華：王庭筠，字子端，號黄華山主、黄華老人。大定十六年進士，歷官州縣，仕至翰林修撰。文詞淵雅，字畫精美。《金史》卷一二六有傳，《中州集》卷三有小傳。

歌扇〔一〕

媚娘巧作貫珠喉〔二〕，畫扇團團半掩羞。唱到春山小顰處〔三〕，一輪明月爲花愁。

【注】

〔一〕歌扇：舊時歌者歌舞時用的扇子。北周庾信《春賦》：「月入歌扇，花承節鼓」。

〔二〕媚娘：嫵媚可愛的年輕女子。貫珠：比喻珠圓玉潤的聲韻。

〔三〕春山：春日山色黛青，喻指婦人姣好的眉毛。小顰：微皺眉頭。憂愁傷心貌。

路轉運忱 一首

忱字子誠，平郭人〔一〕。大定二十二年進士。累遷監察御史，終于河東北路轉運副使。

【注】

〔一〕平郭：縣名，舊名咸平，大定七年更名平郭縣。今遼寧省開原市。

秋懷

落日留虛壁，秋風急戍樓〔一〕。高歌鬼神夜，揮涕虎狼秋〔二〕。豪貴少青眼〔三〕，文章多白頭。何時掛長劍，天地一扁舟〔四〕。

【注】

〔一〕戍樓：邊防駐軍的瞭望樓。

〔二〕「高歌」二句：言自己身居邊塞，又值遊牧民族草黄馬肥南下入侵的防秋之季，欲歸不得，思鄉感傷，唯有高歌揮涕而已。揮涕：揮灑涕淚。《孔子家語·曲禮子夏問》：「二三婦人之欲供先祀者，謂無瘠色，無揮涕，無拊膺，無哀容。」王肅注：「揮涕，不哭。流涕以手揮之。」

〔三〕「豪貴」二句：言自己得不到權貴的器重。青眼：指對人喜愛或器重。與「白眼」相對。杜甫《短歌行·贈王郎司直》：「仲宣樓頭春色深，青眼高歌望吾子。」

〔四〕天地一扁舟：指泛舟歸隱。典出春秋時范蠡功成辭官乘扁舟泛五湖。

高密州公振 一首

公振字特夫，正隆初進士。歷南京留幕，終于密州刺史〔一〕。詩有家學〔二〕，賦南園江鄉有「翠盖紅妝無俗韻，緑陰青子更多情」之句，惜不多見也。

【注】

〔一〕密州：金州名，屬山東東路，治今山東諸城市。

〔二〕詩有家學：高公振爲高士談之子。高士談宣和末由宋入金，是金初文壇借才異代之際的代表人物之一，《中州集》卷一有小傳，故稱。家學：家族世代相傳之學。

裴氏西園

簿領沉迷倦不禁〔一〕，偶從名勝此幽尋〔二〕。竹陰疏處見潭影，人語定時聞鳥音。陳跡謾留千古恨〔三〕，歡遊聊慰十年心。多情一片梁園月〔四〕，送我垂鞭出上林〔五〕。

【注】

〔一〕簿領：亦稱「簿領書」，謂官府記事的簿册或文書。《文選·劉楨·雜詩》：「沉迷簿領書，回回自昏亂。」劉良注：「簿領書，謂文書也。」

〔二〕名勝：指有名望的才俊之士。

〔三〕「陳跡」二句：謂往昔仕途奔波，公務繁忙，實非所願，徒興終生悵恨而已。

〔四〕梁園：即梁苑。西漢梁孝王的東苑。此喻指西園。

〔五〕上林：泛指帝王的園囿。亦喻指西園。

張轉運轂 一首

轂字伯英，臨潁人〔一〕。大定二十八年進士。仕至河南路轉運使。家多法書、名畫、古物、秘玩，周秦以來鏡至百餘枚，他物稱是。天性孝友，與人交，極誠款〔二〕。古所謂博雅君子者〔三〕，伯英可以當之。弟穀，字伯玉，美風儀〔四〕，善談論，氣質豪爽，在之純、希顔伯仲間〔五〕。舉進士，有聲場屋〔六〕。及再上不中，即拂衣去。嘗自言丈夫子娶非尚主〔七〕，官不徒步至宰相，不屑可也。宰相李公仲修、適之皆與之遊〔八〕，從不敢以布衣諸生處之。家既貴顯，厚於奉養，擊鮮爲具〔九〕，賓客日滿門，窮晝竟夜，卒以樂死。嘗《賦雪》云：「樵屐雙凫懶，漁蓑一蝟拳。」《醉後》云：「日日飲燕市，人人識張髯。西山晚來好，飲酒不下驢。」《賦畫石》云：「腹非經笥〔一〇〕，口不肉食。胸中止有磊磊落落百萬千之怪石，興來茹噎快一吐，將軍便欲關弓射〔一一〕。氣母忽破碎〔一二〕，物怪紛狼藉。有時醉狂頭插筆，掃盡人間雪色壁。」其顛放如此。

【注】

〔一〕臨潁：金縣名，屬河南路許州，今河南省臨潁縣。

〔二〕誠款：真誠。

〔三〕博雅：謂學識淵博，品行端正。

〔四〕風儀：風度儀容。

〔五〕之純：李純甫，字之純。希顔：雷淵，字希顔。

〔六〕場屋：科舉考試的地方，又稱科場。《資治通鑑·唐武宗會昌六年》：「景莊老於場屋，每被黜，母輒撻景讓。」胡三省注：「唐人謂貢院爲場屋，至今猶然。」

〔七〕尚主：娶公主爲妻。因尊帝王之女，不敢言娶，故云。尚：承奉、奉事或仰攀之意。

〔八〕李公仲修：李復亨，字仲修，河津（今山西省河津市）人。官兵部尚書，轉吏部尚書，拜參知政事，兼修國史。《金史》卷一〇〇有傳。李適，字適之。承安五年進士。元好問《史邦直墓表》：「入爲尚書省令史，宰相李公適之聞其名，問以三白渠利害。……適之大稱異之，遷管局黄河漕運。」

〔九〕擊鮮：宰殺活的牲畜禽魚，充作美食。《漢書・陸賈傳》：「數擊鮮，毋久溷女爲也！」顔師古注：「鮮謂新殺之肉也。」

〔一〇〕經笥：《後漢書・邊韶傳》：「腹便便，五經笥。」後以「經笥」比喻博通經書的人。

〔一一〕關弓：拉滿弓。關，通「彎」。《孟子・告子下》：「有人于此，越人關弓而射之。」

〔一二〕氣母：元氣的本原。《莊子・大宗師》：「夫道，有情有信，無爲無形……狶韋氏得之，以挈天地；伏戲氏得之，以襲氣母。」陸德明釋文引司馬彪曰：「氣母，元氣之母也。」

石淙 天后離宫，在崧山曲河，即東坡爲韓子華賦詩處也〔一〕。

潁水洗餘高士耳，是非猶恐污人牛〔二〕。區區武媚何爲者〔三〕，水上磨崖紀宴遊〔四〕。

【注】

〔一〕石淙：澗水名，在嵩山玉女臺下。因兩岸石壁高聳，險峻如削，怪石嶙峋，澗中有巨石，兩岸多洞穴，水擊石響，淙淙有聲，故名。天后：武則天。曲河：在鳳凰嶺下，石淙河和潁河交匯地帶。蘇軾《韓子華石淙莊》有句：「彼美石淙莊，每到百事廢。泉流知人意，屈折作濤瀨。寒光洗肝膈，清響跨竽籟。」

〔二〕「潁水」二句：用許由洗耳、巢父飲犢上流典故。晉皇甫謐《高士傳・許由》：「堯又召爲九州長，由不欲聞之，洗耳于潁水濱。時其友巢父牽犢欲飲之，見由洗耳，問其故。對曰：『堯欲召我爲九州長，惡聞其聲，是故洗耳。』巢父曰：『子若處高岸深谷，人道不通，誰能見子。子故浮游，欲聞求其名譽，污吾犢口。』牽犢上流飲之。」

〔三〕區區：形容微不足道。武媚：武則天初入宮時，唐太宗賜名「武媚」。

〔四〕「水上」句：記武則天「石淙會飲」賦詩題壁，摩崖碑刻事。久視元年，武則天在登封縣東南的石淙水邊建三陽宫，並率皇太子顯、相王旦、梁王武三思等許多貴族顯臣，到石淙河遊歷，並設宴於一巨石之上。仕女起舞，鼓樂相助，群臣賦詩。武則天命人將自己及十七位大臣的詩作刻於臨水崖壁上，稱爲摩崖碑。

宗御史端修　一首

端修字平叔，一字伯正，汝州人〔一〕。大定二十二年進士〔二〕。章宗避睿宗諱①〔三〕，改宗爲姬，而天下止以宗平叔目之。好學喜名節，操履端勁〔四〕。慕司馬温公之爲人〔五〕，自爲諸生時，見者必悚然敬之。明昌中，自省掾拜監察御史。車駕東狩，是歲大寒，人有凍死者，平叔諫止之。元妃兄弟李喜兒輩干預朝政，平叔上書以遠小人爲言。道陵知其爲喜兒發〔六〕，詔喜兒就問：「卿欲朕遠小人，小人爲誰？」其以姓名對。」平叔奏：「小人止李喜兒兄弟耳。」喜兒以聞。李氏兄弟皆被切責〔七〕。竟以訐直貶官〔八〕。平叔自守愈篤。是是非非，議論一出於正，大爲朝廷所知。降詔褒諭，以全州節度副使卒官〔九〕。平叔妻死，不更娶，潔居二十年。士論高之。永寧游彦哲調汝州司候，將之官，問爲政。平叔言：「爲政不難，治心養氣而已。」彦哲不領。明日復來云：「夏初入官，且臨先生鄉郡。請問從政，而先生乃以治心養氣爲言。思之不能得，願終教之。」平叔曰：「子寧不知此耶？治心則心正，心正則不私。養氣則氣平，氣平則不暴。不私、不暴，爲政之術盡於此矣。」平叔墓碑及傳，閑閑公爲作〔一〇〕，稱其剛稜疾惡，有鐵面陳了翁之風〔一一〕。人不以過云。姪孫汝作，正大末保山棚有功〔一二〕，入守汝州，力盡城復陷，兵人欲降之，不屈而死。

【校】

① 底本原作「衛紹王避世宗諱」。世宗完顔雍，其父爲金睿宗完顔宗堯，初名宗輔。改宗爲姬，當爲避金睿宗諱，故從毛本。

【注】

〔一〕汝州：金州名，屬南京路，今河南省汝州市。

〔二〕「大定」句：有誤，宗端修中進士當在大定二十五年。趙秉文《滏水集》卷十三《學道齋記》曰：「余七歲知讀書，十有七舉進士，二十有七與吾姬伯正父同登大定二十五年進士第。」

〔三〕睿宗：宗堯，太祖子。世宗即位，追謚帝位，廟號睿宗。

〔四〕操履：操守。端勁：剛正不阿。

〔五〕司馬温公：司馬光（一〇一九——一〇八六），字君實，陝州夏縣涑水（今山西省夏縣）人。北宋政治家、文學家、史學家，追封温國公。主持編纂《資治通鑑》。爲人温良謙恭、剛正不阿，受人景仰。《宋史》卷三三六有傳。

〔六〕道陵：金章宗完顔璟。

〔七〕切責：嚴詞斥責。

〔八〕訏直：指亢直敢言。

〔九〕全州節度副使：應爲「盤安軍節度副使」。趙秉文《滏水集》卷十一《姬平叔墓表》：「泰和八年冬十有一月丙辰，盤安軍節度副使姬公平叔以疾卒於泰州官署之正寢。」盤安軍節度，全州置。全州：金州名，承安二年置，屬北京路。治今内蒙古翁牛特旗。

〔一〇〕閑閑公：趙秉文，號閑閑居士。

〔二〕陳了翁：陳瓘（一〇五七—一一二四），字瑩中，號了齋，沙縣（今福建省三明市）人。宋元豐二年進士，歷任越州、温州通判、左司諫等職。陳瓘爲人謙和，矜莊自持，不苟言談，以「直諫」聞名。《宋史》卷三四五有傳。

〔三〕山棚：唐代東都西南山區的民户。以射獵爲生，無定居，俗稱山棚。此指山寨。

漫書〔一〕

冷面宜教冷眼看〔二〕，只慚索米向長安〔三〕。陰崖何限枯松樹〔四〕，望見屏幃盡牡丹〔五〕。

【注】

〔一〕漫書：隨意而書。

〔二〕冷面：謂態度嚴峻，鐵面無私。冷眼：冷漠的眼光；輕蔑的眼光。

〔三〕索米長安：指謀生。語自《漢書·東方朔傳》：「臣朔飢欲死。臣言可用，幸異其禮；不可用，罷之，無令但索長安米也。」

〔四〕陰崖：背陽的山崖。

〔五〕屏幃：屏帳。内室。

張户部翰　五首

翰字林卿，秀容人〔一〕。大定二十八年進士。爲人有蘊藉〔二〕，如素宦然。累遷監察御史、翰林直學士。貞祐初，户部侍郎，車駕南渡〔三〕，出爲河平軍節度使〔四〕，召拜户部尚書。草創之際，經費空竭，雖米鹽細物〔五〕，皆倚之而辦。予嘗見於户曹，邠州一書生言時事〔六〕，相與詰難〔七〕，凡數十條，率不思而對，雖反復計度者，亦自不能到，信通濟之良材也〔八〕。宣宗日暮相之，會卒，年五十五。弟翛，字飛卿，承安五年進士，同知河東北路兵馬都總管事。猶子天彝〔九〕，字仲常，黄裳牓登科〔一〇〕。子天任，字西美，近侍局副使，死于宋州之變〔一一〕。

【注】

〔一〕秀容：金縣名，屬河東北路忻州，今山西省忻州市忻府區。

〔二〕蘊藉：寬厚而有涵養。

〔三〕車駕南渡：指貞祐二年金宣宗南遷事。

〔四〕河平軍：河北西路衛州置。

〔五〕米鹽：喻繁雜瑣碎。《史記·天官書》：「皋、唐、甘、石因時務論其書傳，故其占驗凌雜米鹽。」張守節正義：「淩雜，交亂也；米鹽，細碎也。」

〔六〕 邠州：金州名，屬慶原路，治今陝西省彬縣。

〔七〕 詰難：詰問駁難。

〔八〕 通濟：融通調濟。

〔九〕 猶子：指侄子。《禮記·檀弓上》：「喪服，兄弟之子，猶子也，蓋引而進之也。」本指喪服而言，謂爲己之子期，兄弟之子亦爲期。後因稱兄弟之子爲猶子。漢人稱爲從子。

〔一〇〕 黄裳：崇慶二年（至寧元年）詞賦狀元。同年及第者還有宋九嘉、康錫、冀禹錫、商衡、馬天來等。

〔一一〕 宋州之變：即官奴之變。天興二年三月，忠孝軍領袖蒲察官奴護從哀宗至歸德（今河南省商丘市）。數月後，歸德糧盡，蒲察官奴恃功自傲，專權跋扈，指揮忠孝軍發動兵變，殺文武官員三百多人，軟禁金哀宗於照碧堂。金哀宗無奈，只得任蒲察官奴爲樞密副使、權參知政事，總理軍務。六月，金哀宗在照碧堂設伏，暗殺了蒲察官奴。

贈石德固〔一〕

西湖之月清無塵，橘中之樂猶避秦〔二〕。向來所見止此耳，渠亦豈是真知津〔三〕。如君眼孔乃許大〔四〕，萬事付之塵甑墮〔五〕。兒能詩書又肯播〔六〕，着脚世間看踏破〔七〕。青巾玉帶桃李花〔八〕，日斜空望紫雲車〔九〕。布衣誰識隱君子，一馬瘦然何處家〔一〇〕。

【注】

〔一〕石德固：其人不詳。

〔二〕橘中之樂：橘中戲。傳説古時有一巴邛人家橘園，霜後兩橘大如三斗盎。剖開，有二老叟相對象戲，談笑自若。一叟曰：「橘中之樂不減商山。」事見唐牛僧孺《玄怪録·巴邛人》。後遂稱象棋游戲爲「橘中戲」。避秦：指避世隱居。晉陶潛《桃花源記》：「自云先世避秦時亂，率妻子邑人，來此絶境，不復出焉。」

〔三〕知津：認識渡口。猶言識途。《論語·微子》：「長沮、桀溺耦而耕。孔子過之，使子路問津焉。長沮曰：『夫執輿者爲誰？』子路曰：『爲孔丘。』曰：『是魯孔丘與？』曰：『是也。』曰：『是知津矣！』」

〔四〕眼孔：見識，眼界，眼光。許大：這般大。金李純甫《趙宜之愚軒》：「先生有膽乃許大，落筆突兀無黄初。」

〔五〕塵甑：形容清貧。典出《後漢書·獨行傳·范冉傳》載：范冉，字史雲，爲萊蕪長。生活清貧，但窮居自若，言貌無改，閭里歌之曰：「甑中生塵范史雲，釜中生魚范萊蕪。」

〔六〕播：播種。代指務農養家。

〔七〕「着脚」句：宋夏元鼎《絶句》：「踏破鐵鞋無覓處，得來全不費功夫。」句用此意，謂石氏久閲世事，忽然大悟，看破紅塵。

〔八〕青巾：古代指青色的軟帽。

〔九〕紫雲車：指雲中仙人的車乘。

〔一〇〕瘨然：病貌。

再過回公寺

山州風土極邊頭，二十年中復此遊。青鬢已隨人事改〔一〕，碧溪猶繞寺門流。輕寒剪剪侵駝褐〔二〕，小雪霏霏入蜃樓〔三〕。爲問勞生幾時了〔四〕，不成長抱異鄉愁〔五〕。

【注】

〔一〕青鬢：濃黑的鬢髮。

〔二〕剪剪：風拂或寒氣侵襲貌。駝褐：用駝毛織成的衣服。

〔三〕霏霏：飄灑，飛揚。蜃樓：古人謂蜃氣變幻成的樓閣。喻指寺中樓殿。

〔四〕勞生：指辛苦勞累的生活。語自《莊子·大宗師》：「夫大塊載我以形，勞我以生，佚我以老，息我以死。」了：完畢，結束。

〔五〕不成：助詞。用於句首，表示反詰，猶云「難道」。元好問《答郭仲通》：「凜凜朔風望吾子，不成隨例只時名？」

萬寧宫朝回〔一〕

宿雨初收變曉涼，宫槐恰得幾花黄。鵲傳喜語留鞘尾〔二〕，泉打空山輥鞠場〔三〕。已覺雲林非俗境〔四〕，更從衣袖得天香〔五〕。太平朝野歡娱在，不到蓮塘有底忙〔六〕。

【注】

〔一〕萬寧宫：金代離宫，初名大寧宫，大定十九年始建，位於北京市北海附近。《金史·地理志》：「京城北離宫有大寧宫……明昌二年更爲萬寧宫。瓊林苑有橫翠殿。寧德宫西園有瑶光臺，又有瓊華島，又有瑶光樓。」

〔二〕鵲傳喜語：鵲的鳴叫聲。舊傳以鵲鳴聲兆喜，故稱。鞘：鞭鞘，拴在鞭子頭上的細皮條。

〔三〕輥：滚動轉動。鞠場：古代蹴鞠場地。爲平坦大廣場，三面矮牆，一面爲殿、亭、樓、臺，可作看臺。

〔四〕雲林：漢宫館名。此代萬寧宫。

〔五〕天香：指宫廷中用的薰香；御香。

〔六〕不到：不至于。蓮塘：蓮池，指佛地。佛教謂極樂淨土。二句言天下太平無事，朝野歡樂，離宫亦消閒娱樂，不至于有特别緊要的事打擾它。

奉使高麗過平州館〔一〕

昨日龍泉已自奇〔二〕，一峰寒翠壓檐低〔三〕。兼并未似平州館〔四〕，屋上層巒屋下溪。

【注】

〔一〕使高麗：至寧元年張翰爲翰林直學士，充使高麗副使，與完顔惟基前往册封。平州：金屬中都路，治今河北省盧龍縣。

〔二〕龍泉：應指今北京市良鄉西之龍泉山，下有石龍，口出泉水，故名。

〔三〕寒翠：指常緑樹木在寒天的翠色。

〔四〕兼并：同時并列，兩全。

金郊驛

山館蕭然爾許清〔一〕，二更枕簟覺秋生。西窗大好吟詩處，聽了松聲又雨聲。

【注】

〔一〕蕭然：空寂，蕭條。爾許：猶言如許、如此。

李好復 二首

好復字仲通，安喜人〔一〕。明昌二年進士。榆次令〔二〕，有能聲〔三〕。入爲警巡使，嘗以事縛一護衛，道陵有投鼠之喻〔四〕。出爲歷城令〔五〕，終于滑州刺史〔六〕。

【注】

〔一〕安喜：遼金縣名。遼太祖置安喜縣，屬南京道平州。金大定七年改安喜縣爲遷安縣，并移治于今河北省遷安縣城，屬中都路平州。

〔二〕榆次：金縣名，屬河東北路太原府，今山西省晉中市榆次區。

〔三〕能聲：能幹的聲譽。

〔四〕投鼠：即投鼠忌器，比喻欲除害而有所顧忌。語本漢賈誼《治安策》：「里諺曰：『欲投鼠而忌器。』此善諭也。鼠近於器，尚憚不投，恐傷其器，況於貴臣之近主乎！」句謂章宗以「投鼠忌器」爲喻責備李好復執法只及護衛而未及權貴。

〔五〕歷城：金縣名，屬山東東路濟南府，今山東省濟南市歷城區。

〔六〕滑州：金州名，屬河北西路，治今河南省滑縣。

邵智夫同游南城〔一〕

園林晴晝蔚如煙〔二〕，林外支流盡水田。落日趁墟人已散〔三〕，鷺鶿飛上渡頭船。

【注】

〔一〕邵智夫：其人不詳。

〔二〕蔚：雲氣彌漫貌。

〔三〕趁墟：趕集。

雨中與客飲

門外平橋一水分，數聲漁唱隔溪聞〔一〕。暖風落絮飄香雪〔二〕，小雨沾花濕夢雲〔三〕。釀具未甘名長物〔四〕，詩壇聊欲張吾軍〔五〕。相逢莫惜通宵飲，明日閑身不屬君。

【注】

〔一〕漁唱：漁人唱的歌。唐鄭谷《江行》：「殷勤聽漁唱，漸次入吴音。」

〔二〕香雪：指白色的花。蘇軾《月夜與客飲杏花下》：「花間置酒清香發，爭挽長條落香雪。」

〔三〕夢雲：戰國楚宋玉《高唐賦》：「昔者先王嘗遊高唐，怠而晝寢，夢見一婦人，曰：『妾巫山之女也，爲高唐之客，聞君遊高唐，願薦枕席。』王因幸之。去而辭曰：『妾在巫山之陽，高丘之阻，旦爲朝雲，暮爲行雨，朝朝暮暮，陽臺之下。』旦朝視之，如言，故爲立廟，號曰朝雲。」後因以「夢雲」指美女。

〔四〕釀具：釀酒的器具。長物：好的東西，像樣的東西。句言不願在釀具的精美方面張揚誇耀。

〔五〕詩壇：詩會；詩界。張吾軍：謂壯大自己的聲勢。語出《左傳·桓公六年》：「我張吾三軍，而被吾甲兵，以武臨之。」句言願在詩作方面有所成就。唐韓愈《醉贈張秘書》：「詩成使之寫，亦足張吾軍。」

楊秘監邦基 一首

邦基字德茂，大定中進士〔一〕，仕至秘書監、禮部尚書。文筆字畫有前輩風調，世獨以其畫比李伯時云〔二〕。

【注】

〔一〕大定中進士：《金史》本傳：「天眷二年，登進士第。」元蘇天爵《元故兩浙運司，浦東場鹽司丞楊君墓誌銘》亦謂「其子邦基，擢金天眷二年進士第」。大定中，楊邦基已年逾六十，似乎太晚。

〔三〕李伯時：李公麟（一〇四九—一一〇六），字伯時，號龍眠居士。廬江舒州（今安徽省桐城市）人。北宋著名畫家。好古博學，長於詩，尤以畫著名，凡人物、釋道、鞍馬、山水、花鳥，無所不精，時推爲畫中第一人。

墨梅

粉蝶如知合斷魂，啼妝先自怨黄昏〔一〕。花光筆底春風老〔二〕，寂寞嶺南煙雨痕。

【注】

〔一〕「粉蝶」二句：用宋林逋《山園小梅》詩句：「疏影横斜水清淺，暗香浮動月黄昏。霜禽欲下先偷眼，粉蝶如知合斷魂。」寫梅之風韻。啼妝：東漢時在婦女中流行的一種妝飾。《後漢書·五行志一》：「桓帝元嘉中，京都婦女作愁眉、啼妝、墮馬髻、折腰步、齲齒笑。所謂愁眉者，細而曲折。啼妝者，薄拭目下，若啼處。」

〔二〕花光：宋僧仲仁，會稽（今浙江省紹興市）人。曾爲衡州華光山住持，號華光老人。工畫山水梅花。每焚香禪定以寫梅，尤工墨梅。著有《華光梅譜》。事見《畫史會要》。

吕陳州子羽 四首

子羽字唐卿，大興人〔一〕。大定末進士〔二〕，仕至陳州防禦使〔三〕。元光末爲酷吏所誣，以乏軍興繫獄〔四〕。比赦至，唐卿自縊死。朝臣有辨其冤者，詔復官。希顏爲制辭云〔五〕：「毀譽之來，在仁賢而不免；是非之論，至久遠而乃公。」人謂唐卿於此語爲無媿。屏山《故人外傳》〔六〕：「吕氏自國朝以來，父子昆弟凡中第者六人，以六桂名其堂。貞幹字周卿，尤自刻苦，酷嗜文書，著《碣石志》數十萬言，皆近代以來事跡。幽隱譎怪〔七〕，詼諧嘲評，無所不有。在史館論正統〔八〕，獨異衆人，謂國家止當承遼，大忤章廟旨〔九〕，謫西京運幕，量移北京〔一〇〕，致仕。自號虎谷道人，晚年感末疾〔一一〕，又號吕跛子，自作傳以見志。閑閑公亦以爲篤志君子也〔一二〕。弟士安，字晉卿。卿雲，字祥卿。子鑑，字德昭，皆名士。唐卿其從子云〔一三〕。」

【注】

〔一〕大興：金府名，屬中都路，今北京市大興區。

〔二〕大定末進士：王鶚《汝南遺事總論》稱吕子羽明昌二年詞賦進士。

〔三〕陳州：金州名，隸南京路，治今河南省淮陽縣。

〔四〕「元光末」三句：元光末不確。《金史·宣宗本紀》：「（元光元年六月）陳州防禦使吕子羽坐乏軍興，自盡。」軍興：指戰時的法令制度。《漢書·雋不疑傳》：「（暴勝之）以軍興誅不從命者，威振州郡。」顏師古注：「有所追捕及行誅罰，皆依興軍之制。」《後漢書·章帝紀》：「有不到者，皆以乏軍興論。」李賢注：「軍興而致闕乏，當死刑也。」

〔五〕希顔：雷淵，字希顔。

〔六〕屏山：李純甫，號屏山居士。

〔七〕譎怪：奇異怪誕。

〔八〕正統：舊指一系相承、統一全國的封建王朝。與「僭竊」、「偏安」相對。

〔九〕章廟：金章宗完顔璟。

〔一〇〕量移：多指官吏因罪遠謫，遇赦酌情調遷近處任職。唐白居易《自題》：「一旦失恩先左降，三年隨例未量移。」

〔一一〕末疾：四肢的疾患。《左傳·昭公元年》：「陽淫熱疾，風淫末疾。」杜預注：「末，四支也。」

〔一二〕閑閑公：趙秉文，號閑閑居士。篤志：專心一志，立志不變。出自《論語·子張》：「子夏曰：『博學而篤志，切問而近思，仁在其中矣。』」

〔一三〕從子：侄兒。《左傳·襄公二十八年》：「衛人立其從子圃。」楊伯峻注：「從子，兄弟之子也。亦謂之猶子。」

廣平道中〔一〕

風色着黧面〔二〕，霜華侵老須〔三〕。昏埃埋故驛〔四〕，積雪縞修途〔五〕。凍岫新詩句〔六〕，寒林古畫圖〔七〕。夜寒孤月上，天地一冰壺〔八〕。

【注】

〔一〕廣平：金縣名，大定七年始析大名府魏縣北部置，屬河北西路洺州，今河北省廣平縣。

〔二〕風色：風塵。

〔三〕霜華：即霜。句謂呵氣成霜，凝結鬍鬚上。

〔四〕故驛：古時的驛站。

〔五〕縞：本指細白的生絹，亦代指白色。此作動詞用。修途：長途。

〔六〕岫：山巒。

〔七〕寒林：稱秋冬的林木。二句互文，謂凍岫寒林都有詩情畫意。

〔八〕冰壺：盛冰的玉壺。喻天地之清潔。

宿章義廣勝寺〔一〕

小邑本無事，我來勞簡書〔二〕。路長頻問馬〔三〕，人靜厭烹魚〔四〕。鐘冷僧參外〔五〕，燈殘客夢餘。此心誰領會，松月夜窗虛。

【注】

〔一〕章義：金縣名，屬東京路沈州，今遼寧瀋陽市彰義站鎮。

〔二〕簡書：一般文牘。

〔三〕問馬：向馬問路，因老馬識途，故云。

〔四〕烹魚：《詩·檜風·匪風》：「誰能亨魚？溉之釜鬵。」毛傳：「亨魚煩則碎，治民煩則散，知亨魚，則知治民矣。」亨，「烹」的古字。後以喻治民。此指官務。

〔五〕「鐘冷」句：言鐘聲漸消，僧人們都在殿堂參誦，自己一人孤孤單單。

至日〔一〕

歲晏多風雪〔二〕，官閑深屋廬〔三〕。小詩窮則變〔四〕，美酒數斯疏〔五〕。未草歸田賦〔六〕，空翻引睡書〔七〕。窗明添眼力〔八〕，已覺日光舒。

【注】

〔一〕至日：指冬至、夏至。此處指冬至。

〔二〕歲晏：一年將盡的時候。

〔三〕深：深居。

〔四〕小詩：篇幅簡短的詩。窮則變：極盡其變化。

〔五〕「美酒」句：言斟酒杯飲，次數由稠密到稀疏。形容酒興漸闌。

〔六〕歸田賦：辭賦名篇，東漢張衡作，以吟詠退隱爲主題。後泛指歸隱之作。

〔七〕引睡書：引人入睡之書。指供泛讀、用以消磨時間的書籍。宋陸游《斗室》：「短榻信抽引睡書，日上南窗竹影碧。」

〔八〕眼力：視力。

李白醉歸圖〔一〕

春風醉袖玉山頽〔二〕，落魄長安酒肆迴〔三〕。忙煞中官尋不得，沉香亭北牡丹開〔四〕。

【注】

〔一〕詩題：此爲題畫詩。李白飲酒、醉酒是畫家喜歡的題材之一。畫作有《李白獨酌圖》、《李白醉飲圖》、《李白扶醉圖》、《李白舟中醉卧圖》、《李白酒船圖》等等。詩人也多有題詠，如元人劉秉忠作《太白醉歸圖》：「五斗先生未解醒，一生愛酒不曾醒。人間詞翰傳名字，天上星辰萃性靈。雁帶煖回波泛緑，燕銜春至草抽青。紗巾醉岸南山道，幾處哦詩補畫屏。」顧觀、王惲、陳顥等都有題詠《太白醉歸圖》之作。

〔二〕玉山頽：玉山倒。形容人酒醉欲倒之態。典出《世説新語·容止》：「嵇叔夜之爲人也，岩岩若孤松之獨立；其醉也，傀俄若玉山之將崩。」

〔三〕落魄長安：唐天寶初，李白待詔翰林。《舊唐書》本傳：「嗜酒，日與飲徒醉於酒肆。」

〔四〕「忙煞」二句：寫李白醉書《清平調》事。《太平廣記》卷二〇四引唐韋叡《松窗録》：「開元中，禁中初重木芍藥，即今牡丹也。……上因移植於興慶池東，沉香亭前。會花方繁開，上乘照夜白，太真妃以步輦從。詔特選梨園弟子中尤者，得樂十六部。李龜年以歌擅一時之名，手捧檀板，押衆樂前，將歌之。上曰：『賞名花，對妃子，焉用舊樂詞爲？』遂命龜年持金花牋宣賜翰林供奉李白立進《清平調詞》三章。白欣然承旨，猶苦宿酲未解，因援筆賦之。」《新唐書》本傳：「帝坐沉香亭子，意有所感，欲得白爲樂章。召入，而白已醉，左右以水頮面，稍解，援筆成文，婉麗精切無留思。」中官：宦官。《漢書·高后紀》：「諸中官、宦者令丞皆賜爵關内侯，食邑。」顔師古注：「諸中官，凡閹人給事於中者皆是也。」

趙鹽部文昌 一首

文昌字公權，平陽人〔一〕。明昌二年進士，仕至遼東路鹽使。博學好持論，周常山甚愛之〔二〕。子觀，字維道，從事史院，資謹厚，不忤于物。閑閑許其字畫進進不已〔三〕，可到古人云。

【注】

〔一〕平陽：金府名，屬河東南路，今山西省臨汾市。

〔二〕周常山：周昂，真定（今河北省正定縣）人。真定古稱常山郡，故稱。

〔三〕閑閑：趙秉文號。進進：奮力前進貌。

軍中寄親舊

軍中從事鬢絲垂〔一〕，把釣江湖與願違〔二〕。紅葉關河爲客久〔三〕，黄花時節寄書歸〔四〕。霜天不盡孤雲遠，秋意無聊一雁飛。鄉社故人應念我〔五〕，豈知南望更依依。

【注】

〔一〕從事：官名。漢以後三公及州郡長官皆自辟僚屬，多以從事爲稱。鬢絲：形容鬢髮如素絲。

〔二〕把釣：垂釣。唐吴融《自諷》：「本是滄洲把釣人，無端三署接清塵。」

〔三〕紅葉：經霜而變紅的樹葉，秋天的典型景色。關河：關山河川。指從軍之地。

〔四〕黄花：指菊花。《禮記·月令》：「（季秋之月）鞠有黄華。」陸德明釋文：「鞠，本又作菊。」黄花時節：指季秋九月。乃古人興發秋思之時節。

〔五〕鄉社：猶鄉里，故鄉。元好問《聚仙臺夜飲》：「鄉社情親舊，仙臺姓字新。」

韓内翰玉 二首

玉字温甫，其先相人〔一〕。五世祖繼寧，仕石晉爲行軍司馬〔二〕，從出帝北遷居析津〔三〕，曾孫知白，仕遼爲中書令，孚爲中書門下平章事。賜田盤山〔四〕，遂爲漁陽人〔五〕。曾祖錫，字難老，仕國朝，以濟南尹致仕。温甫，明昌五年經義、詞賦兩科進士，入翰林爲應奉。應制一日百篇，文不加點。又作《元勳傳》稱旨〔六〕，道陵歎曰〔七〕：「勳臣何幸，得此家作傳耶？」泰和中，建言開通州潞水漕渠，船運至都，陞兩階，授同知陝州東路轉運使事。大安三年，都城受圍，夏人連陷邠、涇〔八〕，陝西安撫司檄温甫以鳳翔總管判官，爲都統府募軍。旬月得萬人，藉秦州場買馬官香及鳳翔冒買馬七百、竇雞埋没官鐵〔九〕、他州郡弓弩數千以給軍，出屯華亭〔一〇〕，與夏人戰，敗之，獲牛馬千餘。時夏兵五萬，方圍平凉〔一一〕，又戰于北原〔一二〕，夏人疑大軍至，是夜解去。當路者忌其功，驛奏温甫與夏寇有謀，朝廷疑之，使使者授温甫河平軍節度副使，且覘其軍〔一三〕。先是，華州李公直以都城隔絶〔一四〕，謀舉兵入援，而温甫恃其軍爲可用，亦欲爲勤王之舉，乃傳檄州郡云：「事推其本，禍有所基。始自賊臣貪容姦賂，繼緣二帥貪鋼威權。既止夏臺之師，旋致會河之敗。」又云：「齊魏以高壘爲能堅，蒲絳以穿空爲得計。裹糧坐費，盡膏血於生民；棄甲復來，竭資儲于國計。要權力而望形勢，連歲月而守妻孥。」又云：「命令不至，京師奈何。盼盼四集之師，懸懸半歲之上。人誰無死，有臣子之當然；事至于今，忍君親之弗顧。勿謂百年身後，虛名一聽史臣；只如今日目前，何顏以居人世。」公直一軍行有日矣，將佐違約、國朝人有不從者，輒以軍法從事。京兆統軍便謂公直據華州反，遣都統楊珪襲取之，皆置極刑。公直曾爲書約溫甫，溫甫不預知，其書乃爲安撫所得。公直書三：一與京兆宣撫，一與溫甫，一與楊珪。故京兆軍得因書襲華州。及使者覘溫甫軍，且疑預公直之謀，即實其罪。溫甫赴官，道出華州，被囚，死于郡學。臨終書二詩壁間，士論冤之。溫甫先賦怪松云：「昂藏殊未展，傴僂旋自縮。惜爾雲外姿，耐此胯下辱。」又云：「木高衆必摧，地厚敢不蹐。河中皆泛泛，淵底自鬱鬱。」未幾被禍，人以爲讖云。子不疑，字居之，小字錦郎。以父死非罪，誓不禄仕。丙申之夏[一五]，過予冠氏[一六]，出其父臨命時手書[一七]，云：「此去冥路，吾心皎然。剛直之氣，必不下沉。兒可無慮。世亂時艱，努力自護。幽明雖異，寧不見爾。」予爲之惻然。

【注】

〔一〕相：相州，宋代州名，金時改稱彰德郡、彰德府。治今河南省安陽市。

〔二〕石晉：後晉（九三六——九四七），五代之一，由石敬瑭所建，都開封。

〔三〕析津：遼金府名。遼開泰元年改幽都府置，建爲燕京。治所在析津、宛平（今北京市城西南）。

金貞元元年海陵王遷都於此，建號中都，改名大興府。

〔四〕盤山：山名，在今天津薊縣城西北，原稱無終山，因漢末田疇隱居此而得名。

〔五〕漁陽：金縣名，屬中都路薊州，今天津市薊縣。

〔六〕稱旨：符合上意。

〔七〕道陵：指金章宗。

〔八〕夏人：西夏人。邠：邠州，屬慶原路，治今陜西省彬縣。涇：涇州，金州名，屬慶原路（舊作陜西西路），治今甘肅省涇川縣。

〔九〕寶雞：金縣名，屬鳳翔路鳳翔府，今陜西省寶雞市。

〔一〇〕華亭：金縣名，屬鳳翔路平涼府，今甘肅省華亭縣。

〔一一〕平涼：金府名，屬鳳翔路，治今甘肅省平涼市。

〔一二〕北原：金地名，今甘肅臨夏縣北原鄉。

〔一三〕覘：覘望，暗中監督。

〔一四〕華州：金州名，屬金時屬京兆府路，治今陜西省華縣。

〔一五〕丙申：蒙古太宗八年（一二三六）歲次丙申。

〔一六〕冠氏：金縣名，屬大名府路大名府，今山東省冠縣。時金朝已亡，元好問被羈管冠氏縣。

〔一七〕臨命：臨終之時。

臨終二詩〔一〕

客自朝那戍〔二〕，東過古鄭原〔三〕。衰年會凶運，奇禍發流言〔四〕。白骨將爲土，青蠅且在樊〔五〕。仰呼天外恨，沉思地中冤。母喪半途鬼，兒孤千里魂。此心終不滅，有路訴天閽〔六〕。

【注】

〔一〕詩題：韓玉破西夏兵，當路者忌其功，驛奏韓玉與夏寇有謀，朝廷疑之。道出華州，被囚，死於郡學。此二詩即臨終書壁間者，是鳴冤抒憤、剖白忠心之作。

〔二〕朝那：古縣名。漢置，屬安定郡，故城在今甘肅省平涼市西北。《史記·匈奴傳》載，冒頓悉復故河南塞，至朝那、膚施。句指在涇川、平涼與夏人對陣事。

〔三〕古鄭：古鄭國。春秋戰國時期諸侯國。周宣王封周厲王幼子友於鄭（今陝西省華縣東），是爲鄭國。

〔四〕奇禍：出人意料的災禍，此處指被囚獲罪事。流言：毫無根據的誣衊之辭。此處指當路者忌其功，惡意中傷其與夏寇有謀事。

〔五〕「青蠅」句：用《詩·小雅·青蠅》：「營營青蠅，止于樊。豈弟君子，無信讒言。」青蠅：蒼蠅。蠅色黑，故稱。喻指讒佞。

〔六〕天閽：天帝宫殿的守門人。

又

天下無雙士〔一〕，軍中有一韓〔二〕。才名兩相累，世道一何艱。旅次窮冬暮〔三〕，囚孤永夜寒〔四〕。身亡家亦破，巢覆卵寧完〔五〕。矍鑠鞍仍在〔六〕，驚呼鋏屢彈〔七〕。丈夫忠義耳，無惜感歌還〔八〕。

【注】

〔一〕「天下」句：用宋楊傑《贈馮揚帥》原句：「天下無雙士，淮南第一州。」

〔二〕「軍中」句：用韓琦典故。明陳邦瞻《宋史紀事本末》卷六「夏元昊拒命」：「（韓）琦與仲淹在兵間久，名重一時，人心歸之，朝廷倚以爲重。二人號令嚴明，愛撫士卒，諸羌來者，推誠撫接，咸感恩畏威，不敢輒犯邊境。人爲之謡，曰：『軍中有一韓，西賊聞之心膽寒；軍中有一范，西賊聞之驚破膽。』」此處以韓琦自喻。

〔三〕旅次：旅途中暫作停留。

〔四〕永夜：長夜。

〔五〕「巢覆」句：即覆巢之下安有完卵。比喻整體遭殃，個體亦難保全。語自《世説新語·言語》：「孔融被收，中外惶怖。時融兒大者九歲，小者八歲，二兒故琢釘戲，了無遽容。融謂使者曰：『冀罪止於身，二兒可得全不？』兒徐進曰：『大人豈見覆巢之下，復有完卵乎？』尋亦收至。」

〔六〕「矍鑠」句：用漢馬援典故，《後漢書·馬援傳》：「援據鞍顧眄，以示可用。帝笑曰：『矍鑠哉，是翁也！』」矍鑠：形容老人目光炯炯、精神健旺。

〔七〕「鋏屢」句：用馮諼彈鋏典故。事見《戰國策·齊策四》。借馮諼「長鋏歸來乎」之言，表懷才不遇、自訴憤懣之情。

〔八〕歌還：以馮諼彈鋏高唱欲歸之歌喻視死如歸之意。

王都運擴 一首

擴字充之，永平人〔一〕。明昌五年進士，累遷同知德州防禦使事〔二〕。山東飢〔三〕，詔馳驛赴官，且以賑貸事付之。時棣州飢尤甚〔四〕，而不在發粟之數。充之擅開倉救之，朝廷不之罪也。泰和七年夏旱，充之以監察御史受詔審冤，因爲同列言：「往時審冤，一切以末減爲事〔五〕，至殺人者之罪亦貰出之〔六〕，地下之冤當誰理之乎？」使還，言創設三司不便〔七〕。大略言三司之設，特以刻剥爲事。大定間，一曹望之爲户部，天下倉廩府庫皆實，百姓無愁怨之聲，存乎其人，不在改官稱也。今三司官皆户部舊員，掾屬亦户曹舊吏，豈有愚於户部而智于三司者？乞復户部之舊，無駭民聽可也。崇慶初，遷河東北路按察僉事。上書言時病四：一將不知兵，二兵不可用，三事不素定〔八〕，四用人違其長。貞祐二年，太原受兵，充之之功爲多。最後權陝西西路轉運使，行六部尚書。前政太原喬世權子實、燕人趙伯成子文號爲稱職〔九〕，充之表表自見〔一〇〕，雖處細務亦有法，掾屬奔走從事〔一一〕，無敢後者。評者謂子實寬緩〔一二〕，欲爲不忍欺；子文慎密〔一三〕，欲爲不能欺，皆未必能然。獨王公之不敢欺，爲有徵云。年六十三致仕，卒。子元慶，字善甫，歸德行六部郎中。次子元亨。

【注】

〔一〕永平：金縣名，屬河北西路定州，今河北省順平縣。

〔二〕德州：金州名，屬山東西路，治今山東省德州市。

〔三〕飢：年成很差或顆粒無收。蘇軾《喜雨亭記》：「無麥無禾，歲且荐飢，獄訟繁興，而盗賊滋熾。」

〔四〕棣州：金州名，屬山東東路，治今山東省濱州市。

〔五〕末減：謂從輕論罪或減刑。《左傳·昭公十四年》：「（叔向）三數叔魚之惡，不爲末減。」杜預注：「末，薄也；減，輕也。」宋陸游《南唐書·後主紀》：「論决死刑，多從末減。」

〔六〕貰：赦免；寬縱。《國語·吴語》：「吾先君闔廬，不貰不忍。」韋昭注：「貰，赦也。」《漢書·車千秋傳》：「武帝以爲辱命，欲下之吏。良久，乃貰之。」顏師古注：「貰，寬縱也，謂釋放之也。」

〔七〕三司：唐宋以鹽鐵、度支、户部爲三司，主理財賦。《資治通鑑·唐昭宣帝天祐三年》：「戊寅，以朱全忠爲鹽鐵、度支、户部三司都制置使。三司之名始於此。」金沿宋制。《金史·章宗本紀》：「初設三司使，掌判鹽鐵、度支、勸農事，以樞密使紇石烈子仁兼三司使。」

〔八〕素定：猶宿定。預先籌劃確定。

〔九〕喬世權子實：喬世權，字子實，太原人。餘不詳。趙伯成子文：伯成字子文，宛平（今屬北京市）人。明昌五年經義、詞賦兩科進士。博通書傳，性沉厚。累遷侍御史、拜中丞、陝西西路轉運使，靜難軍節度使。哀宗即位，召爲吏部尚書。《中州集》卷八有小傳。

〔一〇〕表表：卓異，特出。唐韓愈《祭柳子厚文》：「子之自著，表表愈偉。」

〔一一〕掾屬：佐治的官吏。

〔一二〕子實：喬世權，字子實，太原人。寬緩：寬容。

〔一三〕子文：趙伯成，字子文，宛平（今屬北京市）人。慎密：認真細緻。

題神霄宫清心軒

紛紛百慮自心生〔一〕，方寸清來百慮平〔二〕。未了此心私自笑，更憂時世欲澄清〔三〕。

【注】

〔一〕百慮：各種憂慮，許多想法。

〔二〕方寸：指心。心處胸中方寸間，故稱。

〔三〕澄清：肅清混亂局面。引申爲安定。

趙吏部伯成 三首

伯成字子文，宛平人〔一〕。明昌五年經義、詞賦兩科進士。博通書傳，有真積之力〔二〕。性沉厚，言必中理。從在太學日，人以「趙骨鯁」目之〔三〕。累遷侍御史、拜中丞、陝西西路轉運使，靜難軍節度使。哀宗即位，召爲吏部尚書，坐爲飛語所中〔四〕，罷官。卒于嵩山中。潞人宋文之説〔五〕，其臨終甚明了也。

【注】

〔一〕宛平：金縣名，屬中都路大興府，今屬北京市。

〔二〕真積：認真積累。《荀子·勸學》：「真積力久則入，學至乎没而後止也。」

〔三〕骨鯁：比喻剛直的人。

〔四〕飛語：猶流言。《漢書·灌夫傳》：「乃有飛語爲惡言聞上，故以十二月晦論棄市渭城。」顔師古注引臣瓚曰：「無根而至也。」

〔五〕宋文之：潞（今山西省長治市）人。正大中，曾居嵩山百六十五天，餘不詳。

蠟梅　二首〔一〕

凍蕾含香蠟點勻，古來幽谷有佳人〔二〕。詩家只怨和羹晚〔三〕，不道紅梅别是春。

【注】

〔一〕蠟梅：落葉灌木。葉對生，卵形。冬末開花，色如黄蠟，香味濃，供觀賞。宋趙彦衛《雲麓漫鈔》卷四：「今之蠟梅，按山谷詩後云：京洛間有一種花，香氣似梅花，亦五出，而不能晶明，類女功撚蠟所成，京洛人因謂蠟梅。」明李時珍《本草綱目·木三·蠟梅》：「此物本非梅類，因其與梅同時，香又相近，色似蜜蠟，故得此名。」

〔二〕「古來」句：化用杜甫《佳人》詩句：「絶代有佳人，幽居在空谷。」

〔三〕和羹：作和羹以梅子調味。《書·説命》：「若作和羹，爾惟鹽梅。」

又

冷艷疏香寂寞濱〔一〕，欲持何物向時人。東風自是清狂手〔二〕，辦作竹籬茅舍春。

【注】

〔一〕疏香：淡淡的香氣。

〔二〕清狂：放逸不羈。

元弟以所業見投，賦詩爲贈〔一〕

耆舊隔存殁〔二〕，爲君重歎嗟。人門得嵇紹〔三〕，文賦見張華〔四〕。夙有凌雲筆〔五〕，方乘犯斗槎〔六〕。忘年即吾友〔七〕，未可論通家〔八〕。

【注】

〔一〕元弟：元好問。趙伯成罷官後居嵩山，與崔遵、元好問、馮璧等交遊唱和，詩酒往來。

〔二〕耆舊：年高望重者。隔存殁：猶言生死兩隔。

〔三〕人門：人品與門第。嵇紹，字延祖，嵇康之子。紹氣宇軒昂，有鶴立雞群之譽。《世説新語·容止》：有人語王戎曰：「嵇延祖卓卓如野鶴之在雞群。」答曰：「君未見其父耳！」

〔四〕張華：字茂先，范陽（今河北省涿州）人。西晉大臣、文學家。《晉書·張華傳》：「學業優博，辭藻温麗，朗贍多通，圖緯方伎之書，莫不詳覽。」曾作《鷦鷯賦》以自喻。二句藉嵇、張贊元好問家學淵深，氣貌出衆，詩賦優秀。

〔五〕凌雲筆：杜甫《戲爲六絶句》之一：「庾信文章老更成，凌雲健筆意縱横。」本爲贊揚庾信筆勢超俗，才思縱横出奇，後遂以「凌雲筆」泛指爲文作詩的高超才華。

〔六〕犯斗槎：指遊仙、升天所乘的仙舟。神話傳説天河通海，一海邊之人，見年年八月海上木筏按期往來，便帶糧乘筏，泛游至天河，見到牛郎織女。見晉張華《博物志》卷三。二句謂元好問詩筆清俊，早已成名，今仍精進不已，前途不可估量。

〔七〕「忘年」句：古人多有不拘年齡、輩分而結爲莫逆之交者，如孔融與禰衡、范雲與何遜等均有「忘年交」之稱。詩人援此例，願以雅敬才德與元氏爲友。

〔八〕通家：世代交好之家，指兩代以上彼此交誼深厚，如同一家。句言不可從世代交誼的角度來論資排輩，講究輩分的差異。

梁録事仲新 一首

仲新字良輔，朝城人〔一〕。明昌五年進士。初試仙掌承露詩，主司以爲擅場〔二〕，用是知名。卒于許州録事〔三〕。

【注】

〔一〕朝城：金縣名，屬大名府路大名府，今屬山東省莘縣。

〔二〕擅場：謂技藝超群。

〔三〕許州：金州名，屬南京路，治今河南省許昌市。

江天暮雪圖

南雪不到地〔一〕，霏霏滿竹樓〔二〕。沙河燈市裏〔三〕，春在木綿裘〔四〕。

【注】

〔一〕「南雪」句：謂南方天熱，落雪未及地就已融化。

〔二〕霏霏：飄灑，飛揚。

〔三〕「沙河」句：言傍晚岸邊竹樓燈火輝煌，倒映在江水中，恍若河在燈市中。

〔四〕木綿：如柳絮，此喻雪花。

盧待制元 一首

元字子達，玉田人〔一〕。父敞臣，字雲叔。第進士，仕宦亦達，自號洹水先生。《和趙元發劉師魯葛藤韻》云〔二〕：「乳兔生長角〔三〕，鏖湯結厚冰〔四〕。木終成假佛，髮不礙真僧。莫認指爲月〔五〕，須明火是燈〔六〕。拈花微笑處〔七〕，只記老胡曾〔八〕。」子達幼而敏惠，年未二十，試于長安，爲策論魁[九]，擢第後又中策魁。明昌初，章廟設宏詞科[一〇]，命公卿舉所知。子達與郭𪻐、周詢、張復亨就試[一一]，凡七日，並中選，遂入翰苑。累遷至待制。二兄長、庸，弟曾，名進士，又俱擢高第，時人以燕山竇氏比之[一二]。屏山《故人外傳》云爾[一三]。子安，字希謝。翔，字仲升。仲升正大末登科。

【注】

〔一〕玉田：金縣名，屬中都路薊州，今河北省玉田縣。

〔二〕趙元發：其人不詳。劉師魯：劉仲洙，字師魯，大興宛平人，大定三年進士。官至定海軍節度使。《金史》卷九七有傳。葛藤：葛的藤蔓。禪林謂文字語言一如葛藤之蔓延交錯，用來解釋説明事相，反遭其纏繞束縛，有礙悟道。

〔三〕「乳兔」句：即禪宗「乳兔生角」。《楞嚴經》卷一：「無則同於龜毛兔角，云何不著？」禪宗常用這些違背常理的意象組合，來啟發禪機，消除人們對物象的執著。

〔四〕「鏖湯」句：同上句一樣，亦屬違背常理的意象組合。鏖湯：長久熬煮的湯。蘇軾《老饕賦》：「九蒸暴而日燥，百上下而湯鏖。」

〔五〕指爲月：佛教「以手指月」，以指譬教，以月比法。《楞嚴經》卷二：「如人以手指月示人，彼人因指，當應看月。若復觀指，以爲月體，此人豈唯亡失月輪，亦亡其指。」

〔六〕「須明」句：佛教謂佛法能破除迷暗，如燈能照明。《大般若經》卷四〇六：「諸佛弟子依所論法精勤修學，證法實性，由是爲他有所宣説皆與法性不相違。故佛所言，如燈傳照。」

〔七〕「拈花」句：即拈花一笑。佛教禪宗公案之一。《五燈會元·七佛·釋迦牟尼佛》：「世尊在靈山會上，拈花示衆，是時衆皆默然，唯迦葉尊者破顔微笑。世尊云：『吾有正法眼藏，涅槃妙心，實相無相，微妙法門，不立文字，教外别傳，付囑摩訶迦葉。』」

〔八〕老胡：當指釋迦牟尼。《雲門示衆》云：「老胡生下，一手指天一手指地。」

〔九〕策論：就當時政治問題加以論説，提出對策的文章。宋代以來各朝常用作科舉試士的項目之一。蘇軾《擬進士對御試策引狀》：「昔祖宗之朝，崇尚辭律，則詩賦之工，曲盡其巧，自嘉祐以來，以古文爲貴，則策論盛行於世，而詩賦幾至於熄。」《金史·選舉志一》：「初但試策，後增試論，所謂策論進士也。」魁：第一。

〔一〇〕章廟：金章宗。明昌元年三月，章宗命官員舉所知賢能，並設宏詞科。《金史·章宗本紀》：「(明昌元年三月)癸酉，詔内外五品以上歲舉廉能，官一員不舉者，坐蔽賢罪。乙亥，初設應制及宏詞科。」又《金史·選舉志》：「明昌初又設制舉宏詞科，以待非常之士。」

〔一一〕郭黻、周詢：皆金明昌初進士。張復亨：張仲淹，字復亨。劉祁《歸潛志》卷一〇：「張仲淹復亨，少爲進士。同郭黼、周詢、盧元中宏詞科。爲文有體，且長於吏事，大爲章宗所知。登第不十年，位三品，擢中都路都轉運使，卒。」又元好問《朝列大夫同知河間府事張公墓表》：「張仲淹以趨附宰相起家，不十年至大興尹，公薄其人，衆辱之。明日而仲淹死，時人以爲慚憤致卒云。」

〔二〕燕山竇氏：竇禹鈞，五代後晉幽州（今天津市薊縣）人。因幽州屬燕，故名。竇禹鈞自幼喪父，侍母至孝，官至諫議大夫。五子竇儀、竇儼、竇侃、竇偁、竇僖相繼登科。侍郎馮道贈詩：「燕山竇十郎，教子有義方。靈椿一株老，丹桂五枝芳。」事見宋僧文瑩《玉壺清話》卷二。

〔三〕屏山：李純甫之號。

閑詠

天近蒼龍闕〔一〕，居連白馬堂〔二〕。松聲得鄰舍，山色出宮牆。巷陋輪蹄少〔三〕，庭閑日月長。九衢紅霧裏〔四〕，亦有白雲鄉〔五〕。

【注】

〔一〕蒼龍闕：漢未央宮樓觀名。晉崔豹《古今注·都邑》：「闕，觀也。古每門樹兩觀於其前，所以標表宮門也……蒼龍闕畫蒼龍，白虎闕畫白虎，玄武闕畫玄武，朱雀闕上有朱雀二枚。」李賢注：「蒼龍，東闕；玄武，北闕；朱雀，南闕；白虎，西闕。謂之四闕。」

〔二〕白馬堂：《宋書·符瑞志下》：「玉馬，王者精明尊賢者則出。」按此，白馬堂應爲皇宮中堂名，寓有禮賢下士之意。漢有金馬門，玉堂殿，爲文士待詔之所，後遂以「金馬玉堂」指翰林院。白馬堂或與此有關。二句言其所居之地距宮城較近。

〔三〕輪蹄：車輪與馬蹄。代指車馬。

〔四〕九衢：縱横交叉的大道；繁華的街市。紅霧：紅塵。

〔五〕白雲鄉：《莊子·天地》：「乘彼白雲，游於帝鄉。」後因以「白雲鄉」爲仙鄉。此代幽閒隱居之處。四句意近晉陶潛《飲酒》其五：「結廬在人境，而無車馬喧。問君何能爾，心遠地自偏。」

太常卿石抹世勣 一首

世勣字晉卿，承安中進士，終于禮部尚書。子嵩，字企隆，應奉翰林文字。父子皆死蔡州之難〔一〕。

【注】

〔一〕蔡州之難：金天興三年正月，蒙宋聯軍攻破蔡州，金哀宗自殺，大臣、將士五百人從亡。

紙鳶〔一〕

鵾鳶鵰鶚誰雌雄〔二〕，假手成形本自同。果物戲人人戲物，爲風乘我我乘風。扶摇漫擬層霄上〔三〕，高下都歸半紙中。兒輩呶呶方佇目〔四〕，豈知天外有冥鴻〔五〕。

【注】

〔一〕紙鳶：用細竹爲骨，紮成鳥形，以紙或薄絹蒙糊其上，斜綴以線，可以引線乘風而上。五代李鄴於宫中作紙鳶，引線乘風爲戲，於鳶首以竹爲笛，使風入作聲如箏鳴，故又稱風箏。

〔二〕鴟鳶鵰鶚：鴟（鳶屬）、鳶（鷂鷹）、鵰、鶚，皆猛禽。

〔三〕「扶摇」句：《莊子·逍遥遊》：「鵬之徙于南冥也，水擊三千里，摶扶摇而上者九萬里。」成玄英疏：「扶摇，旋風也。」晉葛洪《抱朴子·交際》：「靈烏萃於玄霄者，扶摇之力也。」句言紙鳶空擬憑藉風力高入雲天。

〔四〕吺吺：喧鬧聲。佇目：佇立而視。

〔五〕冥鴻：高飛的鴻雁。

苑滑州中 一首

中字極之，大興人〔一〕。承安中進士，累官京西路司農少卿、滑州刺史〔二〕。好賢樂善，有前輩風流。貞祐中，高琪當國〔三〕，專以威刑肅物〔四〕，士大夫被捃摭者〔五〕，笞辱與徒隸等〔六〕。醫家以酒下地龍散，投以蠟丸，則受杖者失痛覺，此方大行於時。極之有戲云：「嚼蠟誰知味最長，一杯卯酒地龍香〔七〕。年來紙價長安貴，不重新詩重藥方〔八〕。」時人傳以爲笑。極之嗜讀書，一以資于詩，詩亦往往可傳。壬辰卒於京師〔九〕，年五十七。

【注】

〔一〕大興：金府名，屬中都路，治今北京市大興區。

〔二〕滑州：金州名，屬河北西路，治今河南省滑縣東。

〔三〕高琪：術虎高琪。金宣宗貞祐元年以左副元帥拜平章政事，任以國政。貞祐四年升尚書右丞相，把持朝政。《金史》卷一〇六有傳。

〔四〕威刑：嚴厲的刑法。肅物：摧殘萬物。

〔五〕捃摭：指搜羅材料以打擊别人。

〔六〕笞辱：用鞭仗拷打而使受辱。《漢書·循吏傳·朱邑》：「以愛利爲行，未嘗笞辱人。」徒隸：刑徒奴隸，服勞役的犯人。

〔七〕卯酒：早晨喝的酒。地龍：指蚯蚓。句言止痛丸用酒、蚯蚓等原料製成。

〔八〕「年來」二句：用「洛陽紙貴」典故。《晉書·左思傳》載，左思作《三都賦》，構思十年，賦成，不爲時人所重。及皇甫謐爲作序，張載、劉逵爲作注，張華見之，歎爲「班張之流也」，於是豪富之家爭相傳寫，洛陽紙價因之昂貴。後以「洛陽紙貴」稱譽别人的著作受人歡迎，廣爲流傳。

〔九〕壬辰：金哀宗天興元年（一二三二）歲次壬辰。

贈韶山退堂聰和尚〔一〕

郎當舞袖少年場，線索機關似郭郎〔二〕。今日棚前閑袖手〔三〕，卻從鼓笛看人忙〔四〕。

【注】

〔一〕韶山：在今河南省澠池縣北三十里。金置韶州，以此而名。

〔二〕「郎當」二句：用宋楊大年詩典，言受世俗束縛牽制。宋陳師道《後山詩話》：「楊大年《傀儡》詩云：『鮑老當筵笑郭郎，笑他舞袖太郎當。若教鮑老當筵舞，轉更郎當舞袖長。』」郎當：衣服寬大不稱身。少年場：年輕人聚會的場所。機關：設有機件而能制動的器械。郭郎：指木偶。宋劉克莊《無題》其二：「郭郎線斷事都休，卸了衣冠返沐猴。」

〔三〕棚：指傀儡棚。演傀儡戲的場所。

〔四〕鼓笛：鼓和笛。指傀儡戲的樂聲。

趙禮部思文　六首

思文字庭玉，永平人〔一〕。明昌五年進士。貞祐中，陷没都城，間關南渡，遂爲朝廷所知。歷虢州刺史、汝州防禦使、金安集慶兩軍節度使〔二〕。召拜禮部尚書。壬辰卒官〔三〕。

爲人誠實樂易，自少日有君子長者之目。南狩以後，趙吏部子文、楊禮部之美、趙禮部周臣、陳司諫正叔〔四〕，與庭玉皆完人，終始無玷缺者也。弟庭珪，同榜登科。三子敬叔、介叔、方叔，今居鄉里。

【注】

〔一〕永平：金縣名，屬河北西路定州，今河北省順平縣。

〔二〕虢州：金州名，屬京兆府路，今河南省靈寶市一帶。汝州：金州名，屬南京路，今河南省汝州市。金安軍：京兆府路華州置金安軍節度。集慶軍：南京路亳州置集慶軍。

〔三〕壬辰：金哀宗天興元年（一二三二）歲次壬辰。

〔四〕趙吏部子文：趙伯成，字子文。宛平（今屬北京市）人。明昌五年，經義、詞賦兩科進士。累遷侍御史，拜中丞、陝西西路轉運使等。哀宗即位，召爲吏部尚書。故稱趙吏部。正大元年罷官後移居嵩山，與崔遵等人遊。《中州集》卷八有小傳。楊禮部之美：楊雲翼，字子美，貞祐四年，改吏部尚書。趙禮部周臣：趙秉文，字周臣，大定二十五年進士，累拜禮部尚書、翰林學士。陳司諫正叔：陳規，字正叔，明昌五年詞賦進士，南渡後爲監察御史。以直諫著稱。

試院中呈同官崔伯善、李順之〔一〕

睡起松陰鳥雀譁，忽驚霜果墮簾牙①〔二〕。簡書迫促全疏酒〔三〕，眼力眵昏只費茶〔四〕。不學道人飡柏葉〔五〕，卻隨舉子踏槐花〔六〕。提衡文字非吾事〔七〕，崔李風流有故家〔八〕。

【校】

①簾：毛本作「檐」。

【注】

〔一〕試院：舊時科舉考試的考場。崔伯善：崔禧，字伯善，衛州人。承安二年進士。長于史學，歷代典故無不通徹。南渡爲翰林待制，與趙秉文、李純甫等同在院，後出爲永州刺史，病卒。見劉祁《歸潛志》卷四。李順之：其人不詳。

〔二〕霜果：經霜成熟的果實。指松果。

〔三〕簡書：此指科考者的呈文試卷。疏：疏遠。

〔四〕眵昏：目多眵而昏花。唐韓愈《短燈檠歌》：「夜書細字綴語言，兩目眵昏頭雪白。」

〔五〕柏葉：柏樹的葉子。可入藥或浸酒。

〔六〕舉子：科舉考試的應試人。踏槐花：指舉子應試之事。唐代長安舉子，自六月以後，落第者不出京回家，多借靜坊廟院及閑宅居住，習業作文，直到當年七月再獻上新作的文章，謂之過夏。時逢槐花正黄，故有「槐花黄，舉子忙」之説。

〔七〕提衡：謂簡選官吏。《文選·任昉·王文憲集序》：「公提衡惟允，一紀於兹。」李善注：「言選曹以材授官，似衡之平物，故取以喻焉。」

〔八〕崔李：指崔伯善和李順之。故家：世家大族；世代仕宦之家。

侯相浪溪歲寒堂〔一〕

靜中臺樹隔紅塵，水色山光日日新。不用沿溪種松竹，主人元是歲寒人〔二〕。

【注】

〔一〕侯相：侯摯，字莘卿，東阿（今屬山東）人。明昌二年進士，曾任尚書右丞，故稱。爲人威嚴，才智過人。封蕭國公。在朝遇事敢言，又喜薦士，張文舉、雷淵、麻九疇輩皆由摯進用。《金史》卷一〇八有傳。歲寒堂：侯摯在東平所置別業，在黄石山下，浪溪之畔。

〔二〕歲寒：一年的嚴寒時節。《論語·子罕》：「歲寒，然後知松柏之後彫也。」句言主人有松柏堅貞不屈的節操。

捕蝗感草蟲有作 二首〔一〕

雖是形模不苦爭〔二〕，汝能傷稼我能鳴。誰知竟有長平禍〔三〕，玉石填來共一坑〔四〕。

【注】

〔一〕草蟲：即草螽。《詩·召南·草蟲》：「喓喓草蟲，趯趯阜螽。」毛傳：「草蟲，常羊也。」陸璣疏：「小大長短如蝗也，奇音青色，好在茅草中。」

〔二〕「雖是」二句：謂草蟲并不傷稼，竟因狀與蝗形相似，致一網之禍，不能力辯其不白之冤。

〔三〕長平禍：長平之戰，昭襄王四十七年，秦兵大破趙於長平，四十萬趙兵被秦將白起坑殺。事見《史記·秦本紀》。此處代大規模捕蝗事。

〔四〕玉石：玉與石頭。比喻好與壞、賢與愚。此處指對草蟲與蝗蟲，不加區別，全部捕殺。

又

草蟲悲咽不能言，亂逐螟蝗瘞古原〔一〕。水底癡龍正貪睡〔二〕，甕中蝎虎更銜冤〔三〕。一詩疑圍城中作〔四〕，觀者可以意推之。

【注】

〔一〕螟蝗：螟和蝗，都是食稻麥的害蟲。瘞：埋葬。

〔二〕癡龍：水底蟄藏之龍。南宋范成大《次韻子文雨後思歸》：「斷雲將雨洗松篁，昨夜癡龍起蟄藏。」元王惲《憫雨呈幹臣詩友》：「嗷嗷群動日焦枯，何處癡龍睡未蘇。」

〔三〕蝎虎：舊稱守宫。爬行動物。身體扁平，四肢短，趾上有吸盤，能在壁上爬行。明李時珍《本草綱目·鱗·守宫》：「壁宫，壁虎，蝎虎，蝘蜓。守宫善捕蝎蠅，故得虎名。」蝎虎，既以草蟲爲食，又有守宫之名，故甕中蝎虎，或指被困城中的守衛者。

〔四〕圍城：指天興元年蒙古兵圍金都汴京事。

嵩山承天谷 又云逍遥谷

煙霞直上逍遥谷，路轉山腰咫尺迷。已覺洞天分聖境〔一〕，更疑石磴是仙梯。霜添紅葉黄花好，天與金壺玉柱齊兩峰名〔二〕。醉倚西風正南望，暮雲煙草一時低。

【注】

〔一〕洞天：道教語，指神道居住的名山勝地。聖境：宗教信徒所嚮往的超凡入聖的境界。

〔二〕金壺玉柱：嵩山二山峰名。

弔同年楊禮部之美〔一〕

海内文章選〔二〕，人中道德師〔三〕。爭教衰病足〔四〕，不到鳳凰池〔五〕。

【注】

〔一〕同年：古代科舉考試同科中式者。楊禮部之美：楊雲翼，字之美。明昌五年進士。貞祐二年，拜禮部尚書，卒於正大五年八月。

〔二〕文章選：楊雲翼文章與趙秉文齊名，世稱「楊趙」。一時高文大册，多出其手。二人主盟金代文壇近三十年。選：被選拔出來的人才。《禮記·禮運》：「禹、湯、文、武、成王、周公，由此其選也。」孔穎達疏：「用此禮義教化，其爲三王中之英選也。」漢班固《白虎通·聖人》：「五人曰茂，十人曰選，百人曰俊，千人曰英，倍英曰賢，萬人曰傑，萬傑曰聖。」

〔三〕道德師：道德楷模。元好問《内相文獻楊公神道碑銘》：「貞祐南渡，名卿材大夫布滿臺閣。……若夫才量之充實、道念之醇正、政術之簡裁、言論之詳盡，粹之以天人之學，富之以師表之業，則我内相文獻楊公其人矣。」

〔四〕病足：楊雲翼在元光年間嘗患風痹。《金史》本傳記其借風痹醫諫事。

〔五〕鳳凰池：中書省的美稱。《晉書·荀勖傳》載：武帝受禪，勖拜中書監，後以勖守尚書令。「勖久在中書，專管機事。及失之，甚罔罔悵恨。或有賀之者，勖曰：『奪我鳳凰池，諸君賀我邪！』」

李坊州芳　一首

芳字執剛，大興人〔一〕。承安二年進士，歷乾、坊兩州刺史〔二〕，同知都轉運使事。爲人敬賢下士，款曲周至〔三〕。聞人一善，極口稱道，士論以此歸之。又精于吏事，累以廉能進秩〔四〕。正大末致仕，歿於洛陽之難〔五〕。

【注】

〔一〕大興：金府名，屬中都路，今北京市大興區。

〔二〕乾：乾州，金州名，屬京兆府，治今陝西省乾縣。坊：坊州。金代州名，屬鄜延路，治今陝西省黃陵縣。

〔三〕款曲周至：待人殷勤，照顧周到細緻。

〔四〕進秩：進升官職，增加俸禄。

〔五〕洛陽之難：天興元年，洛陽被蒙古軍攻陷，死難者衆多。

留别〔一〕

禄食媿踰量〔二〕，智困念歸愚〔三〕。符竹恒爲累〔四〕，幸及引年初〔五〕。驅馬國西門，初服返田廬〔六〕。金閨富才彦〔七〕，絶足駃高衢〔八〕。眷我謝朝跡，冠蓋寵歸途〔九〕。歸途豈不榮，顧瞻亦踟躕。煌煌丹山鳳，覽德萃清都〔一〇〕。行人得棲止，老鶴青天孤〔一一〕。石樓俯清伊〔一二〕，旁有野人居①〔一三〕。儻逢經過便〔一四〕，山水足相娛。

【校】

① 野人：毛本作「幽人」。

【注】

〔一〕留别：指以詩文作紀念贈給將要分别之人。

〔二〕禄食：食禄。指供職官府享有俸禄。踰量：超過應得的數額。

〔三〕「智困」句：宋黄庭堅《寄老庵賦》：「窮于外者反於家，困乎智者歸愚伊。」

〔四〕符竹：指郡守職權。《漢書·文帝紀》：「九月，初與郡守爲銅虎符、竹使符。」顔師古注引應劭曰：「銅虎符第一至第五。國家當發兵，遣使者至郡合符，符合，乃聽受之。竹使符皆以竹箭五枚，長五寸，鐫刻篆書，第一至第五。」

〔五〕引年：古代禮讓年老者退休加以尊養，以延長其壽命，故稱。後用以稱年老退休之時。

〔六〕初服：未入仕時的服裝，與「朝服」相對。《楚辭·離騷》：「進不入以離尤兮，退將復修吾初服。」蔣驥注：「初服，未仕時之服也。」田廬：田中的廬舍。泛指農舍。

〔七〕金閨：指金馬門。亦代指朝廷。南朝宋鮑照《侍郎報滿辭閤疏》：「金閨雲路，從兹自遠。」錢振倫注引李善《江淹·别賦》注：「金閨，金馬門也。」才彦：才子賢士。

〔八〕絶足：喻指千里馬。漢孔融《論盛孝章書》：「燕君市駿馬之骨，非欲以騁道里，乃當以招絶足也。」駃：同「快」。高衢：大道，要路。比喻高位顯職。《文選·王粲·登樓賦》：「冀王道之一平兮，假高衢而騁力。」李善注：「高衢，謂大道也。」

〔九〕冠蓋：泛指官員的冠服和車乘。上四句言朝廷對我等離職官員仍眷顧，有諸友才彦送行，甚感寵幸。

〔一〇〕「煌煌」二句：《山海經・南山經》：「又東五百里曰丹穴之山，其上多金玉，丹水出焉，而南流注于渤海。有鳥焉，其狀如雞，五采而文，名曰鳳皇。」南朝陳張正見《賦得威鳳棲梧桐》：「丹山下威鳳，來集帝梧中。」上四句言自己在歸途中雖有榮歸之感，但與才彦之友及人才薈萃之地離別，仍反顧徘徊，留戀不舍。清都：帝王居住的都城。

〔一一〕「行人」二句：意近唐李頎《辭夏口崔尚書》：「同來棲止地，獨去塞鴻前。」行人：出行、出征之人。此指同來爲官的留別諸友。棲止，指寄居之地。

〔一二〕「石樓」句：按元好問《龍門雜詩二首》之「石樓繞清伊」及「當年香山老，掛冠遂忘返」，此指洛陽南龍門山下的石樓與伊河，詩人致仕後居洛陽，故有此句。

〔一三〕野人：指隱逸者。宋王禹偁《題張處士溪居》：「雲裏寒溪竹裏橋，野人居處絶塵囂。」

〔一四〕經過：行程所過；通過。

劉鄠縣昂 三首

昂字次霄，濟南人。承安五年進士，調鄠縣令〔一〕。劉光甫曾爲同官〔二〕，稱次霄高材博學，詩時有佳句云。

【注】

〔一〕鄠縣：金縣名，屬京兆府路京兆府，今陝西省西安市户縣。

〔二〕劉光甫：劉祖謙，字光甫，安邑（今山西省安邑縣）人。承安五年進士。歷州縣，有政績，拜監察御史，以鯁直稱。正大初，爲右司都事、翰林修撰。家多藏書，金石遺文略備。《中州集》卷五有小傳。

零口早行〔一〕

馬上兀殘夢〔二〕，沉沉天向晨。行雲如妒月，古道不逢人。野曠耕聲遠，山高露氣新。哦詩無好語〔三〕，聊爾一吟呻〔四〕。

【注】

〔一〕零口：《金史·地理下》京兆府臨潼縣下云：「鎮一，零口。」按詩人令鄠縣行跡，應指此。

〔二〕兀：仍，還。

〔三〕哦詩：吟詩。

〔四〕聊爾：姑且。吟呻：吟詠。

讀三國志 二首〔一〕

虎視鯨吞卒未休〔二〕，一時人物盡風流。婦翁正得黄承彦〔三〕，兒子當如孫仲謀〔四〕。乳臭蒙孫真寄坐〔五〕，齒寒鄰國莫分憂〔六〕。阿瞞狐媚無多罪〔七〕，誰作桓文得到頭〔八〕。

【注】

〔一〕三國志：西晉陳壽所編，二十四史之一。

〔二〕虎視鯨吞：形容東漢末年群雄並起，逐鹿中原的戰亂。

〔三〕婦翁：妻父，岳父。黄承彦：漢末三國時期荆州襄陽沔南名士，諸葛亮的岳父。《三國志·諸葛亮傳》裴松之注引《襄陽記》：「黄承彦者，高爽開列，爲沔南名士，謂諸葛孔明曰：『聞君擇婦，身有醜女，黄頭黑色，而才堪配。』孔明許，即載送之。」

〔四〕「兒子」句：《三國志·吴主傳》裴松之注引《吴曆》：「權行五六里，回還作鼓吹。公見舟船器仗軍伍整肅，喟然歎曰：『生子當如孫仲謀，劉景升兒子若豚犬耳。』」孫權字仲謀。

〔五〕乳臭：謂人年少無知。蒙孫：「孫」通「遜」，應指吴國大將吕蒙、陸遜。二人在收復荆州大敗劉備時起到關鍵作用，詩人認爲他們不顧强敵，破壞吴蜀聯盟，導致唇亡齒寒、獨木難撑的局面。寄坐：謂居客位。比喻地位不穩且無實權。《三國志·魏志·曹爽傳》：「天下洶洶，人懷危懼，陛下但爲寄坐，豈得久安！」

〔六〕齒寒：脣亡齒寒。比喻關係密切，互相依存。典出《左傳·僖公五年》：「宫子奇諫曰：『虢，虞之表也。虢亡，虞必從之。……諺所謂輔車相依，脣亡齒寒者，其虞虢之謂也。』」

〔七〕阿瞞：曹操，字孟德，小字阿瞞。狐媚：謂以陰柔手段迷惑人。《晉書·石勒載記下》：「大丈夫行事當礌礌落落，如日月皎然，終不能如曹孟德、司馬仲達父子，欺他孤兒寡婦，狐媚以取天下也。」

〔八〕桓文：春秋五霸中齊桓公與晉文公的並稱。二句謂曹操用陰險手法挑撥吴蜀關係，可以理解。但這種像齊桓、晉文一樣只重霸業、不重道義的做法不能真正得人心而長治久安。

又

泣漢遺黎血未乾〔一〕，繁昌新築受終壇〔二〕。天球寶鼎私臧獲〔三〕，坎井扨堂局鳳鸞〔四〕。地易主賓窮赤壁〔五〕，勢成螳雀事烏丸〔六〕。陳言衮衮令人厭〔七〕，枉就輸棊覆舊槃〔八〕。

【注】

〔一〕遺黎：遺民，亡國之民。

〔二〕繁昌：地名，在許昌南。晉郭緣生《述征記》：「繁昌，在許南七十里。有臺高七丈，方五十步；南有臺，高二丈，方三十步，即魏受終壇。」受終：承受帝位。

〔三〕天球：玉名。《書・顧命》：「大玉、夷玉、天球、河圖，在東序。」孫星衍注引鄭玄曰：「天球，雍州所貢之玉，色如天者。」寶鼎：古代的鼎。原爲炊器，後以爲政權的象徵，故稱寶鼎。臧獲：古代對奴婢的賤稱。句謂東漢政權落入曹氏之手。

〔四〕坎井：亦作「埳井」。廢井；淺井。坳堂：小坑。鳳鸞：代國王、王后。當指建安十九年曹操禁閉並逼殺伏皇后事。漢獻帝皇后伏壽與父伏完密謀誅曹操，事情洩漏後，曹操將伏皇后禁閉冷宮逼其自縊，所生二位皇子亦被鴆殺。曹操宣稱其暴病身亡，按皇后禮儀加以厚葬。事見《後漢書・皇后紀第十下》。

〔五〕赤壁：赤壁之戰。漢獻帝建安十三年孫權與劉備聯軍大破曹操軍隊。赤壁失利後，曹操退回北方，孫劉雙方借此勝役發展壯大了各自勢力。

〔六〕「螳雀」句：用螳螂捕蟬、黄雀在後典故。漢劉向《説苑・正諫》：「園中有樹，其上有蟬。蟬高居悲鳴飲露，不知螳螂在其後也；螳螂委身曲附欲取蟬，而不知黄雀在其傍也；黄雀延頸欲啄螳螂，而不知彈丸在其下也。此三者，皆務欲得其前利，而不顧其後之有患也。」烏丸：墨的別名。宋陳師道《古墨行》：「秦郎百好俱第一，烏丸如漆姿如石。」二句言赤壁之戰後曹、劉、孫三方鼎立，互相爭鬭，陳壽《三國志》重寫這段歷史。

〔七〕陳言：指陳辭舊説。衮衮：説話滔滔不絶貌。《太平御覽》卷三〇引《竹林七賢論》：「張華善説《史》《漢》，裴逸民叙前言往行，衮衮可聽。」

〔八〕枉：徒然，空，白。輸棊覆舊槃：指輸棋後回想舊局的失着之處。以上二句謂歷史不能重演，一切事後的評説皆爲馬後炮，對事件本身已毫無意義。

錦峰王仲元 三首〔一〕

仲元字清卿，平陰人〔二〕。承安中進士，以能書名天下。歷京兆轉運司幕官。子公茂，今在雲中〔三〕。

【注】

〔一〕錦峰：王仲元號錦峰老人。

〔二〕平陰：金縣名，屬山東西路東平府，今山東省平陰縣。

〔三〕雲中：金縣名，屬西京路大同府，今山西省大同市。

雪中同周臣内翰賦〔一〕

天上瑞花散不收，温温叶氣浹皇州〔二〕。横溪月澹梅宜臘〔三〕，平野風閑麥有秋〔四〕。清興雅高東武會〔五〕，孤吟誰似霸陵游〔六〕。西山玉立三千丈〔七〕，好句都輸趙倚樓〔八〕。

【注】

〔一〕周臣内翰：趙秉文，字周臣，晚號閑閑老人。磁州滏陽（今河北省磁縣）人。大定二十五年進士，累拜禮部尚書、翰林學士。

〔二〕叶氣：和合之氣。《新唐書·循吏傳序》：「故叶氣嘉生，薰爲太平，垂祀三百，與漢相埒。」皇州：帝都。此指汴京。

〔三〕「横溪」句：宋林逋《山園小梅》「疏影横斜水清淺，暗香浮動月黄昏」，將臨寒獨放的梅花置於月下水邊的環境中以展示其氣質風韻，成爲千古絶唱，「梅宜臘」就此而言。

〔四〕「平野」句：諺有「瑞雪兆豐年」之説，故詩人認爲來年莊稼定會有好的收成。

〔五〕清興：清雅的興致。東武：樂府《相和歌·楚調曲》名。《樂府詩集》卷四一又引左思《齊都賦》注：「《東武》、《太山》，皆齊之土風，絃歌謳吟之曲名也。」《通典》曰：「漢有東武郡，今高密諸城縣是也。」晉陸機、南朝宋鮑照、梁沈約等均有擬作。内容多詠歎人生短促，榮華易逝。

〔六〕孤吟：獨自吟詠。霸陵：即灞陵，故址在今陝西省西安市東。漢文帝葬於此，故稱。明張岱《夜航船》：「孟浩然情懷曠達，常冒雪騎驢尋梅，曰：『吾詩思在灞橋風雪中驢背上。』」宋孫光憲《北夢瑣言》載有人問鄭綮：「相國近有新詩否？」對曰：「詩思在灞橋風雪中、驢子上，此處何以得之？」

〔七〕玉立：猶言挺拔，矗立。

〔八〕趙倚樓：唐代渭南尉趙嘏。嘏工詩，杜牧最愛其「長笛一聲人倚樓」句，因稱爲「趙倚樓」。五代王定保《唐摭言·知己》：「杜紫微覽趙渭南卷《早秋》詩云：『殘星幾點雁横塞，長笛一聲人倚樓』，吟味不已。因目嘏爲趙倚樓。」此處是對趙秉文的恭維話。

雪

初稀時拂拂，稍密自紛紛。老樹曉迷月，瘦峰寒帖雲。色從空際得，聲向静中聞。客枕清無夢，哦詩徹夜分〔一〕。

【注】

〔一〕哦詩：吟哦詩句。夜分：夜半。

贈青柯平隱者〔一〕

太華神明觀〔二〕，青柯小有天〔三〕。大哉霄壤内〔四〕，無此弟昆賢〔五〕。齊物三千行〔六〕，棲雲二百年〔七〕。初平初起後〔八〕，又得兩臞仙〔九〕。

【注】

〔一〕青柯平：又名青柯坪，華山地名。位於峪山谷口約二十里處，三面環山，地勢平坦，林草茂盛。

廟宇古樸，浮蒼點黛，故名。

〔二〕「太華」句：謂西岳華山壁立千仞，朗出天外，登臨能使人心情振奮，精神得以升華。

〔三〕「青柯」句：言青柯平雖地勢低平，卻又別具情趣。

〔四〕霄壤：天和地，天地之間。

〔五〕弟昆：弟兄。代於此修道的二隱者。

〔六〕齊物：老莊學派的一種哲學思想。認爲宇宙間一切事物，如生死壽夭，是非得失，物我有無，都應當同等看待。三千行：《史記·孔子世家》：「孔子以詩書禮樂教，弟子蓋三千焉。」杜甫《又示宗武》：「十五男兒志，三千弟子行。」指孔門弟子。此用借指道教弟子。

〔七〕棲雲：棲於雲霧之中。謂隱居。

〔八〕初平初起：指得道仙人赤松子兄弟。赤松子，又名皇初平，其兄名皇初起。二人於華山石室中修煉成仙。事見晉葛洪《神仙傳》。

〔九〕臞仙：稱身體清瘦而精神矍鑠的老人。此處稱修仙得道的二隱者。

盧宜陽洵 一首

洵字仁甫，高平人〔一〕。李承旨致美見所作上梁文〔二〕，勉使就舉，六十一歲，吕造牓登科〔三〕。歷河南府教授、河陽丞、宜陽令〔四〕。致仕後，居伊陽〔五〕。年八十三卒。仁甫有詩學，以《犖原》及《赤壁圖》詩著名。《招飲》云：「南園仙杏猩紅破，北渚官醪玉汗醇。已約尊前成二老，全勝月下作三人。」

【注】

〔一〕高平：金縣名，屬河東南路澤州，今山西省高平市。

〔二〕李承旨致美：李晏，字致美，澤州高平（今山西省高平市）人。《金史》卷九六有傳，《中州集》卷二有小傳。上梁文：文體名。建屋上梁時用以表示頌祝的一種駢文。北魏温子昇有《閶闔門上梁祝文》，宋王應麟謂爲上梁文之始。見《困學紀聞·雜識》。明徐師曾《文體明辨》：「按上梁文者，工師上梁之致語也。世俗營宫室，必擇吉上梁，親賓裹麵，雜他物稱慶，而因以犒匠人。於是匠人之長，以麵抛梁而誦此文以祝之。其文首尾皆用儷語，而中陳六詩，詩各三句，以按四方上下，蓋俗禮也。」

〔三〕吕造：字子成，大興（今北京市大興區）人。承安二年詞賦狀元。

〔四〕河南府：金府名，屬南京路。河陽：金縣名，屬河東南路孟州，今河南省孟州市。宜陽：金縣名，屬南京路河南府，今河南省宜陽縣。

〔五〕伊陽：金縣名，屬南京路嵩州，今河南省嵩縣。

白溝〔一〕

白溝清淺不容舟，遼宋封疆限此溝。到了山河無定主〔二〕，碧波依舊只東流。

【注】

〔一〕白溝：河名。又稱拒馬河，自西向東，在今河北省易縣、霸縣至天津一線。宋遼界河。

〔二〕到了：到底，畢竟。唐吴融《武關》：「貪生莫作千年計，到了都成一夢間。」

刁涇州白 三首

白字晉卿，信都人〔一〕。吕造牓乙科〔二〕。歷涇州幕官〔三〕，入補省掾。卒。作詩極致力，樂府尤有風調。今散失不復見矣。

【注】

〔一〕信都：金縣名，屬河北東路冀州，今河北省冀州市。

〔二〕吕造：字子成，大興（今北京市大興區）人。承安二年詞賦狀元。乙科：進士及第中的乙等。

〔三〕涇州：金州名，屬慶原路，治今甘肅省涇川縣。

渭水〔一〕

渭水秋天白，驪山晚照紅〔二〕。行人迷古道，老馬識新豐〔三〕。霜雪滿歸鬢，乾坤猶轉蓬〔四〕。愁來成獨酌，醉袖障西風。

【注】

〔一〕渭水：黄河第一大支流，發源於甘肅省渭源縣的鳥鼠山，由陝西潼關匯入黄河。

〔二〕驪山：是秦嶺北側的一個支脈，東西綿延二十公里，遠望山勢如同一匹駿馬，故名驪山。

〔三〕新豐：漢縣名，在今陝西臨潼縣西北。本秦驪邑。漢高祖定都關中，太上皇思鄉心切，鬱鬱不樂。高祖乃依故鄉豐邑街里房舍格局改築驪邑，並遷來豐民，改稱新豐。據説士女老幼各知其室，從遷的犬羊雞鴨亦競識其家。太上皇居新豐，日與故人飲酒高會，心情愉快。二句暗用「老馬識途」典。

〔四〕轉蓬：隨風飄轉的蓬草。《文選·曹植·雜詩》：「轉蓬離本根，飄飖隨長風。」

物質〔一〕

物質方圓定，營營止自疲〔二〕。鶴鳧傷斷續〔三〕，鵬鷃失高卑〔四〕。巧宦多成拙〔五〕，徐行未必遲〔六〕。可憐箏上雁，來往聽人移〔七〕。

【注】

〔一〕物質：萬物的形體。

〔二〕營營：勞而不知休息；忙碌。《莊子・庚桑楚》：「全汝形，抱汝生，無使汝思慮營營。」鍾泰發微：「營營，勞而不知休息貌。」二句藉以言人之稟性爲方爲圓自有定數，刻意改性不僅徒勞無功，而且也没有必要。

〔三〕「鶴鳧」句：典出《莊子・駢拇》：「鳧脛雖短，續之則憂；鶴脛雖長，斷之則悲。」寓物各有自性，應順其自然之理。

〔四〕「鵬鷃」句：《莊子・逍遥遊》：「有鳥焉，其名爲鵬，背若泰山，翼若垂天之雲；摶扶摇羊角而上者九萬里，絶雲氣，負青天，然後圖南，且適南冥也。斥鷃笑之曰：『彼且奚適也？我騰躍而上，不過數仞而下，翱翔蓬蒿之間，此亦飛之至也。而彼且奚適也。』」

〔五〕巧宦：善于鑽營諂媚的官場惡習。

〔六〕徐行：緩慢前行。句言在仕途中秉正直行，雖然升遷較慢，但從長遠發展的角度來看，未必不如巧宦者。

〔七〕「可憐」二句：謂雁形風箏雖飛得很高，但時時被别人左右，不得像真雁一樣自由隨性，實屬可憐可悲。

送花

縱横詩酒少年曾〔一〕，老矣追歡謝不能。種出好花無用處，東鄰乞與坐禪僧。

【注】

〔一〕「縱横」句：言年輕時曾飲酒賦詩，縱情任性，盡興而歡，意氣豪邁。

劉户部光謙 一首

光謙字達卿，瀋州人〔一〕。父澤，字潤之，爲部掾，斷獄有陰德。劉之昂與之酬唱〔二〕，其詩有云：「侯門舊説炎如火，陋巷今猶冷似冰。半夜杯槃長袖舞，白頭書册短檠燈。」用是人不敢以府史待之。達卿，泰和三年進士，資幹局〔三〕，處事詳雅〔四〕。爲朝廷所知，累官司農少卿。病瘡許州〔五〕，宣宗敕國醫診視之。卒年五十六。好問爲舉子時，識於登封〔六〕，相得甚歡，尊酒間談笑有味，使人不能忘也。

【注】

〔一〕瀋州：金州名，屬東京路，今遼寧省瀋陽市。

〔二〕劉之昂：劉昂，字之昂。《中州集》卷四有小傳。
〔三〕幹局：謂辦事的才幹器局。
〔四〕詳雅：周詳雅正。
〔五〕許州：金州名，屬南京路，治今河南省許昌市。
〔六〕識於登封：元好問興定二年移家登封。正大四年，出仕内鄉令，遂移居内鄉。

寄陳正叔雷希顔〔一〕

東南形勝古徐州〔二〕，人物休評第幾流。落落陳雷天下士，故應連榻卧黄樓〔三〕。

【注】

〔一〕陳正叔：陳規，字正叔。貞祐末因上書言事，出爲徐州帥府經歷官，直至正大元年復召。事見《金史》本傳。雷希顔：雷淵，字希顔，興定四年爲徐州觀察判官。
〔二〕古徐州：古九州之一。《書·禹貢》：「海岱及淮惟徐州。」孔傳：「東至海，北至岱，南及淮。」漢以後各代皆置徐州，轄地常有變更，大致都在今淮北一帶。多以彭城（今江蘇徐州市）或下邳（今江蘇邳縣）爲治所。
〔三〕「落落」二句：暗用劉備「百尺樓」典故。《三國志·魏志·陳登傳》：「汜曰：『昔遭亂過下邳，見元龍（陳登）。元龍無客主之意，久不相與語，自上大牀卧，使客卧下牀。』備曰：『……君求田問舍，言無可采，是元龍所諱也。何緣當與君語？如小人，欲卧百尺樓上，卧君於地，何但上下牀之間邪？』」落落：猶磊落。陳雷：指陳規與雷淵，皆以磊落、直言著稱。連榻：並榻。多形容關係密切。黄樓：樓名，蘇軾知徐州時所築。故址在今江蘇徐州市。宋蘇轍《黄樓賦》載：熙寧十年七月，黄河決口，水及彭城下。蘇軾爲彭城守，以身帥之，與城存亡，水至而民不潰。水退，在城的東門築大樓，堊以黄土，是爲黄樓。後蘇轍、秦觀等都曾登黄樓，作有詩文。後以「黄樓」爲頌功德的典實。

毛提舉端卿 一首

端卿字飛卿，彭城人〔一〕。父矩，桓州軍事判官〔二〕，殁王事〔三〕。飛卿二十歲始知讀書，游學齊魯間，備極艱苦。飢凍疾病，不以廢業。凡十年，以經義魁東平〔四〕。泰和三年擢第，累遷提舉榷貨司、户部員外郎。性剛明，疾惡過甚，坐與監察御史相可否，爲所中傷，降鄭州司候，改孟津丞〔五〕。將復用矣，會卒。子思遹，今居東平。

【注】

〔一〕彭城：金縣名，屬山東西路徐州，今江蘇省徐州市。

〔二〕桓州：金州名，屬西京路，治今内蒙古正藍旗西北。

〔三〕王事：王命差遣的公事。

〔四〕東平：金府名，屬山東西路，治今山東省東平縣。

〔五〕孟津：金縣名，屬南京路河南府，治今河南省孟津縣東，孟州市南黄河岸邊。

題崞縣郝子玉此君軒〔一〕

桂林名姓一枝新〔二〕，萬竹青青德有鄰〔三〕。渭上風煙分别派〔四〕，山陽詩酒屬閑人〔五〕。心期已到冰霜窟〔六〕，眼界不知花柳塵〔七〕。萱背從今看輝映〔八〕，嫩香新粉四時春〔九〕。

【注】

〔一〕崞縣：金縣名，屬河東北路代州，縣治在今山西省原平市崞陽鎮。郝子玉：郝俣，字子玉，崞縣人。正隆二年進士，仕至河東北路轉運使。《中州集》卷二有小傳。致仕後居崞縣，築榮歸堂、此君軒，金人多有題詠，如趙秉文《題郝運使榮歸堂》。此君：竹子的代稱。典出《晉書·王徽之傳》：「嘗寄居空宅中，便令種竹。或問其故，徽之但嘯詠，指竹曰：『何可一日無此君邪！』」

〔二〕「桂林」句：用「桂林一枝」典。《晉書·郤詵傳》：「（詵）累遷雍州刺史。武帝於東堂會送，問詵曰：『卿自以爲何如？』詵對曰：『臣舉賢良對策，爲天下第一，猶桂林之一枝，崑山之片玉。』」原爲自謙之詞，謂己只是群才之一。後用以喻科舉考試中出類拔萃的人。

〔三〕德有鄰：語自《論語·里仁》：「德不孤，必有鄰。」謂有道德的人不會孤單，一定有志同道合者與其相伴。句言郝氏與竹爲友。

〔四〕渭上風煙：宋文與可曾作《篔簹谷》：「千輿翠羽蓋，萬錡緑沉槍。」蘇軾和詩有「料得清貧饞太守，渭濱千畝在胸中」之句。句言此君軒旁之萬竹乃「渭濱千畝」之後裔。

〔五〕山陽詩酒：魏正始年間，嵇康、阮籍、山濤、向秀、劉伶、王戎及阮咸七人常聚於山陽縣（今河南省輝縣、修武一帶）竹林之下，肆意酣暢，世謂「竹林七賢」。

〔六〕心期：期望。冰霜窟：喻老來恬澹無欲的心境和冰清玉潔的胸懷。

〔七〕花柳：指繁華遊樂之地。

〔八〕萱背：《詩·衛風·伯兮》：「焉得萱草，言樹之背？」朱熹注曰：「萱草，令人忘憂；背，北堂也。」萱：又名忘憂草，俗名金針菜，色黄。句言青竹與黄萱互相輝映，竹德與忘憂相得益彰。

〔九〕嫩香新粉：指竹。唐李賀《昌谷北園新筍四首》其二：「斫取青光寫楚辭，膩香春粉黑離離。」元好問《德和墨竹扇頭》附注：「『嫩香新粉墨離離』，李長吉竹詩。」可知當時所見李賀詩當如此。

康司農錫　一首

錫字伯禄，寧晉人〔一〕。其祖嘗與兄弟分財，他田宅無所問，止取南中生口十餘人〔二〕，縱爲民而已，以故家獨貧。父奕，爲里胥〔三〕，性純篤〔四〕。縣令者倚之以納賄，及令爲御史所劾，奕自念言直則令被罪，終世不齒，渠官長而我以事證之，何以立於世？乃自縊而死。令竟以無跡可尋獲免。伯禄既養于外祖田氏，田氏見伯禄骨骼異他兒，謂當有望，使之應童子舉〔五〕。飲食卧起，躬自調護，備極勞苦。得解赴都〔六〕，一日日暮，行茭葦中，懼爲同行所遺，至背負伯禄而行。及長，師柏鄉王翰、周輔〔七〕，束脩不能備〔八〕，周輔與諸公共賙給之〔九〕。黄裳榜擢第〔一〇〕，歷櫟陽簿、警巡判官〔一一〕，辟彭原令〔一二〕。補省掾，考滿，遷開封府判官，拜監察御史。言宰相侯摯、師安石非相材〔一三〕；提點近侍局宗室安之聲勢焰焰〔一四〕，請託公行〔一五〕，不可使久在禁近。朝議偉之。選授右司都事，京南路司農丞，破上蔡諸縣群不逞把持之黨〔一六〕。以河中治中充行六部郎中從軍，城陷，投水死。伯禄孝于母，友于其弟，有恩義于朋友。從政則死心以奉公爲民。古所謂公家之利，知無不爲者，惟伯禄爲然。同年生如雷希顔、冀京父、宋飛卿之等名士數十人〔一七〕，世以比唐日龍虎榜〔一八〕。至論氣質，尚以伯禄爲稱首云。

【注】

〔一〕寧晉：金縣名，屬河北西路沃州，今河北省寧晉縣。

〔二〕南中：指南宋。生口：奴隸。

〔三〕里胥：指里長。《漢書·食貨志上》：「春，將出民，里胥平旦坐於右塾，鄰長坐於左塾，畢出然後歸，夕亦如之。」顏師古注引孟康曰：「里胥，如今里吏也。」

〔四〕純篤：純樸篤實。

〔五〕童子舉：《金史·選舉一》載，金代科考有「經童之制」，許年十三以下參選，主試儒經。

〔六〕得解：謂獲得鄉薦。宋趙彦衛《雲麓漫鈔》卷四：「官府多用申解二字……士人獲鄉薦亦曰得解。」

〔七〕柏鄉：金縣名，屬河北西路沃州，今河北省柏鄉縣。

〔八〕束脩：古代入學敬師的禮物。《論語·述而》：「子曰：『自行束脩以上，吾未嘗無誨焉。』」邢昺疏：「束脩，禮之薄者。」

〔九〕賙給：周濟給助。《詩·大雅·雲漢》「靡人不周，無不能止」漢鄭玄箋：「王以諸臣困於食，人人賙給之，權救其急。」

〔一〇〕黄裳：（崇慶二年）至寧元年詞賦狀元。同年及第者有雷淵、宋九嘉、冀禹錫、商衡、馬天來、張天綱、聶元吉等。

〔一一〕櫟陽：金縣名，屬京兆府路京兆府，今陝西省西安市閻良區。警巡：金代諸京均置警巡院，使一員，正六品，掌平理獄訟、警察別部，總判院事。副一員，從七品，掌警巡之事。判官二員，正九品，掌檢稽失簽，判院事。南渡後只汴京置警巡院。

〔二〕彭原：金縣名，屬慶原路慶原府，今甘肅省西峰市。

〔三〕侯摯：字莘卿，東阿人。明昌二年進士，曾任尚書右丞，封蕭國公。《金史》卷一〇八有傳。師安石：字子安，正大三年權參知政事，四年進尚書右丞，五年卒。

〔四〕安之：完顏撒合輦，字安之。因立哀宗有功被親信。《金史》卷一一一有傳。因諂佞納賄、氣焰囂張被右拾遺李大節、右司諫陳規等劾奏。

〔五〕請託：謂以私事相囑託；走門路，通關節。《漢書·翟方進傳》：「爲相公絜，請託不行郡國。」顔師古注：「言不以私事託於四方郡國。」

〔六〕上蔡：金縣名，屬南京路蔡州，今河南省上蔡縣。不逞：泛指爲非作歹。

〔七〕雷希顔：雷淵，字希顔。冀京父：冀禹錫，字京父。宋飛卿：宋九嘉，字飛卿。

〔八〕唐日龍虎榜：唐貞元八年，歐陽詹與韓愈、李絳等二十三於于陸贄榜聯第，詹等皆俊傑，時稱「龍虎榜」。

按部南陽有贈〔一〕

魯山佳政靄鄰邑〔二〕，白水歡謡見路人〔三〕。縣務清談君自了〔四〕，農郊夙駕我何勤〔五〕。星河直上冰輪轉〔六〕，桃李前頭玉樹春。海寓疲民望他日〔七〕，草堂那得遽移文〔八〕。

【注】

〔一〕按部：巡視部屬。南陽：金縣名，屬南京路鄧州，今河南省南陽市。元好問《宛丘歎》詩末云：「辛卯七月，農司檄予按秦陽陂田，感而賦詩。」與「魯山佳政」合觀，知詩亦正大八年任司農丞巡視南陽時作。

〔二〕魯山佳政：元德秀（六九六——七五四），字紫芝，世居太原（今屬山西），後移居河南陸渾（今河南省嵩縣）。《新唐書·元德秀傳》載，元德秀任魯山令，不媚上，不邀寵，一心爲民，「所得奉禄，悉衣食人之孤遺者。歲滿，笥餘一縑，駕柴車去」。故世稱元魯山，以顯其德政。元德秀爲人寬厚，道德高尚，學識淵博，爲政清廉，名重當時。房琯每見德秀，歎息曰：「見紫芝眉宇，使人名利之心都盡！」元好問爲元德秀後裔，故友人常用以比况，如張仲升《寄人宰縣》：「莫教循吏傳，獨載魯山翁。」元好問正大八年令南陽。《河南通志》卷五六《名宦·南陽府》謂元好問「知南陽縣，善政尤著」。

〔三〕白水：淯水俗稱白河，出弘農盧氏縣攻離山，經南陽縣東。元好問《孝女阿秀墓銘》：「年十三，予爲南陽令，其母張病殁。」銘：「白水南東，維母之藏；羈魂摇摇，望女大梁。」

〔四〕縣務清談：按元好問《薛明府去思口號七首》其五「驛舍無歌酒，清談了送迎。即看明府去，畫鼓有新聲」，此指元好問任南陽縣令務爲簡樸，接待官員無需歌酒。

〔五〕「農郊」句：謂元好問早先常外出視察督促農耕，自己來此巡視實屬多此一舉，毫無必要。

〔六〕冰輪：指明月。

〔七〕海寓：海宇。猶海内、宇内。謂國境以内之地。疲民：疲困之民。元好問令南陽時，奏減賦税，在招收流亡、恢復農耕方面頗有政績。其《宛丘歎》有句：「荒田滿眼人得耕，詔書已復三年征。早晚林間見雞犬，一犂春雨麥青青。」

〔八〕移文：舊時文體之一，指行于不相統屬的官署間的公文，此指調令。南朝齊孔稚珪《北山移文》：「鍾山之英，草堂之靈，馳煙驛路，勒移山庭。」句暗用此典，以草堂之神靈喻民意民情，謂元好問深得民心，南陽百姓不願他調離。

張户部德直 一首

德直字伯直，平陽人〔一〕。叔祖邦彦，字彦才，張楫牓登科〔二〕。以當川令致仕〔三〕，有《松堂集》行于世。嘗有詩云：「青山澹澹水溶溶，盡出蒼祇點化工。無限燒痕渾緑染，可憐喬木待春風。」父迪禄，字仲英，明昌初進士。歷岐山、上黨二縣令〔四〕，卒于省掾。伯直，貞祐三年進士，釋褐新平簿〔五〕，辟藍田令〔六〕。秩滿，父老詣行臺留再任。去之日，爲立生祠〔七〕。移汅池、通許〔八〕，召補省掾，選授右警巡使，終于同知武勝軍節度使事〔九〕。子城，今居永寧〔一〇〕。

【注】

〔一〕平陽：金府名，屬河東南路，治今山西省臨汾市。

〔二〕張檝：明昌五年詞賦狀元。

〔三〕當川：金縣名，屬臨洮路臨洮府，今甘肅省廣河縣東南。

〔四〕岐山：縣名，金代屬鳳翔路鳳翔府，今陝西省岐山縣。上黨：金縣名，屬河東南路潞州，今山西省長治市。

〔五〕釋褐：指進士及第授官。新平：金縣名，屬慶原路邠州，今陝西省彬縣。

〔六〕藍田：金縣名，屬京兆府路京兆府，今陝西省藍田縣。

〔七〕生祠：舊時指爲還活着的人修建祠堂。

〔八〕沔池：金縣名，屬南京路河南府，今河南省澠池縣。通許：金縣名，屬南京路開封府，今河南省通許縣。

〔九〕武勝軍：南京路鄧州置，今河南省鄧州市。

〔一〇〕永寧：金縣名，屬南京路嵩州，今河南省洛寧縣。

叔能見過〔一〕

度嶺千峰闊，沿溪一徑微。山寒花發晚，村迥客來稀。强飲酬佳節，悲歌送夕暉。平生愛歡聚，衰病與心違。

【注】

〔一〕叔能：楊宏道，字叔能，淄川（今山東省淄博市）人。在金嘗監麟遊酒税。金末至南宋，任唐州司户。北還寓家濟源。見元鮮于樞《困學齋雜録》。正大四年至藍田避兵，時張德直爲藍田令。楊宏道作《投藍田縣令張伯直啟》，有「死灰有意於復然，璞玉敢期於再獻」句，希望得到張德直的賞識、幫助。見過：謙辭。猶來訪。

馮辰 一首

辰字駕之，臨潼人〔一〕。貞祐三年進士，辟涇陽令〔二〕。九歲知作詩。

【注】

〔一〕臨潼：金縣名，屬京兆府路京兆府，今陝西省西安市臨潼區。

〔二〕涇陽：金縣名，屬京兆府路京兆府，今陝西省涇陽縣。

雨後 時年十三

東風花外錦鳩啼〔一〕，唤起西山雨一犁〔二〕。緑滿蔬畦人不到，桔槔閑立夕陽低〔三〕。

【注】

〔一〕錦鳩：一名鵓鴣。因其在將雨時鳴聲特急，古人有「鳩鳴呼雨」之説。

〔二〕雨一犁：蘇軾《如夢令》：「歸去，歸去，江上一犁春雨。」犁：量詞。表示雨量相當於一犁入土的深度。

〔三〕桔槔：古代的一種井上汲水工具。

王世昌 二首

世昌字慶長，寧州人〔一〕。貞祐三年同進士出身〔二〕，以信都丞致仕〔三〕。

【注】

〔一〕寧州：金州名，屬慶原路，治今甘肅省寧縣。

〔二〕同進士出身：科舉時代按照中式等第賜予的一種資歷稱號。宋代進士分五甲，第五甲爲同進士出身。明清分三甲，第三甲爲賜同進士出身。《宋史·選舉志二》：「（乾道）二年，御試，始推登極恩……第一甲賜進士及第並文林郎，第二甲賜進士及第並從事郎，第三、第四甲進士出身，第五甲同進士出身。」金代屬恩科，多爲「納票」所得，初任官職較進士稍低。

〔三〕信都：金縣名，屬河北東路冀州，今河北省冀州市。

過華州〔一〕

拔地三峰冷翠微〔二〕，落巖飛瀑噴珠璣。吟鞭落托騎驢過〔三〕，戰刃韜藏牧馬歸〔四〕。十丈玉蓮秋不謝〔五〕，半棱掌月晝還飛〔六〕。地靈人傑無遺逸〔七〕，未分蟠螭老布衣〔八〕。

【注】

〔一〕華州：金州名，屬京兆府路京兆府，今陝西省華縣。

〔二〕三峰：指華山之蓮花、毛女、松檜三山峰。翠微：形容山光水色青翠縹緲。《文選·左思·蜀都賦》：「鬱葢薀以翠微，崛巍巍以峨峨。」劉逵注：「翠微，山氣之輕縹也。」

〔三〕吟鞭：詩人的馬鞭。多形容行吟詩人。落托：冷落，寂寞。

〔四〕韜藏：隱藏，包藏。

〔五〕十丈玉蓮：華山蓮花峰。唐韓愈《古意》：「太華峰頭玉井蓮，開花十丈藕如船。」

〔六〕半棱掌月：指下旬的絃月。棱：物體上一條條凸起來的部分。此作量詞用。

〔七〕地靈人傑：謂人因地方靈秀之氣而才能傑出。遺逸：遺漏。

〔八〕蟠螭：盤曲的無角之龍。此謂如蟠螭般盤踞。老布衣：詩人自稱。句言自己無緣分得華山的靈氣，僅是路過而已。

方城東寺海棠〔一〕

苦苣如針草有芒〔二〕，桃花輕薄絮顛狂〔三〕。少陵例有詩沾丐〔四〕，只枉無言到海棠〔五〕。

【注】

〔一〕方城：金縣名，屬南京路裕州，今河南省方城縣。

〔二〕苦苣：野菜的一種。

〔三〕輕薄：輕佻浮薄。「桃花」句：化用杜甫《絶句漫興九首》詩句：「癲狂柳絮隨風舞，輕薄桃花逐水流。」

〔四〕少陵：杜甫，字子美，自號少陵野老。沾丐：使人受益。句言桃花柳絮等都曾得到杜甫青睞，有詩描述。

〔五〕無言到海棠：杜詩中無詠海棠者，自唐鄭谷即云：「杜工部居西蜀，詩集中無海棠之題。」後人多有論之，如宋王安石《與微之同賦梅花得香字三首》其二：「少陵爲爾添詩興，可是無心賦海棠。」宋陸游《六言雜興》：「廣平作梅花賦，少陵無海棠詩。」《歷代詩話》卷三八：「王禹偁《詩話》云：『子美避地蜀中，未嘗有一詩説着海棠，以其生母名海棠也。』」蘇軾《贈黄州官妓李宜》則云：「恰似西川杜工部，海棠雖好不吟(留)詩。」

李宜陽過庭 一首

過庭字庭訓，武亭人〔一〕。貞祐二年進士，歷宜陽、永寧、滎陽三縣令〔二〕，所去見思。入爲右曹掾，斷獄寬平。當妖賊李亨首坐〔三〕，所詿誤數百人〔四〕，皆從輕法。正大中擢右三部司正，終於昌武軍節度副使〔五〕。少日從太原王正之學〔六〕，故詩文皆有可觀。人初與交者，多不能合，久之，知其爲淳質長厚人也。壬寅四月〔七〕，暴卒於東平〔八〕。子萼，字華甫。

【注】

〔一〕武亭：金縣名，屬京兆府路乾州，今陝西省西安市楊陵區。

〔二〕宜陽：金縣名，屬南京路河南府，今河南省宜陽縣。永寧：金縣名，屬南京路嵩州，今河南省洛寧縣。滎陽：金縣名，屬南京路鄭州，今河南省滎陽市。

〔三〕李亨：妖賊李亨案不詳。首坐：猶首犯。

〔四〕詿誤：貽誤；連累。

〔五〕昌武軍：金南京路許州下置昌武軍，今河南省許昌市。

〔六〕王正之：王特起，字正之，代州崞縣（今山西省原平市）人。智識精深，好學善論議，音樂技藝無所不能。長於辭賦，出入經史，摘其英華，以爲句讀，如天造神出。《中州集》卷五有小傳。

〔七〕壬寅：蒙古乃馬真后元年（一二四二）歲次壬寅。

〔八〕東平：金府名，屬山東西路，治今山東省東平縣。

讀公孫弘傳〔一〕

古來好客數平津〔二〕，我道真龍未必真〔三〕。一箇仲舒容不得〔四〕，不知開閤爲何人〔五〕。

【注】

〔一〕公孫弘：字季，西漢淄川薛人，漢武帝時任丞相。《史記》卷一一二有傳，《漢書》卷五八有傳。

〔二〕好客：公孫弘爲人寬和好客。故舊、賓客、親朋摯友生活困難，他全力助之，因而家無餘財，世人誇他賢明。平津：平津侯，公孫弘被漢武帝封爲「平津侯」。

〔三〕「真龍」二句：用「葉公好龍」典，謂公孫弘好客類似葉公，對真有才能之人則心有所忌。

〔四〕仲舒：董仲舒。公孫弘爲人猜疑忌恨，外表寬宏大量，內心卻城府很深。那些曾經同公孫弘結怨的人，公孫弘雖然表面與他們相處很好，但暗中卻予以報復。把董仲舒徙往膠西國爲相，便是公孫弘的主意。《史記·儒林列傳》：「董仲舒爲人廉直。是時方外攘四夷，公孫弘治《春秋》不如董仲舒，而弘希世用事，位至公卿。董仲舒以弘爲從諛，弘疾之，乃言上曰：『獨董仲舒可使相繆西王。』膠西王素聞董仲舒有行，亦善待之。」

〔五〕開閤：《公孫弘傳》載，公孫弘爲宰相，「起客館，開東閤以延賢人，與參謀議」。後以「開閤」指大臣禮賢愛士。

田錫 二首

錫字永錫，宛平人〔一〕。興定五年進士，調新蔡主簿〔二〕，閑居南陽驥立山下〔三〕。資豪爽，自少日有聲場屋間〔四〕。作詩甚多，《弔蘇墳》一篇有「英靈還卻眉山秀，依舊東風草木天」之句，世鬨傳之〔五〕。

【注】

〔一〕宛平：金縣名，屬中都路大興府，今屬北京市。

〔二〕新蔡：金縣名，本屬南京路蔡州，泰和八年改屬息州，今河南省新蔡縣。

〔三〕南陽：金縣名，屬南京路鄧州，今河南省南陽市。

〔四〕場屋：科舉考試的地方，又稱科場。

〔五〕鬨傳：衆口傳揚，紛紛傳説。

牧牛圖

干戈擾擾偏中州〔一〕，挽粟車行似水流〔二〕。何日承平如畫裏〔三〕，短蓑長笛一川秋。

【注】

〔一〕干戈：指戰爭。擾擾：紛亂貌；煩亂貌。

〔二〕挽粟：運送糧食。

〔三〕承平：太平。畫：指《牧牛圖》。

故縣別業〔一〕

九折驅車夢易驚〔二〕，一廛老計喜初成〔三〕。園蔬不借將軍地，宅券何勞宰相名。山入平檐供遠翠，水環釣石得深清。漫郎聱叟琦玕子〔四〕，誰悟他生與此生。

【注】

〔一〕別業：別墅。

〔二〕九折：百步九折，極言山路險要，彎曲難行。句言仕途坎坷艱險，使自己猛然醒悟，不再癡心妄想。

〔三〕一廛：泛指一塊土地，一處居宅。代安居之處。老計：終老之計。

〔四〕漫郎、聱叟、琦玗子：均稱唐人元結。唐顔真卿《容州都督兼御史中丞本管經略使元君表墓碑銘》序：「將家瀼濱，乃自稱浪士，著《浪説》七篇。及爲郎，時人以浪者亦漫爲官乎，遂見呼爲『漫郎』。」後客居樊上，左右皆漁者，少長相戲，又呼爲「聱叟」。元結作《元子》十卷，《魏文正公時務策》五卷，又《琦玗子》一卷。

張介

一首

介字介夫，彭城人〔一〕。正大元年經義第一人，歷鞏、穀熟二縣令〔二〕。幼有賦聲〔三〕，爲人有藴藉，嘗贈詩人楊叔能〔四〕，末章云：「我貧自救如沃焦，君來過我亦何聊。爲君欲寫貧士歎，才思殊減荒村謡。」楊初以《荒村謡》得名，故云。

【注】

〔一〕彭城：金縣名，屬山東西路徐州，今江蘇省徐州市。

〔二〕鞏：鞏縣，金縣名，屬南京路河南府，今屬河南省鞏義市。穀熟：金縣名，屬南京路歸德府，今屬河南省商丘市。

〔三〕賦聲：善於辭賦的名聲。金代科舉考試特重賦，往往以此定取黜。故士人習舉業多致力於此，謂之「時文」。有賦聲，即指在各級舉試中名聲較大。

〔四〕楊叔能：楊宏道，字叔能，淄川（今山東省淄博市）人。在金嘗監麟遊酒稅。正大間，楊宏道由陝西避兵入河南，其《小亨集》卷五有《同張介甫楊信卿賦龍德宮》詩，爲諸人同遊汴京龍德宮時所作。張介贈詩或作於此時。

讀天寶遺事〔一〕

不但昨非今亦非〔二〕，上皇騎馬淚沾衣〔三〕。曲江死後無忠諫〔四〕，卻憶詞人秋雁飛〔五〕。

【注】

〔一〕天寶：唐玄宗統治後期年號（七四二——七五五）。天寶遺事：指《開元天寶遺事》，五代王仁裕撰，記唐玄宗時軼事，内容與《明皇雜録》相似。

〔二〕昨非：昔日之非。首句反用晉陶潛《歸去來辭》句意：「實迷途其未遠，覺今是而昨非。」

〔三〕上皇：太上皇。安史之亂爆發，唐玄宗倉惶西逃入蜀，太子李亨在靈武宣布即位，尊李隆基爲太上皇。

〔四〕曲江：張九齡，字子壽，韶州曲江（今廣東省韶關市）人。官至中書侍郎同中書門下平章事。忠耿盡職，秉公守則，直言敢諫，選賢任能，不徇私枉法，不趨炎附勢。新、舊唐書有傳。

〔五〕「卻憶」句：《唐詩紀事》載，明皇幸蜀，登白衛嶺南，眺覽良久，又歌李嶠「山川滿目淚沾衣，富貴榮華能幾時。不見只今汾水上，唯有年年秋雁飛」詩，復曰：「李嶠誠才子也。」詩出李嶠《汾陰行》。

龐漢 一首

漢字茂弘，平晉人〔一〕。正大末年進士，沉毅有志節〔二〕，待次内鄉北山〔三〕，兵亂遇害。

【注】

〔一〕平晉：宋金縣名，宋太平興國四年，於晉陽故城北築新城，置平晉縣。熙寧三年，併入陽曲縣，政和中復置。金貞祐四年廢，興定初年復置，屬河東北路太原府。在今山西省太原市。

〔二〕沉毅：深沉剛毅。

〔三〕待次：舊時指官吏授職後，依次按照資歷補缺。晉葛洪《抱朴子·釋滯》：「士有待次之滯，官無暫曠之職。」蘇軾《試館職策題》其三：「官冗之弊久矣，而近歲尤甚，文武之吏待次於都下者，幾數千人。」内鄉：縣名，金時屬南京路鄧州，治今河南省西峽縣，金末遷至今河南省内鄉縣。

終南谿〔一〕

冷雲低壓萬長楊〔二〕，十頃秋陰鎖北堂〔三〕。門外兵塵漲秦楚，水邊煙景似湖湘〔四〕。荷翻山雨僧窗晚，竹泛溪風客枕涼。早晚初平遂真隱，遶陂閑牧石頭羊〔五〕。

【注】

〔一〕終南：山名。在今陝西省西安市南，屬秦嶺山脈。

〔二〕長楊：連綿不斷的楊柳樹林。

〔三〕北堂：泛指北屋。

〔四〕湖湘：湖南省洞庭湖和湘江地帶。

〔五〕「早晚」二句：用傳説中仙人赤松子「叱石成羊」典故。初平，即皇初平，又名赤松子、黄大仙。舊傳爲一道士引至金華山石室中，四十餘年未歸。其兄初起尋訪至山，問羊何在，答云：「在山東」。兄往視，但見白石，不見羊。平曰：「羊在耳，兄自不見。」平乃往，言：「叱！叱！羊起！」於是白石皆起，成羊數萬頭。事見晉葛洪《神仙傳》。

宋景蕭 二首

景蕭字望之，濟川族孫〔一〕。正大六年進士〔二〕，辟令泰安〔三〕，未赴遭亂。望之於劉景玄爲外兄〔四〕，故其詩頗獲沾丐〔五〕，嘗有「荒山銷盡古今魂」之句，詩家稱焉。

【注】

〔一〕濟川：宋楫，字濟川，長子（今山西省長子縣）人。金天德三年進士，授著作郎。以省掾從梁肅使宋。官至孟州防禦使。著有《濟川詩集》。

〔二〕正大六年進士：時間有誤，正大六年爲府試，王鬱參加此次府試失利。進士科考試當在第二年，即正大七年。

〔三〕泰安：應指山東西路泰安州治奉符縣，今山東省泰安市。

〔四〕劉景玄：劉昂霄，字景玄，陵川人。景玄之學，無所不闚，六經百氏外，世譜官制與兵家所以成敗者爲最詳。爲人細瘦，好横策危坐，掉頭吟諷，幅巾奮袖，談辭如雲。《中州集》卷七、《歸潛志》卷三有小傳。外兄：表兄。元好問所作《劉景玄墓銘》云：「太夫人上黨宋氏，封彭城縣君。」見《遺山集》卷二三。劉景玄母親爲宋景蕭姑母。

〔五〕沾丐：使人受益。

河陰望河朔感寓一首〔一〕

南來邊報日騣騣〔二〕，思禹亭高淚滿襟〔三〕。野燒爲誰留白草，荒城空自隔疏林。雁聲不斷天連水，山色無情古又今。離合興亡只如此，往年爭識少陵心〔四〕。

【注】

〔一〕河陰：金縣名，屬南京路鄭州。位於今河南省鄭州市北黄河南岸。河朔：古代泛指黄河以北的地區。感寓：寄託感慨。

〔二〕邊報：舊時邊境地區向朝廷彙報情況的文書。宋趙昇《朝野類要·文書》：「邊報，沿邊州郡，列日具幹事人探報平安事宜，實封申尚書省、樞密院。」騣騣：急促；匆忙。句言避亂南渡以來，黄河以北的戰況報告文書接連不斷。

〔三〕思禹亭：在山東菏澤市曹縣。《山東通志》卷九：「思禹亭，在曹縣城西南十八里臨廟集。」金時黄河改道自滑縣折向東南流，曹縣屬河朔之地。

〔四〕爭：怎。少陵：杜甫號少陵野老。句言以前未親歷戰亂，所以未能深入領悟杜甫憂國傷時的情懷。

春雪用上官明之韻〔一〕

嚏嚏春蟲鬧撲窗〔二〕，地爐茶鼎蚓聲長〔三〕。詩中有味清於酒，只欠冰梢數點香。

【注】

〔一〕上官明之：其人待考。

〔二〕嚏嚏：象聲詞。蟲鳴聲。

〔三〕蚓聲：蚯蚓吟鳴聲，古人認爲蚯蚓能鳴。此處狀茶鼎中煮茶聲。

李警院天翼 三首

天翼字輔之，固安人〔一〕。貞祐二年進士，歷滎陽、長社、開封三縣令〔二〕，所在有治聲，遷右警巡使。汴梁既下，僑寓聊城〔三〕，落薄失次〔四〕，無以爲資，辟濟南漕司從事。方鑿圓枘〔五〕，了不與世合，衆口媒櫱〔六〕，竟罹非命〔七〕。輔之材具甚美，且有志於學，與人交，款曲周密〔八〕，久而愈厚。死之日，天下識與不識，皆爲流涕。予謂天道悠遠〔九〕，良不可知，而天理之在人心者〔一〇〕，亦自不泯也。

【注】

〔一〕固安：金縣名，屬中都路涿州，今河北省固安縣。

〔二〕滎陽：金縣名，屬南京路鄭州，今河南省滎陽市。長社：金縣名，屬南京路許州，今屬河南省許昌市。開封：金縣名，屬南京路開封府，今河南省開封市。

〔三〕聊城：金縣名，屬山東西路滕州，今山東省聊城市。天興二年，汴京陷，李天翼與元好問等亡金官員被羈管聊城。元好問《遺山集》卷三《密公寶章小集》末注：「甲午三月二十有一日，爲輔之書於聊城至覺寺之寓居。」甲午：金天興三年（一二三四）。

〔四〕落薄：落魄。窮困失意。失次：猶失常。

〔五〕方鑿圓枘：方鑿裝不進圓枘。比喻二者格格不入，不能相合。語自戰國楚宋玉《九辯》：「圜鑿而方枘兮，吾固知其鉏鋙而難入。」鑿：榫眼；枘：榫頭。

〔六〕媒蘖：比喻藉端誣罔構陷，釀成其罪。

〔七〕非命：《孟子·盡心上》：「桎梏死者，非正命也。」後稱因意外的災禍而死。

〔八〕款曲：殷勤誠摯的心意。

〔九〕天道悠遠：亦感歎好人未得善報之意，謂上天對人善惡懲獎之道渺茫難見。《史記·伯夷叔齊列傳》：「或曰：『天道無親，常與善人。』若伯夷叔齊，可謂善人者非耶？積仁絜行如此而餓死，……天之報施善人，其何如哉？」其意近此。

〔一〇〕天理：泛指道義。

還家三首〔一〕

幽花雜草滿城頭，華屋唯殘土一丘〔二〕。鄉社舊人何處在〔三〕，語音强半是陳州〔四〕。

【注】

〔一〕詩題：金亡之後詩人寓居博州聊城。此詩當作於歸里時。

〔二〕「華屋」句：本三國魏曹植《箜篌引》：「生存華屋下，零落歸山丘。」

〔三〕鄉社：猶鄉里，故鄉。

〔四〕陳州：金州名，隸南京路，今河南省淮陽縣。句言鄉里舊人現存甚少，所見之人大半是從河南擄掠來的驅口。

又

牡丹樹下影堂前〔一〕，幾醉春風穀雨天〔二〕。二十六年渾一夢〔三〕，堂空樹老我華顛〔四〕。

【注】

〔一〕影堂：家廟的别稱。

〔二〕穀雨天：俗語有「穀雨三朝看牡丹，立夏三朝看芍藥」，故牡丹花也被稱爲「穀雨花」。穀雨前後是觀賞牡丹花的最佳時節。

〔三〕二十六年：當指離開家鄉的時間。李天翼於貞祐二年進士及第除官，二十六年後作此詩，約在元太宗十年前後。

〔四〕華顛：白頭。指年老。

又

殊音異服不相親〔一〕，獨倚荒城淚滿巾〔二〕。祇有青山淡相對，似憐我是此鄉人。

【注】

〔一〕殊音異服：語言和服飾都不相同。

〔二〕荒城：荒涼的古城。

張參議澄　四首

澄字之純，别字仲經。本出遼東烏惹族〔一〕，國初遷之隆安〔二〕。祖黄縣府君移官洺水①〔三〕，因家焉。之純早孤，能自樹立，避地洛西〔四〕，率資無旬日計，而泰然以閉户讀書爲業。嘗從辛敬之、趙宜之講學〔五〕，故詩文皆有律度〔六〕。兵後居東平〔七〕，詩名藉甚。如云「齊客計窮思蹈海，杞人癡絶漫憂天」，「壞壁粘蝸艱國步，荒池漂蟻失軍容」，此類甚多。

【校】

① 洺：底本原作「洛」，因形似而訛，據元好問《張君墓誌銘》「洺水張仲經」改。

【注】

〔一〕烏惹：《舊唐書·烏羅渾國》：「蓋後魏之烏洛侯也，今亦謂之烏羅護。其國在京師東北六千三百里，東與靺鞨，西與突厥，南與契丹，北與烏丸接。」按此，「烏惹」爲古東北少數民族之意譯名，在後來被契丹吞併的霫溪一帶。

〔二〕隆安：金府名，貞祐初隆州陞入隆安府，治利涉縣，今吉林省農安縣。

〔三〕洺水：金縣名，屬洺州，在今河北省威縣北。

〔四〕洛西：洛陽之西。

〔五〕辛敬之：辛願，字敬之。趙宜之：趙元，字宜之。

〔六〕律度：猶規矩，法度。

〔七〕兵後：指汴京淪陷後。東平：金府名，屬山東西路，治今山東省東平縣。

積雨〔一〕

積雨生頑痺〔二〕，新晴意自怡。幽花依小徑，野蔓媚疏籬。髪少從梳懶，年衰與杖宜。腐儒慚用拙〔三〕，糲食復何辭〔四〕。

【注】

〔一〕積雨：久雨。

〔二〕痺：亦作「痹」。中醫指風、寒、濕侵襲肌體導致肢節疼痛麻木、屈伸不利的病症。

〔三〕腐儒：迂腐的儒生。只知讀書，不通世事。用拙：謂不善于辦事。《莊子·逍遥游》：「夫子固拙于用大矣。」

〔四〕糲食：粗惡的飯食。《漢書·外戚傳下·孝成許皇后》：「妾誇布服糲食。」顔師古注引孟康曰：「糲，粗米也。」

和林秋日感懷寄張丈御史 二首〔一〕

塞草枯黄秋未殘，北風裘褐日生寒。田園政憶遂初賦〔二〕，冰雪莫吟行路難〔三〕。囊穎露錐徒自苦〔四〕，蒯緱有劍袛空彈〔五〕。南窗明暖無塵到，慚愧高人老鶡冠〔六〕。

【注】

〔一〕和林：蒙古都城。在今蒙古國前杭愛省鄂爾渾河東岸厄爾得尼召北哈拉和林。張丈御史：張特立(一一七九——一二五三)，字文舉，曹州東明(今山東省東明縣)人，泰和三年進士。正大四年任御史，被白撒杖五十，左遷邳州軍事判官，遂歸田里。晚年在東平教授諸生。事見《金史》卷一二八、《元史》卷一九九本傳。張澄、元好問被羈山東時與之相識，元好問《遺山集》卷九有《別張御史》詩。張特立生於大定十九年，長張澄十五歲，故以張丈稱之。

〔二〕遂初賦：漢劉歆、晉孫綽皆作是賦。遂初，指遂順當初歸隱田園的宿願。《晉書·孫綽傳》：「(綽)少與高陽許詢俱有高尚之志，居於會稽，游放山水十有餘年，乃作《遂初賦》以致其意。」

〔三〕「冰雪」句：本李白《行路難》：「欲渡黄河冰塞川，將登太行雪滿山。」有仕路坎坷、壯志難酬之意。行路難：樂府舊題，多寫世道艱難，表達離情別意。

〔四〕囊穎露錐：比喻顯露才華。《史記·平原君虞卿列傳》載，平原君問毛遂：「夫賢士之處世也，譬若錐之處囊中，其末立見。今先生處勝之門下三年於此矣，左右未有所稱誦，勝未有所聞，是先生無所有也。先生不能，先生留。」毛遂曰：「臣乃今日請處囊中耳。使遂蚤得處囊中，乃穎脱而出，非特其末見而已。」

〔五〕蒯緱：用草繩纏結劍柄。《史記·孟嘗君列傳》：「馮先生甚貧，猶有一劍耳，又蒯緱。」句用馮諼彈鋏典故，言自己如今身在外地，不由自主，有家難歸。

〔六〕鶡冠：以鶡羽爲飾之冠。隱士之冠。《文選・劉孝標・辯命論》：「至於鶡冠甕牖，必以懸天有期。」李善注引《七略》：「鶡冠子者，蓋楚人也，常居深山，以鶡爲冠，故曰鶡冠子。」二句言張特立現在山東老家明淨暖和，悠閒自得，超然世外，自己與之相較，深覺慚愧。

又

別家六見月牙新，萬里風霜老病身。塊坐氊廬心悄悄〔一〕，遠懷茅屋夢頻頻。瓜田無取終成謗〔二〕，市虎相傳久是真〔三〕。鄉國歸程應歲暮，火爐煨栗話情親〔四〕。

【注】

〔一〕塊坐：獨坐。氊廬：即氈帳。蒙古包。悄悄：憂傷貌。《詩・邶風・柏舟》：「憂心悄悄，慍于群小。」

〔二〕「瓜田」句：古人云：「瓜田不納履，李下不整冠。」借以比喻避免招惹無端的懷疑。

〔三〕「市虎」句：比喻説的人多了，謠言就會被當成事實。《淮南子・説山訓》：「衆議成林，無翼而飛，三人成市虎，一里能撓椎。」以上二句似在訴説所受冤屈，敘述無端遭謗事。其事不可詳考。

〔四〕「火爐」句：言年末回到山東與張丈圍爐促膝談心的預想。

輥馬圖〔一〕

飛塹乘城力亦優〔二〕，不應伏櫪便垂頭〔三〕。而今世上無良樂〔四〕，兀兀黄塵輥得休〔五〕。

【注】

〔一〕此爲題畫詩。輥：輥輾，古代用石輥製成的一種碾穀工具。

〔二〕塹：防禦用的壕溝，護城河。飛塹：飛越壕溝。乘城：登城。優：有餘，充足。

〔三〕伏櫪：馬伏在槽上，指受人馴養。句暗用曹操《步出夏門行》「老驥伏櫪，志在千里」詩意。

〔四〕良樂：春秋時晉王良和秦伯樂的並稱。王良善御馬，伯樂善相馬。

〔五〕兀兀：茫茫，漫漫。得休：得以停止。句謂此馬轉圈拉輥，永無盡頭。

劉神童微 一首

微字伯祥，益都人〔一〕。七歲能文，道陵召入宫〔二〕，賦《鳳皇來儀》二首，稱旨，賜經童出身〔三〕，係籍太學。後登貞祐二年第。

【注】

〔一〕益都：金府縣名，屬山東東路。今山東青州市。

〔三〕道陵：金章宗廟號。

〔三〕經童：金有經童科，其制，凡士庶子年十三以下，能誦二大經、三小經，又誦《論語》、諸子及五千字以上，府試十五題通十三以上，會試每場十五題，三場共通四十一以上，爲中選。見《金史·選舉志一》。

春柳應制得城字〔一〕

翠紐圓勻緑線輕〔二〕，着行排立弄新晴。更看三月春風裏，散作飛花滿鳳城〔三〕。

【注】

〔一〕應制：應皇帝之命寫作詩文。

〔二〕翠紐：翠緑的紐結，狀春天新吐的柳芽。緑線：喻柳絲。元好問《自趙莊歸冠氏》：「杏園紅過雪離披，楊柳無風緑線齊。」

〔三〕鳳城：京都的美稱。

郭宣道　一首

宣道字德明，邢州人〔一〕。系出衣冠家〔二〕，人物楚楚〔三〕，而有老成之風〔四〕。貞祐中，客南陽〔五〕，名士定興張履坦之罷鄧州觀察〔六〕，閑居此縣之石橋，見德明，愛之，招致門下。飲食教督，委曲周備，遂有聲場屋間〔七〕。正大末，没兵中。

【注】

〔一〕邢州：金州名，屬河北西路，治今河北省邢臺市。

〔二〕衣冠：代稱搢紳士大夫。《漢書·杜欽傳》：「茂陵杜鄴與欽同姓字，俱以材能稱京師，故衣冠謂欽爲『盲杜子夏』以相别。」顔師古注：「衣冠謂士大夫也。」

〔三〕楚楚：形容出衆。《魏書·祖瑩傳》：「瑩與陳郡袁翻齊名秀出，時人爲之語曰：『京師楚楚袁與祖，洛中翩翩祖與袁。』」

〔四〕老成：精明練達，精明强幹。

〔五〕南陽：金縣名，屬南京路鄧州，今河南省南陽市。

〔六〕張履：字坦之，涿州定興（今河北省定興縣）人，名進士，趙秉文第三女之婿。曾官汝州防禦推官、尚書省令史、鄧州觀察使等職。鄧州：金州名，屬南京路。治今河南省鄧州市。

〔七〕場屋：科舉考試的地方，又稱科場。

送同舍張耀卿補掾中臺〔一〕

摩雲頭角看昂藏〔二〕，意外升沉豈易量〔三〕。取士皆知有科舉，進身初不在文章。關心雁塔功名晚〔四〕，試手烏臺歲月忙〔五〕。此去一官先有路，獨憐燈火夜窗涼。

【注】

〔一〕張耀卿：張德輝（一一九三——一二七四），字耀卿，號頤齋，冀寧交城（今山西省交城縣）人。金貞祐間試掾御史臺。金亡入史天澤幕府爲經歷官，兼提領真定府事，升真定府參議。後應忽必烈之召北赴和林，陳請行孔子之道。又與元好問偕行，請忽必烈爲儒教大宗師。《元史》卷一六三有傳。中臺：按《元史·張德輝傳》「金貞祐間兵興，家業殆盡，試掾御史臺」之行跡及詩之「試手烏臺」句，應指御史臺。

〔二〕頭角：比喻青少年的氣概或才華。昂藏：氣度軒昂。儀表雄偉、氣宇不凡的樣子。

〔三〕升沉：升降。舊時謂仕途得失進退。李白《送友人入蜀》：「升沉應已定，不必問君平。」句謂張氏科舉落第出人意料，不能將它視作才學可否的評判標準。

〔四〕雁塔功名：唐代科舉考取功名者，齊集長安大雁塔，於此題名。

〔五〕烏臺：指御史臺。漢代時御史臺外柏樹很多，上有很多烏鴉，故稱。一句言張氏落第後入御史臺爲吏，仍將科考功名放在心中，不嫌其來得晚。

張仲宣 二首

仲宣字利夫，相州人〔一〕。舉進士，有聲。子柔，字子友，今在林慮〔二〕。

【注】

〔一〕相州：宋州名，金代改稱彰德郡、彰德府，屬河北西路。治今河南省安陽市。

〔二〕林慮：金縣名，屬河北西路彰德府，今河南省林州市。

下第〔一〕

主司頭惱舊冬烘〔二〕，更着書郎骨相窮〔三〕。曉賦得官何足道，直須遮馬困吴融〔四〕。

【注】

〔一〕下第：科舉時代考試不中者曰下第，又稱落第。

〔二〕主司：科舉的主試官。冬烘：糊塗懵懂，迂腐淺陋。五代王定保《唐摭言·誤放》：唐鄭薰主持考試，誤認顔標爲魯公（顔真卿）的後代，將他取爲狀元。當時有無名氏作詩嘲諷云：「主司頭腦太冬烘，錯認顔標作魯公。」

〔三〕骨相：指人或動物的骨骼、形體、相貌。古代相術認爲，人的骨格特徵反映人的命相，决定人的壽夭貴賤，吉凶禍福。句言自己骨相不好，亦是失第的原因之一。

〔四〕「曉賦」二句：按明郁逢慶《書畫題跋記·續題跋記》「吴融賦曉，人服其妙」。二句謂吴融以賦曉之妙成名得官，又何足道哉？應當攔馬遮輪不讓他赴任。言外之意他的辭賦才能超吴融。吴融：字子華，越州山陰（今浙江省紹興市）人。唐昭宗龍紀元年進士，以辭賦著稱。錢曾《讀書敏求記》稱唐人言吴融入韻賦古今無敵。

戲題石鹿蜂猴畫卷

横槊將軍馬足塵〔一〕，判花學士筆頭春〔二〕。功名果屬丹青手，造物如何戲得人〔三〕。

【注】

〔一〕横槊：横持長矛。

〔二〕判花：公文書寫判詞後簽花押。筆頭春：形容才華横溢，信手拈來，妙筆生花。

〔三〕「功名」二句：言畫家偏愛其畫中主人公，隨心所欲賦予其功績才華。他們果真有賜予功名的權力，那造物主就不能捉弄人，使之有才無用、壯志難伸了。二句緊扣「戲題」，詼諧之餘流露出詩人的悲憤不平。

胡汲　一首

汲字直卿，衛州人〔一〕。少有賦聲〔二〕，與新鄭傅伯祥、吕鵬舉相友善〔三〕。貌寢陋〔四〕，而滑稽無窮，時命不偶〔五〕，竟窮悴而死。

【注】

〔一〕衛州：金州名，屬河北西路，治今河南省衛輝市。

〔二〕賦聲：善於辭賦的名聲。金代科舉考試特重賦，往往以此定取黜。故士人習舉業多致力於此，謂之「時文」。有賦聲，即指在各級舉試中名聲較大。

〔三〕傅伯祥：其人不詳。吕鵬舉：吕大鵬，字鵬舉，密縣（今屬河南）人。汴京失陷，元好問致書耶律楚材所薦五十四人中，吕大鵬位列其中。

〔四〕寢陋：容貌醜陋。

〔五〕不偶：不遇；不合。引申爲命運不好。蘇軾《京師哭任遵聖》：「哀哉命不偶，每以才得謗。」

闕題

休笑參軍靴不襪〔一〕，休嗟門客食無魚〔二〕。燕鴻來去端誰使〔三〕，鵬鷃消摇本自如①〔四〕。潦倒淵明三徑菊〔五〕，荒唐惠子五車書〔六〕。古人淡裏求真味，身外紛華不羡渠〔七〕。

【校】

① 消摇：毛本作「逍遥」。

【注】

〔一〕「休笑」句：《新五代史·李仁矩傳》：「仁矩惶恐，不襪而靴走庭中。」靴不襪，穿靴子而不穿襪子。仁矩惶恐，來不及穿襪子。此處誇張地説家貧穿不起襪子。參軍，指小官。

〔二〕「休嗟」句：用馮諼客孟嘗君典故。齊人馮諼貧乏不能自存，到孟嘗君門下作食客。居有頃，倚柱彈其劍，歌曰：「長鋏歸來乎！食無魚。」左右以告。孟嘗君曰：「食之，比門下之魚客。」事見《戰國策·齊策四》。

〔三〕燕鴻來去：喻行蹤漂泊不定之人。

〔四〕「鵬鷃」句：《莊子·逍遥遊》：「有鳥焉，其名爲鵬，背若太山，翼若垂天之雲，摶扶摇羊角而上者九萬里，絶雲氣，負青天，然後圖南，且適南冥也。斥鷃笑之曰：『彼且奚適也？我騰躍而上，不過數仞而下，翱翔蓬蒿之間，此亦飛之至也。而彼且奚適也？』」消摇：同「逍遥」。自如：猶相當。《史記·李將軍列傳》：「漢法，博望侯留遲後期，當死，贖爲庶人。廣軍功自如，無賞。」王念孫《讀書雜記·史記五》：「自如者，自當也。」句言斥鷃之樂與大鵬之樂無高下之分，皆自得其樂而已。

〔五〕三徑菊：陶淵明《歸去來兮辭》：「三徑就荒，松菊猶存。」

〔六〕惠子：惠施。五車書：形容讀書多，學問淵博。語自《莊子·天下》：「惠施多方，其書五車。」

〔七〕「身外」句：《史記·禮書》：「自子夏，門人之高弟也，猶云『出見紛華盛麗而説，入聞夫子之道而樂，二者心戰，未能自決。』」二句言自己安貧樂道，不羡慕追求功名富貴等身外之物。

王修齡 一首

修齡字紹先，同州人〔一〕。詩有「得意好花開早落，唤愁芳草燒還生」之句。閑閑愛而戲之〔二〕，目爲癡仙人。

【注】

〔一〕同州：金州名，屬京兆府路，治今陝西省大荔縣。

〔二〕閑閑：趙秉文，號閑閑居士。

黄葉行送祖唐臣歸柘縣〔一〕

送君黄葉山，黄葉紛不掃。上有蕭蕭之風樹，下有漫漫之哀草。山中黄葉行復青，髀肉一消人自老〔二〕。酒盡意不盡，執手臨古道。古道連延走錦襄〔三〕，錦襄日暮浮雲翔。一燈孤館相思處，寒雁一聲秋夜長。

【注】

〔一〕祖唐臣：號愚庵，柘城（今屬河南）人，金亡後流寓河朔。金王若虚《滹南遺老集》卷四五《祖唐臣愚庵序》：「鶴臺祖君唐臣命其居室曰愚庵，因以自號。既經喪亂，流寓河朔，非復庵中主人矣，猶爲題榜以求詩文于士大夫。」元好問有《祖唐臣愚庵》、《祖唐臣所藏樗軒畫册二首》、《祖唐臣母挽章》等詩，知二人交誼甚厚。柘縣：即柘城，金縣名，屬南京路睢州，今河南省柘城縣。

〔二〕髀肉：指大腿内側靠近大腿根的地方的肉。蜀漢劉備曾有「髀肉復生」之悲。此處的「髀肉一消」指常年騎馬奔波。

〔三〕錦襄：襄邑之别稱，因絲織業發達，故稱。今河南省睢縣。

中州壬集第九

趙文學承元一首　張太保行簡三首　張內翰檝四首　閻治中長言八首
李治中著一首　擬栩先王中立六首　王先生予可七首
照了居士王彧四首　無事道人董文甫八首　薛繼先四首

白先生賁一首

賁，汴人〔一〕，自號决壽老。自上世以來，至其孫淵，俱以經學顯〔二〕。

【注】

〔一〕汴：汴京，今河南省開封市。

〔二〕經學：以儒家經典爲研究對象的學問。

客有求觀予孝經傳者，感而賦詩〔一〕

古人文瑩理〔二〕，後人但工文。文工理愈暗，紙札何紛紛〔三〕。君看六藝學〔四〕，天葩吐奇芬〔五〕。詩書分體製〔六〕，禮樂造乾坤〔七〕。千岐更萬轍，要以一理存。如何臻至理〔八〕，當從踐履論〔九〕。跋涉經險阻，鑽研閱寒温。孝弟作選鋒〔一〇〕，道德嚴中軍〔一一〕。仰觀及俯察，萬象入見聞。不勞施斧鑿〔一二〕，筆下生煙雲。高以君唐虞〔一三〕，下以覺斯民〔一四〕。君如不我鄙〔一五〕，時來對爐薰〔一六〕。

【注】

〔一〕孝經：儒家十三經之一。全書共十八章，以孝爲中心，比較集中地闡述了儒家的倫理思想。

〔二〕傳：解説，注釋。《漢書·淮南衡山王傳》：「初，安入朝，獻所作《内篇》，新出，上愛秘之。使爲《離騷傳》，旦受詔，日食時上。」顔師古注：「傳爲解説之，若《毛詩傳》。」此詩又見宋張九成《横浦集》卷一，詩題與内容皆同。張九成，字子韶，自號無垢居士。其先開封人，徙居錢塘，紹興二年進士。少受業於楊時，爲程門再傳弟子。研精經學，於諸經皆有訓釋。《宋史》卷三七四有傳。其《横浦集》共二十卷，爲門人郎昱所編。白、張二人皆以治經著稱，此詩歸屬待考。

〔三〕瑩：使明白。漢揚雄《太玄·攡》：「曉天下之瞶瞶，瑩天下之晦晦者，其唯玄乎。」

〔四〕紙札：紙張。元辛文房《唐才子傳·吴筠》：「深於道者，惟《老子》五千言，其餘徒費紙札耳。」此處代著述。紛紛：衆多貌。

〔五〕六藝：古代教育學生的六種科目。《周禮·地官·大司徒》：「三曰六藝：禮、樂、射、御、書、數。」亦指儒家六經。

〔五〕「天葩」句：用唐韓愈《醉贈張秘書》「東野動驚俗，天葩吐奇芬」詩句。天葩：非凡的花，常比喻秀逸的詩文。

〔六〕詩書：《詩經》和《尚書》。《左傳·僖公二十七年》：「《詩》《書》，義之府也。」體製：南朝梁劉勰《文心雕龍·附會》：「夫才量學文，宜正體製，必以情志爲神明，事義爲骨髓，辭采爲肌膚，宫商爲聲氣。」詹鍈義證：「『體製』也作『體制』，包括體裁及其在情志、事義、辭采、宫商等方面的要求，也包括風格。」句言《詩》言情志，《書》記事理，體製不同。

〔七〕「禮樂」句：禮樂：禮節和音樂。古代帝王常用興禮樂爲手段以求達到尊卑有序、遠近和合的統治目的。《禮記·樂記》：「樂也者，情之不可變者也；禮也者，理之不可易者也。樂統同，禮辨異。禮樂之説，管乎人情矣。」孔穎達疏：「樂主和同，則遠近皆合；禮主恭敬，則貴賤有序。」《吕氏春秋·孟夏》：「乃命樂師習合禮樂。」高誘注：「禮所以經國家，定社稷，利人民；樂所以移風易俗，蕩人之邪，存人之正性。」《左傳·僖公二十七年》曰：「《禮》《樂》，德之則也。」

〔八〕臻：到，達到。《詩·邶風·泉水》：「遄臻於衛。」毛傳：「遄，疾；臻，至。」至理：最精深的道理。

〔九〕「當從」句：宋司馬光《再乞資蔭人試經義劄子》：「《孝經》、《論語》，其文雖不多，而立身治國之道盡在其中。就使學者不能踐履，亦知天下有周公孔子仁義禮樂。」踐履：實行；實踐。

〔一〇〕孝弟：亦作「孝悌」。孝順父母，敬愛兄長。《論語·學而》：「其爲人也孝弟，而好犯上者鮮矣。」朱熹集注：「善事父母爲孝，善事兄長爲弟。」《孟子·梁惠王上》：「謹庠序之教，申之以孝悌之義。」選鋒：古代指挑選精鋭的士兵組成的突擊隊。此處指先導。

〔一一〕中軍：古代行軍作戰分左、中、右或上、中、下三軍，由主將所在的中軍發號施令。與上句「選鋒」

相對，指主力、主體。

〔三〕斧鑿：以斧鑿加工。亦喻指詩文雕琢過甚，造作不自然。明胡應麟《詩藪·宋》：「邢居實《秋風三疊》……語語天成，盡謝斧鑿。」

〔三〕君唐虞：意謂輔佐君王，使之有爲。唐虞：唐堯與虞舜的並稱。堯與舜的時代，古人以爲太平盛世。《論語·泰伯》：「唐虞之際，於斯爲盛。」

〔四〕覺斯民：《孟子·萬章上》：「予將以斯道覺斯民也，非予覺之而誰也！」覺：啟發，使人覺悟。斯民：指老百姓。

〔五〕我鄙：以我爲鄙。鄙：簡陋。

〔六〕爐：指香爐，熏爐。

王内翰樞 一首

樞字子慎，良鄉人〔一〕。遼日登科，仕國朝直史館。

【注】

〔一〕良鄉：金縣名，屬中都路大興府，今北京市房山區。

三河道中〔一〕

十載歸來對故山，山光依舊白雲閑。不須更讀元通偈〔二〕，始信人間是夢間。

【注】

〔一〕三河：金縣名，屬中都路通州。今河北省三河市。

〔二〕元通偈：即圓通偈。《楞嚴經》卷五：「爾時世尊欲重宣此義，而説偈言：『直性有爲空，緣生故如幻……根選擇圓通，入流成正覺。』」

睡軒先生趙晦　一首

晦字光道，管城人〔一〕。宋末代州法曹〔二〕，秀容主簿〔三〕。汴京破後，不復仕，自號睡軒居士。子洵子都，大定二十年進士〔四〕，真定路總管判官〔五〕。孫綱，三赴廷試〔六〕，以蔭補官，終於永壽令〔七〕。曾孫居禮之讓，今在燕中〔八〕。

【注】

〔一〕管城：金縣名，屬南京路鄭州，今屬河南省鄭州市。

〔二〕代州：金州名，屬河東北路，治今山西省代縣。
〔三〕秀容：金縣名，屬河東北路忻州，今山西省忻州市忻府區。
〔四〕大定二十年進士：時間有誤，此年非進士考試年。與之相近的兩次爲大定十九年和大定二十二年。
〔五〕真定：金真定總管府，屬河北西路，治今河北省正定縣。
〔六〕廷試：科舉制度會試中式後，由皇帝親自策問，在殿廷上舉行的考試。通常稱殿試。
〔七〕永壽：金縣名，屬慶原路邠州，今陝西省永壽縣。
〔八〕燕中：燕京。金中都，今北京市。

暮春

壓枝梅子半青黄，葉底殘紅雨裛香。翠鈿舞風榆落莢〔一〕，緑鍼浮水稻抽秧〔二〕。酒濃猶覺春酲困〔三〕，睡美方便午夢長〔四〕。苦被啼鶯訴花老，揮毫聊作送春忙。

【注】

〔一〕翠鈿：用翠玉製成的首飾。狀榆錢形狀。榆落莢：榆莢落。榆莢：榆樹的果實。初春時先于葉而生，聯綴成串，形似銅錢，俗呼榆錢。

〔二〕緑鍼：喻禾苗。蘇軾《無錫道中賦水車》：「分疇翠浪走雲陣，刺水緑鍼抽稻芽。」

〔三〕春酲：春日醉酒後的困倦。

〔四〕便：有利。

浚水王先生世賞〔一〕四首

世賞字彦功，汴人〔二〕。與尹無忌、王逸賓、趙文孺相周旋〔三〕。明昌中，保舉才能德行〔四〕，賜出身〔五〕，釋褐犨州教授〔六〕，終於鹿邑簿〔七〕。有《浚水老人集》傳於世。

【注】

〔一〕浚水：水名，在開封府祥符縣西，王世賞因號浚水老人。

〔二〕汴：汴京，今河南省開封市。

〔三〕尹無忌：金明昌時期著名詩人，詩學李杜，工五言，頗受趙秉文賞識。劉祁《歸潛志》卷十：「趙閑閑于前輩中，文則推党世傑懷英、蔡正甫珪，詩則最稱趙文孺渢、尹無忌。」卷八又曰：「趙閑閑嘗爲余言，少初識尹無忌，問：『久聞先生作詩不喜蘇黄，何如？』無忌曰：『學蘇黄則卑猥也。』其詩一以李杜爲法，五言尤工。」王逸賓：王磵，字逸賓。趙文孺：趙渢，字文孺。周旋：引申爲交往。三國魏曹操《與荀彧追傷郭嘉書》：「郭奉孝年不滿四十，相與周旋十一年，險阻艱難，皆共罷之。」

〔四〕保舉：擔保舉薦，以使其得到提拔任用。《後漢書·朱浮傳》「是以博舉明經，唯賢是登」李賢注引《漢官儀》：「其舉狀曰：『生事愛敬，喪没如禮……行應四科，經任博士。』下言某官某甲保舉。」

〔五〕出身：指科舉考試中選者的身分、資格，後亦指學歷。唐韓愈《贈張童子序》：「有司者總州府之所升而考試之，加察詳焉，第其可進者，以名上於天子而藏之，屬之吏部，歲不及二百人，謂之出身。」此指同進士出身，金代恩科，指未經正式科舉考試而給予近似進士及第的資格。

〔六〕釋褐：脱去平民衣服，喻始任官職。漢揚雄《解嘲》：「夫上世之士，或解縛而相，或釋褐而傅。」

鞏州：金州名，屬臨洮路，治今甘肅省隴西縣。

〔七〕鹿邑：金縣名，屬南京路亳州，今河南省鹿邑縣。

立春後十日登樓

今日登樓眼，風煙倍覺新。溪梅初破萼〔一〕，屋雪半融銀。雁外天逾碧，鷗邊水自春。兒曹應見笑〔二〕，吟望獨傷神〔三〕。

【注】

〔一〕破萼：猶破蕾。宋梅堯臣《歲日旅泊家人相與爲壽》：「岸梅欲破萼，野水微生瀾。」

〔二〕兒曹：猶兒輩。泛指晚輩。

〔三〕吟望：指構思推敲登樓而望的寫景抒情之詩。傷神：耗損精神。唐韋應物《漢武帝雜歌》其二：「柏梁沉飲自傷神，猶聞駐顔七十春。」

春雪

只謂春天暖，寧知雪霰飛〔一〕。龍蛇且深蟄〔二〕，花柳不勝威〔三〕。糝糝凌風細〔四〕，紛紛帶雨稀〔五〕。誰當問穹昊〔六〕，生殺果何機〔七〕。

【注】

〔一〕雪霰：雪和霰。亦偏指雪。

〔二〕「龍蛇」句：《易·繫辭下》：「龍蛇之蟄，以存身也。」蟄：蟄伏。動物冬眠，藏起來不吃不動。

〔三〕不勝：無法承担，承受不了。

〔四〕糝糝：猶粒粒，顆顆。指小雪粒。

〔五〕紛紛：多而雜亂。句言雪粒接近地面時多已消融成雨，故顆粒稀少。

〔六〕穹昊：猶穹蒼。蒼天。

〔七〕生殺：指萌生凋落、昭蘇伏蟄、陰陽消長等自然規律。《莊子·天運》：「怨恩取與，諫教生殺，八者正之器也〔二〕。」成玄英疏：「應青春以生長，順素秋以殺罰。」唐白居易《桐花》：「地氣反寒暄，天時倒生殺。」句言已到春回大地、萬物復蘇之節，而上天仍降雪不止，乍暖還寒，逆時節，傷物性，未知是何居心。

探梅

候得南枝破玉腮〔一〕，心顔今日爲君開〔二〕。細看苔逕無行跡，先賞應輸我獨來〔三〕。

【注】

〔一〕破玉腮：指梅花花蕾綻放。

〔二〕心顔：心情和面色。李白《夢遊天姥吟留別》：「安能摧眉折腰事權貴，使我不得開心顔。」君：指梅花。

〔三〕先賞：古代冬至到上元期間的觀賞宴遊活動。

稱善齋

宦途馳逐只堪羞〔一〕，何意須封萬户侯〔二〕。平日少遊真可念〔三〕，絶勝辛苦駐壺頭〔四〕。

【注】

〔一〕馳逐：指追名逐利。

〔二〕萬户侯：漢代指食邑萬户之侯，後泛指高爵顯位。

〔三〕「平日」句：少遊，指馬少遊。漢伏波將軍馬援從弟。志向淡泊，知足求安，無意功名，優遊鄉里。《後漢書·馬援傳》：「吾從弟少游常哀吾慷慨多大志，曰：『士生一世，但取衣食足，乘下澤車，御款段馬，爲郡掾史，守墳墓，鄉里稱善人，斯可矣。』」後世作爲士人不求仕進、知足求安的典型。

〔四〕「絶勝」句：用漢伏波將軍馬援征嶺南病死壺頭山事。《後漢書·馬援傳》載，建武二十四年，武陵郡五溪蠻暴動，時年六十二歲的馬援請命南征。「初軍次下雋，有兩道可入。從壺頭則路近而水嶮，從充則塗夷而運遠。……三月進營壺頭，賊乘高守隘，水疾，船不得上。會暑甚，士卒多疫死，援亦中病。」遂病死軍中。壺頭：山名。在今湖南省沅陵縣東。《武陵記》曰：「此山頭與東海方壺山相似，神仙多所游集，因名壺頭山也。」

南湖靖先生天民　一首

天民字達卿，滏陽人〔一〕。其父國初官原武〔二〕，因而家焉。少日嘗兩魁鄉試〔三〕，自望者不碌碌〔四〕。所與交如龐才卿、楊茂才、劉之昂、王逸賓〔五〕，皆一時名士。晚年買田南湖，葺亭圃，植竹樹，以詩酒爲事，自號南湖老人，年七十九卒。子文煒德昭，從孫顒子昂。

【注】

〔一〕滏陽：金縣名，屬河北西路磁州，今河北省磁縣。

〔二〕原武：金縣名，屬南京路鄭州，今河南省原陽縣西。

〔三〕魁：居第一位，中了第一。鄉試：科舉考試名。金代科舉分鄉試、府試、省試、御試四級。士子先於諸州分縣赴試，號爲「鄉試」，榜首曰「鄉元」，亦曰「解元」。後於章宗明昌元年廢鄉試。參見《金史·選舉志》。

〔四〕碌碌：平庸。

〔五〕龐才卿：龐鑄，字才卿。楊茂才：其人不詳。劉之昂：劉昂，字之昂。王逸賓：王磵，字逸賓。

西子放瓢圖〔一〕

髻鬟蕭颯苧蘿秋〔二〕，千古香溪水自流〔三〕。吴越兵爭竟何得，風流輸與五湖舟〔四〕。

【注】

〔一〕西子：即西施，或稱先施，别名夷光，古代四大美女之一。姓施，春秋末年越國苧羅（今浙江諸暨南）人。越王勾踐敗於會稽，范蠡取西施獻吴王夫差，使其迷惑忘政，越遂亡吴。後西施歸范蠡，同泛五湖。事見《吴越春秋・勾踐陰謀外傳》。

〔二〕蕭颯：蕭灑自然。苧蘿：山名。在浙江省諸暨市南，相傳西施爲此山鬻薪者之女。事見《吴越春秋・勾踐陰謀外傳》。

〔三〕香溪：水溪名。宋范成大《吴郡志・古跡一》：「香水溪，在吴故宫中。俗云西施浴處，人呼爲脂粉塘。吴王宫人濯妝於此溪，上源至今馨香。古詩云：『安得香水泉，濯郎衣上塵。』」

〔四〕五湖舟：春秋末越國大夫范蠡輔佐越王勾踐滅亡吴國，功成身退，攜西施乘舟隱於五湖。見《國語・越語下》。

東皋桑先生之維　一首

之維字之才，恩州人〔一〕。蔡丞相伯堅之子婿也〔二〕。以樂府著稱，有《東皋集》傳於世。

【注】

〔一〕恩州：金州名，屬大名府路，治今山東省武城縣。

〔二〕蔡丞相伯堅：蔡松年，字伯堅，官至尚書右丞相。《金史》卷一二五有傳，《中州集》卷一有小傳。子婿：女兒的丈夫，女婿。

白髮

白髮近年見〔一〕，十中三兩莖。半因愁僨出〔二〕，多爲病添成。梳裏有時落，鑷餘還又生。老知無可避，何處是功名。

【注】

〔一〕近年：最近幾年。

〔二〕僨：攢，積攢，積聚。

步元舉 一首

元舉，關中人〔一〕。

【注】

〔一〕關中：指今陝西渭河流域一帶。《史記·項羽本紀》：「關中阻山河四塞，地肥饒，可都以霸。」裴駰集解引徐廣曰：「東函谷，南武關，西散關，北蕭關。」

下第過榆次〔一〕

悽遲零落未歸人〔二〕，已坐無成更坐貧〔三〕。意氣敢論題柱客〔四〕，晨昏多負倚門親〔五〕。囊空漸覺錢餘貫〔六〕，衣敝翻饒蝨滿身。遥望秦關獨惆悵〔七〕，一天風雨落花春。

【注】

〔一〕下第：科舉考試不中。榆次：縣名，屬河東北路太原府，今山西省晉中市榆次區。

〔二〕悽遲零落：漂泊流落失意。

〔三〕坐：致。

〔四〕「意氣」句：用漢司馬相如題柱典故。晉常璩《華陽國志·蜀志》：「司馬相如初入長安，題市門曰：『不乘赤車駟馬，不過汝下也。』」後用以指誓志求取功名榮顯之士。杜甫《陪李七司馬皂江上觀造竹橋》其一：「顧我老非題柱客，知君才是濟川功。」

〔五〕晨昏：「晨昏定省」的略稱。謂朝夕慰問奉侍。《禮記·典禮上》：「凡爲人子之禮，冬温而夏清，昏定而晨省。」倚門親：謂殷切望子歸來的父母。《戰國策·齊策六》：「王孫賈年十五，事閔王。王出走，失王之處。其母曰：『女朝出而晚來，則吾倚門而望；女暮出而不還，則吾倚閭而望。』」

〔六〕「囊空」句：用杜甫《空囊》「囊空恐羞澀，留得一錢看」意。貫：古代穿錢的繩索。用繩子將銅錢穿在一起，每一千個爲一貫。

〔七〕秦關：指秦地關塞。詩人家關中，故云。

馮文叔 一首

文叔，遼東人。

客舍

禿襟袖褐破書囊①〔一〕，十五年來客異鄉。生事穽中摇虎尾〔二〕，窮途天上轉羊腸〔三〕。三朝不遇馮唐老〔四〕，半夜悲歌甯戚狂〔五〕。獨倚牛車望遼海〔六〕，西風塵土鬢蒼蒼。

【校】

① 袖：底本原作「紬」，從李本、毛本。

【注】

〔一〕禿襟：光領。謂衣服没有衣領。袖褐：即褐袖，借指粗布衫子。句言生活窘迫。

〔二〕「生事」句：漢司馬遷《報任少卿書》：「猛虎在深山，百獸震恐；及在檻穽之中，摇尾而求食，積威約之漸也。」生事：猶生計，境遇。穽中摇虎尾：比喻卑屈柔順、諂媚求人之態。

〔三〕窮途：絶路，比喻處於極爲困苦的境地。羊腸：喻指狹窄曲折的小路。杜甫《喜聞官軍已臨賊境》：「路失羊腸險，雲横雉尾高。」句言人生道路崎嶇曲折難似上天。

〔四〕「三朝」句：用「馮唐不遇」典故。馮唐飽讀詩書，身歷漢文帝、漢景帝和漢武帝三朝，未被重用。武帝時舉爲賢良，但年事已高不能爲官。事見《史記·馮唐列傳》。後常用「馮唐不遇」、「馮唐白首」等感慨生不逢時。

〔五〕「半夜」句：用甯戚悲歌典故。《吕氏春秋·舉難》：「甯戚飯牛居車下，望桓公而悲，擊牛角，疾商歌。桓公聞之，撫其僕之手曰：『異哉！之歌者非常人也。』命後車載之。」後遂以「甯戚悲歌」爲不遇之士自求用世的典實。

〔六〕遼海：地區名。泛指遼河流域以東至海地區。詩人家遼東，故望遼海，思故鄉。

張庭玉 一首

庭玉，字子榮，易縣人〔一〕。能日賦百篇，有集行於世。

【注】

〔一〕易縣：金縣名，屬中都路易州，今河北省易縣。

即事〔一〕

烏鳶繞樹山梨熟〔二〕，蝴蝶穿花木槿開〔三〕。赤脚城中借書去〔四〕，蒼頭原上負薪來〔五〕。

【注】

〔一〕即事：以當前事物爲題材的詩。宋魏慶之《詩人玉屑·命意·陵陽謂須先命意》：「凡作詩須命終篇之意，切勿以先得一句一聯，因而成章，如此則意不多屬。然古人亦不免如此，如述懷、即事之類，皆先成詩，而後命題者也。」多用爲詩詞題目。

〔二〕烏鳶：烏鴉和老鷹。均爲貪食之鳥。山梨：野生的梨。多生於山中，實大如杏，可食。

〔三〕木槿：落葉灌木或小喬木。葉卵形，互生；夏秋開花，花鐘形，有白、紅、紫等色，朝開暮落。

〔四〕赤脚：赤脚婢的省稱。唐韓愈《寄盧仝》：「一奴長鬚不裹頭，一婢赤脚老無齒。」後因稱婢女爲「赤脚婢」。

〔五〕蒼頭：指奴僕。《漢書·鮑宣傳》：「使奴從賓客漿酒霍肉，蒼頭廬兒皆用致富。」顔師古注引孟康曰：「漢名奴爲蒼頭，非純黑，以别於良人也。」

宗道　一首

道字雲叟，山陰人〔一〕。以足疾不仕。有詩云：「家藏千卷富，身得一生閑。茅屋經年補，柴門盡日關。」其自處可見〔二〕。

【注】

〔一〕山陰：金縣名，屬西京路應州。本名河陰，大定七年以與鄭州屬縣同更名，貞祐二年五月陞爲忠州。今山西省山陰縣。

〔二〕自處：猶自居；自持。

寶巖僧舍〔一〕

寂寂鐘魚柏滿軒〔二〕，午風輕颺煮茶煙〔三〕。西堂竟日無人到〔四〕，只許山人借榻眠〔五〕。

【注】

〔一〕寶巖：佛寺名。今河南省林州市西林慮山有寶巖寺，金王庭筠《五松亭記》：「惟硔峪寶巖寺爲獨完。寺創於高齊天保初，至本朝大定中，寶公革爲禪居，鐘鼓清新，林泉改色，始爲天下聞寺。」然按詩人有足疾及其個人行跡，此寺應在其故鄉山陰縣一帶。

〔二〕寂寂：寂靜無聲貌。鐘魚：寺院法器鐘與木魚。

〔三〕輕颺：輕輕飄揚。語本唐杜牧《題禪院》：「今日鬢絲禪榻畔，茶煙輕颺落花風。」

〔四〕西堂：佛教語。佛門職位的稱呼。《禪林象器箋·稱呼門》：「他山前住人，稱西堂。蓋西是位，他山退院人來此山，是賓客，故處西堂。」此處代賓客所居之處。

〔五〕山人：古代學者士人的雅號。詩人自謂。

鮮于溥 三首

溥字彥仁，宋文臣子駿之後〔一〕。高祖淳，淳之子孝標，標之子壽吉，壽吉之子坦，皆擢進士第而仕亦達。彥仁，坦之子，以門資仕〔二〕，終于櫟陽令〔三〕。濟源盤谷〔四〕，天壤佳處，坦父子居其間，飲酒賦詩，翛然塵垢之外〔五〕，至今人以高士目之。弟彥魯，子忠厚，今居鄉里。

【注】

〔一〕子駿：鮮于侁，字子駿，閬州（今四川省閬中市）人。宋仁宗景祐元年進士，累官至集賢修撰。爲人誠直，能舉薦賢良。善詩，多與蘇軾、文同、司馬光等唱和。詩風平淡清新，著有《詩傳》《易斷》等。《宋史》卷三四四有傳。

〔二〕門資：金代有因父兄爲官有功而予子弟出仕的優惠政策，亦稱「門蔭」。

〔三〕櫟陽：金縣名，屬京兆府路京兆府，今屬陝西省西安市。

〔四〕濟源：金縣名，在今河南省西北部的黄河北岸。盤谷：在濟源縣北二十里。唐韓愈《送李愿歸盤谷序》：「泉甘而土肥，草木叢茂。」

〔五〕倐然：無拘無束貌；超脱貌。《莊子·大宗師》：「倐然而往，倐然而來而已矣。」成玄英疏：「倐然，無係貌也。」塵垢：猶世俗。《莊子·齊物論》：「無謂有謂，有謂無謂，而遊乎塵垢之外。」

魯村道中

小橋沙路已堪圖〔一〕，更着衰翁跨蹇驢〔二〕。暮靄似催寒日短，秋容仍帶遠林疏。鵰盤平野黄榆落〔三〕，兔走横岡白草枯。漸喜閑身遠朝市〔四〕，一年强半在村墟〔五〕。

【注】

〔一〕圖：繪畫，描繪。《左傳·宣公三年》：「昔夏之方有德也，遠方圖物。」杜預注：「圖畫山川奇異之物而獻之。」

〔二〕蹇驢：跛蹇駑弱的驢子。《楚辭·東方朔·七諫》：「駕蹇驢而無策兮，又何路之能極？」王逸注：「蹇，跛也。」

〔三〕黄榆：樹木名。落葉喬木，樹皮有裂罅，早春開花。産於我國東北、華北和西北。唐張籍《涼州詞》其三：「鳳林關裏水東流，白草黄榆六十秋。」

〔四〕朝市：朝廷和市集。《史記·張儀列傳》：「臣聞爭名者於朝，爭利者於市。」

〔五〕强半：大半，過半。

春日倣舊詩體

年老逢春莫等閑，逢春能得幾回看。插花儘要花枝滿，把酒休辭酒琖乾〔一〕。好向酒邊留舞袖，不妨花外駐吟鞍。聞身健在須行樂，燕語鶯啼春又殘。

【注】

〔一〕酒琖：小酒杯。杜甫《酬孟雲卿》：「但恐天河落，寧辭酒盞空。」

早發

燈前夢斷家千里，馬上詩成月一痕〔一〕。晨粥未烹官路遠，隔林煙火是漁村。

【注】

〔一〕一痕：一線痕跡。常形容缺月，即一彎。

史士舉 二首

士舉字仲升，滎澤人〔一〕。漢功臣弘肇之後〔二〕，高祖所賜鐵券故在〔三〕。其大父官濟源〔四〕，樂其山水，因家焉。父神山令激〔五〕，石琚牓進士〔六〕。仲升以蔭補官〔七〕，歷銅鞮、三川兩縣令〔八〕。初任京兆録事，以歲旱擅開倉賑貧，身往太一湫禱雨〔九〕，尋獲嘉澍〔一〇〕，用是得名。爲人雅重〔一一〕，知義理，褒衣緩帶〔一二〕，逍遥山水間，宛然一老書生也。貞祐之亂〔一三〕，避于太行〔一四〕。保聚失守〔一五〕，老幼皆出降，仲升義不受辱，投絶澗而死〔一六〕，年七十九。孫庭玉，字德秀，今居山陽〔一七〕。

【注】

〔一〕滎澤：縣名，金時屬南京路鄭州，今屬河南省鄭州市。

〔二〕弘肇：史弘肇，字化元，五代後漢時鄭州滎陽人。梁末選入禁軍，漢高祖鎮太原，擢爲都將，後授許州節度使。爲人沉毅寡言，治軍有方。隱帝時以威高震主，被誅。《舊五代史》卷一〇七有傳。

〔三〕高祖：後漢高祖。後晉開運四年，劉知遠在太原稱帝，改名劉暠，建立漢朝，史稱後漢。鐵券：即丹書鐵券。古代帝王賜給功臣世代享受優遇或免罪的憑證。文憑用丹書寫鐵板上，故名。

爲了取信和防止假冒，鐵券從中剖開，朝廷及功臣各存一半。

〔四〕大父：祖父。濟源：金縣名，屬南京路懷州，今河南省濟源市。

〔五〕神山：金縣名，屬北京路大定府，今河北省平泉縣南。

〔六〕石琚：天眷二年詞賦狀元。

〔七〕蔭：庇蔭。封建時代子孫因先世有功勞而得到優惠政策。

〔八〕銅鞮：金縣名，屬河東南路沁州，今山西省沁縣。三川：金縣名，屬鳳翔路鎮戎州，今寧夏固原市。

〔九〕太一湫：水潭名。在終南山太乙谷中。《陝西通志》卷八：「澂源池，一名太一湫。其上環以群山，雄偉秀特，勢逼霄漢，水廣可數丈，深丈許，錦鱗浮游，人莫敢觸，鱗之大有二三尺者，自昔禱雨，咸在於是。其南即太一殿。」

〔一〇〕嘉澍：好雨，及時雨。

〔一一〕雅重：雅正持重。

〔一二〕褒衣緩帶：寬衣大帶。指古代儒生的裝束。褒：闊。

〔一三〕貞祐之亂：《金史・宣宗上》載，貞祐四年十月，蒙古兵取潼關，次嵩、汝間。十一月，退至澠池，十二月由三門集津北渡。

〔一四〕太行：即太行山。在山西高原與河北平原之間。從東北向西南延伸。北起拒馬河谷，南至晉豫邊境黄河沿岸。西緩東陡，受河流切割，多横谷，古爲東西交通要道。

〔一五〕保聚：聚衆守衛。此指山寨。

〔一六〕絶澗：高山陡壁之下的溪澗。

〔一七〕山陽：金縣名，屬河東南路懷州，興定四年改隸輝州。今河南省焦作市山陽區。

超化〔一〕

石根寒溜迸珠璣〔二〕，尋丈驚看雪浪飛〔三〕。我是玉川煙水客〔四〕，暫來盤礴亦忘歸〔五〕。

【注】

〔一〕超化：超化寺。在河南省密縣南十八里，隋開皇元年建。

〔二〕石根：巖石的底部；山脚。寒溜：巖縫中滲出的泉水。

〔三〕「尋丈」句：言泉眼密集，在幾步之内就彙聚成溪，白浪翻滾。尋丈：泛指八尺到一丈之間的長度。

〔四〕玉川：井名。在河南濟源縣瀧水北。煙水客：放蕩江湖的游人。

〔五〕盤礴：徘徊，逗留。

晉祠〔一〕

小橋流水竹蕭森〔二〕，竹裏人家一徑深。只欠東風小籬落〔三〕，梅花疏淡月籠陰。

【注】

〔一〕晉祠：原爲晉王祠，爲紀念周武王次子唐叔虞而建。位於山西省太原市西南懸甕山麓的晉水源頭。北魏酈道元《水經注》：「際山枕水，有唐叔虞祠。」即今晉祠。歷代均有修葺和擴建。周柏、唐槐、宋代彩塑、難老泉被譽爲「晉祠三絶」。

〔二〕蕭森：草木茂密貌。

〔三〕籬落：即籬笆。

王敏夫 二首

敏夫，五臺人〔一〕。作詩工於賦物，甚爲趙宜之所稱〔二〕。雁門前輩中有許蜕子遷〔三〕，以《武皇廟》詩著名，又《酒渴》後四句云：「眼底恨無雲夢澤〔四〕，胸中疑有沃焦山〔五〕。南窗花影三竿日〔六〕，指點銀瓶照病顔。」有集傳河東，往往稱此。倪民望〔七〕，字具瞻，屏山所謂

「倪侯頭如筆，其鋒不可當」者〔八〕。有《種松》詩云：「種松莫種柳，種柳莫種松。堅脆非所計，雅俗寧與同。可是種松無隙地，卻教憔悴柳陰中。」張韶九成《寄朔州苟輔臣》云〔九〕：「陳雷膠漆輕餘子〔一〇〕，楚漢風雲屬少年〔一一〕。」李忠直卿賦《雪》云：「不將柳絮春風比〔一二〕，好作梨花月夜看〔一三〕。」至于蘇吉莘老、李鵬翼冲霄，與具瞻之子仲儀〔一四〕，詩文多可傳。喪亂之後，惜不能記憶之矣。

【注】

〔一〕五臺：金縣名，屬河東北路代州，今山西省五臺縣。

〔二〕趙宜之：趙元，字宜之。

〔三〕許蜕：字子遷，雁門人。以《武皇廟》詩著名，有集傳河東。

〔四〕雲夢澤：古藪澤名，亦作雲瞢。《周禮·夏官·職方氏》：「正南曰荊州，其山鎮曰衡山，其澤藪曰雲瞢。」鄭玄注：「衡山在湘南，雲瞢在華容。」

〔五〕沃焦山：古代傳説中東海南部的大石山。《文選·郭璞·江賦》：「出信陽而長邁，淙大壑與沃焦。」李善注引《玄中記》：「天下之大者，東海之沃焦焉，水灌之而不已。沃焦，山名也，在東海南方三萬里。」

〔六〕「南窗」句：晉陶潛《與子儼等疏》：「常言五六月中，北窗下卧，遇涼風暫至，自謂是羲皇上人。」

句用此典，以示悠然自適之情。元好問《論詩三十首》其四：「南窗白日羲皇上，未害淵明是晉人。」

〔七〕倪民望：字具瞻，雁門人。有《種松》詩。爲李純甫所知。

〔八〕屏山：李純甫，號屏山居士。

〔九〕張韶：字九成，元好問友人。元好問《遺山集》卷三四《兩山行記》：「予二十許時，自燕都試，乃與客登南樓。亡友蘇莘老、閻德潤、張九成、王仲容輩説山中道人所居有松風軒……曩時聞此，固嘗以不一遊爲恨矣。」

〔一〇〕「陳雷」句：用陳雷膠漆典。東漢陳重與雷義同郡爲友，俱學《魯詩》、《顔氏春秋》，推重相讓，親密無間。鄉里爲之語曰：「膠漆自謂堅，不知雷與陳。」見《後漢書·獨行傳》。後因以爲友情篤厚之典故。五代李瀚《蒙求》：「陳雷膠漆，范張雞黍。」

〔一一〕楚漢風雲：指秦失天下，劉邦與項羽逐鹿中原，風雲際會，英雄輩出。晉袁宏《後漢紀·孝桓皇帝紀》：「高祖之興，草創大倫。解赭衣而爲將相，舍介冑而居廟堂，皆風雲豪傑，屈起壯夫。」

〔一二〕「不將」句：《世説新語·言語》：「謝太傅寒雪日内集，與兒女講論文義。俄而雪驟，公欣然曰：『白雪紛紛何所似？』兄子胡兒曰：『撒鹽空中差可擬。』兄女曰：『未若柳絮因風起。』公大笑樂。」

〔一三〕「好作」句：用唐岑參《白雪歌送武判官歸京》「忽如一夜春風來，千樹萬樹梨花開」及宋晏殊《寓意》「梨花院落溶溶月」詩意。

〔一四〕蘇吉：字莘老。李鵬翼：字沖霄。倪仲儀：倪具瞻之子。皆有詩名。

同東嵒元先生論詩〔一〕

林逋仙去幾來年〔二〕，驚見梅花第二篇。千歲冰霜松骨瘦〔三〕，九秋風露鶴聲圓〔四〕。騰輝定出連城上〔五〕，得趣知從太古前〔六〕。邂逅茅齋話終夕〔七〕，只疑人世改桑田〔八〕。

【注】

〔一〕東嵒元先生：元德明，號東嵒，太原秀容（今山西省忻州市忻府區）人。元好問之父。累舉不第，放浪山水間，詩酒自適。有《東嵒集》三卷。《金史》卷一二六有傳，《中州集》卷一〇有小傳。

〔二〕林逋：字君復，錢塘（今浙江省杭州市）人，宋初詩人。隱於西湖孤山，賞梅養鶴，終身不仕。有《林和靖詩集》。其《山園小梅》「疏影横斜水清淺，暗香浮動月黄昏」爲千古名句。

〔三〕松骨：松樹的樹幹。杜甫《寒雨朝行視園樹》其二：「鎖石藤梢元自落，倚天松骨見來枯。」句暗用《論語·子罕》「歲寒，然後知松柏之後凋也」意。

〔四〕九秋：指秋天。南朝宋謝靈運《善哉行》：「三春燠敷，九秋蕭索。」圓：形容元德秀詩作之圓熟。

〔五〕「騰輝」句：用「一字連城」典故，極言文辭之精妙，價值的珍貴。《魏書·彭城王勰傳》：「黄門侍郎崔光讀暮春群臣應詔詩。至勰詩，高祖仍爲之改一字……勰曰：『臣聞《詩》三百，一言可蔽。今陛下賜刊一字，足以價等連城。』」連城，指「連城璧」。騰輝：閃耀光輝。

〔六〕「得趣」句：宋周必大《二老堂詩話·陶杜酒詩》：「陶淵明詩『酒能消百慮』，杜子美云『一酌散千憂』，皆得趣之句也。」太古：遠古，上古。

〔七〕邂逅：不期而遇。《詩·鄭風·野有蔓草》：「有美一人，清揚婉兮，邂逅相遇，適我願兮。」毛傳：「邂逅，不期而會。」終夕：通宵，徹夜。

〔八〕「只疑」句：用滄海桑田典故。晉葛洪《神仙傳·麻姑》：「麻姑自説云：『自接侍以來，已見東海三爲桑田。向到蓬萊，水又淺于往者，會時略半也。豈將復還爲陵陸乎？』」後因以喻世事的巨大變遷。

李氏友雲樓

霧幕煙迷十二欄，壺觴招我一躋攀〔一〕。黄簾卷起湘川竹〔二〕，分得西州數點山。

【注】

〔一〕壺觴：酒器。躋攀：猶攀登。

〔二〕湘川竹：湘妃竹，斑竹。晉張華《博物志》：「舜死，二妃淚下，染竹即斑。妃死爲湘水神，故曰湘妃竹。」

王利賓 一首

利賓字茂實，襄城人〔一〕。樸直純素〔二〕，作詩有古意〔三〕，似其爲人，然亦未嘗以示人也。家與衛昌叔隣居〔四〕，而不相往來。計平生所交，惟不肖而已〔五〕。予一日過襄城，知茂實病，就卧内候之〔六〕。乃見壁間所黏五言古詩十數首，竄改重疊，往往可傳。然後知茂實所以交予者〔七〕，特以詩故耳。渠既不言〔八〕，予亦無從知之。惜登時不謄寫〔九〕，今忘之矣。

【注】

〔一〕襄城：金縣名，屬南京路許州，今河南省襄城縣。

〔二〕樸直：樸實率直。純素：純粹而不雜；純樸。《莊子·刻意》：「純素之道，唯神是守，守而勿失，與神爲一。」成玄英疏：「純精素質之道，唯在守神。」《文選·袁宏·三國名臣序贊》：「郎中温雅，器識純素。」吕向注：「純素，謂與衆不雜。」

〔三〕古意：古人的思想意趣或風範。

〔四〕衛昌叔：衛承慶，字昌叔，襄城人。資沖澹，有父風。與路鐸、王磵等交遊，詩風亦近。《中州集》

卷七有小傳。

〔五〕不肖：自謙之稱。元好問自指。

〔六〕卧内：卧室，内室。清王念孫《讀書雜誌・漢書十一》「卧内」：「室謂之内，故卧室謂之卧内。」候：探望。

〔七〕交予：與我交往。

〔八〕渠：他。指王利賓。

〔九〕登時：猶當時。謄寫：照底稿抄寫。

題扇頭〔一〕

輕紗畫竹雀，柄短不盈握〔二〕。暑氣正憑陵〔三〕，清風一何邈。

【注】

〔一〕扇頭：扇面。

〔二〕盈握：滿握。

〔三〕憑陵：肆虐，猖獗。

孫益 一首

益字德裕，秀容人〔一〕。嘗從先大夫學詩〔二〕。

【注】

〔一〕秀容：金縣名，屬河東北路忻州，今山西省忻州市忻府區。

〔二〕先大夫：指元好問之父元德明。

送張安中還雲中 名保極，雲朔名士〔一〕。

相送還相送，臨分手重分。驊騮欣得路〔二〕，鴻雁惜離群。木落黄華露〔三〕，城低紫塞雲〔四〕。中秋月正好，千里漫思君。

【注】

〔一〕雲中：金縣名，屬西京路大同府，今山西省大同市。

〔二〕驊騮：周穆王八駿之一。後泛指駿馬。

〔三〕黄華：指菊花。

〔四〕紫塞：北方邊塞。晉崔豹《古今注·都邑》：「秦築長城，土色皆紫，漢塞亦然，故稱紫塞焉。」

郝先生天挺 一首

天挺字晉卿，陵川人〔一〕。家世儒素〔二〕，伯父子颺有詩名，號東軒老人。先生少日有賦聲〔三〕，早衰多疾，厭於名場，遂不復就舉。貞祐之兵，避於河南，往來淇衛間〔四〕。爲人有崖岸〔五〕，耿耿自信，寧落薄而死〔六〕，終不一傍富兒之門。年五十七，卒於舞陽〔七〕。臨終浩歌自得〔八〕，不以死生爲意〔九〕。其平生自處〔一〇〕，爲可見矣。好問十四五，先人令陵川時〔一一〕，從先生學舉業〔一二〕。先生教之曰：「今人賦學，以速售爲功。六經百氏〔一三〕，分磔綴緝外〔一四〕，或篇題句讀之不知〔一五〕。幸而得之，不免爲庸人，况一敗塗地者乎？」又曰：「讀書不爲藝文〔一六〕，選官不爲利養〔一七〕，唯通人能之〔一八〕。」又曰：「今世仕宦，多用貪墨敗官〔一九〕，皆苦於飢凍不能自堅者耳。男子生世，不耐飢寒，則雖小事不能成。子試以吾言求之。」先生工於詩，時命好問屬和〔二〇〕。或言：「令之子欲就科舉，詩非所急，將無徒費日力耶？」先生曰：「君自不知，所以教之作詩，正欲渠不爲舉子耳〔二一〕。」子思温，字和之。孫經，字伯常，今居順天〔二二〕。

【注】

〔一〕陵川：金縣名，屬河東南路澤州，今山西省陵川縣。

〔二〕儒素：指讀書人家。

〔三〕賦聲：善於辭賦的名聲。金代科舉考試特重賦，往往以此定取黜。故士人習舉業多致力於此，謂之「時文」。有賦聲，即指在各級舉試中名聲較大。

〔四〕淇衛：淇水、衛水。淇水，源出今河南省林州市東南臨淇鎮，東南流入衛河。衛河，源出今河南省輝縣西北蘇門山，東北流合清、淇、洹、漳諸水。此處元好問記載有誤，郝經《先大父墓銘》云：「時有金既棄燕雲，河朔隨亦不守，遂往來淇、衛間。貞祐初……於是亦挈家南渡。」按此，其「往來淇、衛間」乃南渡之前事。

〔五〕崖岸：引申爲操守，節概。

〔六〕落薄：落拓，落魄。

〔七〕舞陽：金縣名，屬南京路許州，今河南省舞陽縣。

〔八〕浩歌：放聲高歌。

〔九〕爲意：猶言在意。《莊子·天下》：「以事爲常，以衣食爲主，蕃息畜藏，老弱孤寡爲意，皆有以養，民之理也。」

〔一〇〕自處：猶自居，自持。

〔一一〕先人：元好問叔父元格，曾任陵川令。郝經《遺山先生墓銘》：「年十有四，其叔父爲陵川令，遂從先大父學……六年而業成。」

〔一二〕舉業：爲應科舉考試而準備的學業。

〔一三〕六經：六部儒家經典。《莊子·天運》：「孔子謂老聃曰：『丘治《詩》、《書》、《禮》、《樂》、《易》、《春秋》六經，自以爲久矣，孰知其故矣。』」《漢書·武帝紀贊》：「孝武初立，卓然罷黜百家，表章六經。」顔師古注：「六經，謂《易》、《詩》、《書》、《春秋》、《禮》、《樂》也。」百氏：猶言諸子百家。《漢書·叙傳下》：「緯六經，綴道綱，總百氏，贊篇章。」

〔一四〕分磔：分裂，分割。綴輯：猶編輯。唐韓愈《招揚之罘》：「先王遺文章，綴緝實在余。」句言將原著打亂，按舉試之需圍繞某一專題彙集有關材料。

〔一五〕篇題：篇章的標題。句讀：古人指文辭休止和停頓處。文辭語意已盡處爲句，未盡而須停頓處爲讀。唐韓愈《師説》：「彼童子之師，授之書而習其句讀者，非吾所謂傳其道解其惑者也。」

〔一六〕藝文：辭章，文藝。晉葛洪《抱朴子·審舉》：「心悦藝文，學不爲禄。」唐白居易《賦賦》：「四始盡在，六義無遺，是謂藝文之儆策，述作之元龜。」

〔一七〕選官：指聽候吏部選任官職。此處指做官。利養：指官員的俸禄。

〔一八〕通人：學識淵博通達事理的人。《莊子·秋水》：「當桀紂而天下無通人，非知失也。」王先謙集解：「賢人皆隱遁，非其智失也。」漢王充《論衡·超奇》：「博覽古今者爲通人。」

〔一九〕貪墨：貪汙。敗官：敗壞官職。謂居官不法。語本《左傳·昭公十四年》：「己惡而掠美爲昏，貪以敗官爲墨，殺人不忌爲賊。」杜預注：「墨，不絜之稱。」

〔二〇〕屬和：指和别人的詩。

〔二一〕日力：泛指時間、光陰。

〔二二〕順天：順天路。蒙古太宗十一年升順天軍，治清苑縣（今河北省保定市）。蒙古乃馬真后二年，順天路左副元帥賈輔辟郝經教授諸子。

送門生赴省闈〔一〕

青出於藍青愈青〔二〕，小年場屋便馳聲〔三〕。未饒徐淑早求舉〔四〕，卻笑陸機遲得名〔五〕。嗟我再衰空眊矂〔六〕，喜君初筮已崢嶸〔七〕。此行占取鼇頭隱〔八〕，平地煙霄屬後生〔九〕。

【注】

〔一〕門生：指學生弟子。省闈：唐宋時試進士由尚書省禮部主持，故稱。又稱禮闈。《中州集》中所收詩人之作甚少者往往與元好問自己有關，憑記憶收入。該詩之「門生」亦當指元氏，其早期赴省闈在大安元年。

〔二〕「青出」句：《荀子·勸學》：「青，取之于藍而青于藍。」

〔三〕小年：少年。場屋：科舉考試的場所。引申爲應試。馳聲：謂聲譽遠播。

〔四〕「未饒」句：用東漢徐淑典故。徐淑：廣陵人，舉孝廉後，因年齡小而被遣退。《後漢書·左雄傳》：廣陵孝廉徐淑，年未及舉，臺郎疑而詰之。對曰：「詔書曰『有如顔回、子奇，不拘年齒』，是故本郡以臣充選。」郎不能屈。雄詰之曰：「昔顔回聞一知十，孝廉聞一知幾邪？」淑無以對，乃遣卻郡。

〔五〕「卻笑」句：用晉人陸機典故。陸機：字士衡，吴郡吴縣華亭（今上海市松江）人，西晉文學家，與其弟陸雲合稱「二陸」。曾歷任平原内史、著作郎等職，故世稱「陸平原」。太康十年，陸機與陸雲來到洛陽，拜訪太常張華。張華大爲愛重，陸氏兄弟享譽京師，有「二陸入洛，三張減價」之説。時年陸機二十八歲。

〔六〕眊矂：因失意而煩惱。

〔七〕初筮：初試。宋陸游《歲暮》：「半生浪走跨秦吴，白首還如筮仕初。」崢嶸：卓越，不平凡。

〔八〕鼇頭：指皇宫大殿前石階上刻的鼇的頭，考上狀元的人可以踏上。後來用「獨占鼇頭」喻科考狀元。金趙秉文《上清宫》其二：「鼇頭他日幾人在，尊酒而今一笑開。」

〔九〕平地煙霄：喻驟然獲得顯赫的地位。元好問在蒙古憲宗四年作《十日作》曾追憶先生此説：「平地煙霄遽如許，秋風茅屋可憐生。」

孫邦傑 一首

邦傑字伯英，雄州容城人〔一〕。曾祖堅，國初有功，官至隴州刺史〔二〕。伯英少日住太學，有時名，所與游皆名士。興定初，知世將亂，棄家爲黄冠師〔三〕。

【注】

〔一〕雄州：金州名，初屬河北東路，治今河北省雄縣。貞元二年改屬中都路。容城：金縣名，雄州屬縣。今河北省容城縣。

〔二〕隴州：金州名，屬鳳翔府路，治今陝西省千陽縣。

〔三〕黄冠：道士之冠。借指道士。

燒筍

煨茁舊聞山谷語〔一〕，勸耕還憶大蘇詩〔二〕。傳將火候無多訣〔三〕，留得天真又一奇〔四〕。未放錦綳開束縛〔五〕，已看玉版證茶毗〔六〕。白麻初拜鷩燒尾〔七〕，見此應慚富貴癡。

【注】

〔一〕「煨茁」句：用宋黄庭堅詩典。黄庭堅自號山谷道人，其《蕭巽葛敏修二學子和予食筍詩次韻答之二首》：「鹽曦枯臘瘦，蜜漬真味壞。就根煨茁美，豈念炮烙債。」茁：草芽，此指筍。

〔二〕「勸耕」句：用宋蘇軾詩典。蘇軾《新城道中》其一：「西崦人家應最樂，煮葵燒筍餉春耕。」大蘇：指宋代文學家蘇軾。宋王闢之《澠水燕談·才識》：「于是父子名動京師，而蘇氏文章擅天下，目其文曰三蘇。蓋洵爲老蘇，軾爲大蘇，轍爲小蘇也。」

〔三〕火候：烹飪時火力的强弱和時間的長短。蘇軾《豬肉頌》：「待他自熟莫催他，火候足時他自美。」

〔四〕天真：謂事物的天然性質或本來面目。清李漁《閒情偶寄·飲饌·肉食》：「更有製魚良法，能使鮮肥迸出，不失天真。」

〔五〕錦繃：指包裹嬰兒的錦緞。亦指用錦緞裹束嬰兒。此處比喻筍殼。

〔六〕玉版：筍的別名。宋惠洪《冷齋夜話·東坡作偈戲慈雲長老》：「（蘇軾）嘗要劉器之同參玉版和尚……至廉泉寺燒筍而食，器之覺筍味勝，問此筍何名，東坡曰：『即玉版也。此老師善説法，要能令人得禪悦之味。』于是器之乃悟其戲。」後玉版成爲筍的別名。宋陸游《村舍小酌》：「玉版烹雪筍，金苞擘雙柑。」茶毗：佛教語。梵語音譯。意爲焚燒。

〔七〕白麻：白麻紙。用縈麻製造的紙。唐制，由翰林學士起草的凡赦書、德音、立后、建儲、大誅討及拜免將相等詔書都用白麻紙。因以指重要的詔書。燒尾：士子初登榮進及遷除，朋僚慰賀，必盛置酒饌音樂以展歡宴，謂之「燒尾宴」。

張瓛 一首

瓛字君玉，大名朝城人〔一〕。嗜作詩，年已老，而刻苦殊未減。爲人謹愿有禮〔二〕，見稱諸公間。卒年六十八。子鏞鎮，今居鄉里。

【注】

〔一〕朝城：金縣名，屬大名府路大名府，今山東省莘縣。

〔二〕謹愿：誠實。

送侯道士〔一〕

十年走南北，黄塵汙人衣〔二〕。翩翩夜啼烏，一枝無可依〔三〕。問君何所如〔四〕，皛爲東南飛〔五〕。恨我不得往，失脚穽與機〔六〕。從君知不能，一笑人間非。何水無蒲魚〔七〕，何山無蕨薇〔八〕。終當拂衣去〔九〕，往叩雲山扉〔一〇〕。

【注】

〔一〕侯道士：其人不詳。

〔二〕「黄塵」句：《梁末童謡》：「黄塵污人衣，皂莢相料理。」黄塵：比喻俗世；塵世。

〔三〕「翩翩」二句：暗用曹操《短歌行》「月明星稀，烏鵲南飛。繞樹三匝，何枝可依」詩句。翩翩：飛行輕快貌。《易·泰》：「六四，翩翩，不富以其鄰，不戒以孚。」程頤傳：「翩翩，疾飛之貌。」《詩·小雅·四牡》：「翩翩者鵻，載飛載下，集于苞栩。」朱熹集傳：「翩翩，飛貌。」

〔四〕所如：所往。蘇軾《前赤壁賦》：「縱一葦之所如，凌萬頃之茫然。」

〔五〕鳧舃：《後漢書·方術傳上·王喬》：「王喬者，河東人也，顯宗世爲葉令。喬有神術，每月朔望，常自縣詣臺朝。帝怪其來數，而不見車騎，密令太史伺望之。言其臨至，輒有雙鳧從東南飛來。於是候鳧至，舉羅張之，但得一隻舃焉。乃詔尚方診視，則四年中所賜尚書官屬履也。」後因以「鳧舃」指仙履。

〔六〕穽與機：設有機關的捕獸陷阱。《後漢書·文苑傳下·趙壹》：「有一窮鳥，戢翼原野。罼網加上，機穽在下。」李賢注：「機，捕獸機檻也。穽，穿地陷獸。」比喻險境或坑害人的圈套。此喻世俗的羈絆。

〔七〕蒲魚：蒲與魚。水中的香蒲和魚，皆爲水澤之利。《周禮·九州》：「正東曰青州，其山鎮曰沂山，其澤藪曰望諸，其川淮泗，其浸沂沭，其利蒲魚。」

〔八〕蕨薇：蕨與薇。《詩·小雅·四月》：「山有蕨薇，隰有杞桋。」《史記·伯夷列傳》：「武王已平殷亂，天下宗周，而伯夷、叔齊恥之，義不食周粟，隱於首陽山，采薇而食之。」伯夷叔齊曾隱居采薇而食，後以蕨薇爲隱者之食。

〔九〕拂衣：振衣而去，謂歸隱。晉殷仲文《解尚書表》：「進不能見危授命，忘身殉國；退不能辭粟首陽，拂衣高謝。」

〔一〇〕雲山：遠離塵世的地方。隱者或出家人的居處。

徐好問 一首

好問，字裕之。永寧人〔一〕。

【注】

〔一〕永寧：金縣名，屬南京路嵩州，今河南省洛寧縣。

龍門〔一〕

疏鑿而來道路通〔二〕，行人萬古翠微中〔三〕。南山山寺題詩滿，一字何曾到禹功〔四〕。

【注】

〔一〕龍門：山名。在今河南省洛陽市南，伊闕之西。李白《漢東紫陽先生碑銘》：「王公卿士送及龍門，入葉縣，次王喬之祠。」王琦注：「《文章正宗》：『龍門在河南縣。』《地志》曰：『闕塞山，一名伊闕，而俗名龍門。』」

〔二〕疏鑿：開鑿。指大禹治水時開鑿龍門。《漢書·溝洫志》：「昔大禹治水，山陵當路者毀之，故鑿龍門，辟伊闕。」

〔三〕翠微：形容山光水色青翠縹緲。《文選·左思·蜀都賦》：「鬱葐蒕以翠微，崛巍巍以峨峨。」劉逵注：「翠微，山氣之輕縹也。」

〔四〕禹功：大禹的功績。《墨子·兼愛中》：「古者禹治天下，西爲西河、漁竇，以泄渠孫皇之水。北爲防原泒，注后之邸、嘑池之竇，灑爲底柱，鑿爲龍門，以利燕、代、胡、貉與西河之民。」

吕大鵬

一首

大鵬字鵬舉，密縣人〔一〕。自言宋名相申公之裔〔二〕。宣宗頻歲南伐，鵬舉作詩欲以撼主兵者，云：「縫掖無由挂鐵衣①，劍花生澀馬空肥。燈前草就平南策，一夜江神泣涕歸。」其以氣岸自許〔三〕，皆此類也。

【校】

①鐵：毛本作「劍」。

【注】

〔一〕密縣：金縣名，屬南京路鄭州，今屬河南省密縣。

〔二〕申公：吕夷簡，字坦夫，官至同中書門下平章事，集賢殿大學士，封申國公。謚文靖。《宋史》卷三一一有傳。

〔三〕氣岸：氣概；意氣。李白《流夜郎贈辛判官》：「氣岸遥凌豪士前，風流肯落他人後。」瞿蜕園校

注：「氣岸，指意氣言。」

夏日 北渡後作

旋移石枕拂藤牀〔一〕，細灑槐陰趁晚涼〔二〕。大地嗷嗷困爐鼎〔三〕，老天不肯下殘陽。

【注】

〔一〕旋：頻頻。唐杜荀鶴《早發》：「時逆帽簷風刮頂，旋呵鞭手凍粘鬚。」

〔二〕趁：追赶，追逐。

〔三〕嗷嗷：哀號聲。爐鼎：爐竈與鼎。以喻天氣酷熱。

高永 一首

永字信卿，出於盤陽大族〔一〕。父元，字善長，教信卿作舉子〔二〕。讀書略通，即棄之去。爲人不顧細謹〔三〕，有幽并豪俠之風〔四〕。賓客入門，則盡家所有者爲具，不爲明日計。人以此愛之。貞祐初，避兵太原，與李長源居於廣平寺〔五〕。有盜穴牆而入，長源性恇怯〔六〕，聞騷窣聲〔七〕，噤不敢語〔八〕。盜盡挈信卿所有而去。長源徐曰：「緑林之子至矣〔九〕。」於是信卿生理大狼狽〔一〇〕。南渡，居嵩州〔一一〕，出入屏山之門〔一二〕，其學遂進。初名夔，字舜卿。又名揆，屏山改焉。真定王之奇士衡〔一三〕，攻雜學〔一四〕，屏山目爲怪魁〔一五〕，王從之内翰爲賦善哭詩〔一六〕。奉聖馬餌升公敢爲大言〔一七〕，著書十萬言，號《北新子》，大略以談兵爲主，且曰：「古人兵法非不盡，但未有《北新子》五十里火雨耳。」信卿皆與之游，故其詩豪宕譎怪〔一八〕，不爲法度所窘，有《冰柱》《雪車》風調〔一九〕。觀《咀龍》篇及《大雨後見寄》，可槩見矣。正大壬辰〔二〇〕，病没於京師。年四十六。

【注】

〔一〕盤陽：地名，在今山東省棗莊市。一説高永「漁陽人」，見劉祁《歸潛志》卷三。

〔二〕舉子：科舉考試的應試人。

〔三〕細謹：細微末節，小節。《史記·項羽本紀》：「大行不顧細謹。」

〔四〕幽并：幽州和并州的並稱。約當今河北、山西北部和内蒙古、遼寧的部分地方。其俗尚氣任俠，因借指豪俠之氣。

〔五〕李長源：李汾，字長源。

〔六〕恇怯：膽小，恐懼畏縮。

〔七〕騷窣：象聲詞。形容輕微細碎之聲。

〔八〕噤不敢語：閉口不敢作聲，不敢説話。
〔九〕緑林之子：舊指占山爲王、攔路搶劫、騷擾百姓的盜匪。此處指入室的小偷、盜賊。
〔一〇〕生理大狼狽：生活窘迫、困頓。
〔一一〕嵩州：金州名，屬南京路，今河南省嵩縣。
〔一二〕屏山：李純甫，號屏山居士。
〔一三〕王之奇：王權，字士衡，真定（今河北省正定縣）人，又名之奇。從李純甫遊。爲人跌宕不羈，博學，無所不覽。劉祁《歸潛志》卷二有小傳。
〔一四〕雜學：指科舉文章以外的各種學問。
〔一五〕怪魁：奇異超凡的人才，多指不隨俗流、難容于世的怪才。
〔一六〕王從之：王若虚，字從之。善哭詩：王若虚《贈王士衡》：「王生非狂者，乃以善哭稱。每至欲悲時，不問醉與醒。音詞初惻愴，涕泗隨縱横。」
〔一七〕奉聖：遼州名，金初因之，大安元年陞爲府，名德興府。馬餌升公：德興府人，著兵書《北新子》，餘不詳。大言：誇大的言辭，大話。
〔一八〕豪宕：謂意氣洋溢，器量闊大。譎怪：怪誕，荒誕不稽。
〔一九〕冰柱雪車：中唐詩人劉叉二詩名。《新唐書·劉叉傳》：「叉作《冰柱》、《雪車》二詩，名出盧仝、孟郊右。」二詩奇譎奔放，狂放豪宕，奇狠凶猛。蘇軾《雪後書北臺壁二首》其二：「老病自嗟詩力退，寒吟《冰柱》憶劉叉。」風調：詩文的風格，格調。《詩人玉屑》卷十引宋李錞《李希聲詩話》：「古人作詩正以風調高古爲主，雖意遠語踈，皆爲佳作。」

〔一〇〕壬辰：金天興元年（一二三二）歲次壬辰。

跋賈天升所藏段志寧山水〔一〕

蒼壁雲氣湧，長松風雨寒。湍流擘山出〔二〕，玉虹飲溪灣〔三〕。胸中無雲夢〔四〕，筆底無江山〔五〕。想見破墨初〔六〕，布袖蛟龍蟠〔七〕。壯觀駭心魄，萬象本自閑〔八〕。寒齋靜相對，遠意空追攀〔九〕。

【注】

〔一〕賈天升：其人不詳。段志寧：畫家。生平不詳。

〔二〕擘：分開。

〔三〕「玉虹」二句：宋沈括《夢溪筆談》卷二一《異事》：「世傳虹能入溪澗飲水，信然。熙寧中，予使契丹，至其極北黑水境……是時新雨霽，見虹下帳前澗中。……兩頭皆垂澗中。」句謂澗溪環山繞流，其上水氣狀如玉虹。

〔四〕胸中雲夢：漢司馬相如《子虛賦》：「彷徨乎海外，吞若雲夢者八九於其胸中，曾不蔕芥。」後常指胸懷萬物。

〔五〕「筆底」句：形容畫家氣吞山河。

〔六〕破墨：中國山水畫中一種渲染水墨的技法。即以水破濃墨而成淡墨，濃淡相間，來顯示物象的界限輪廓，以求墨采的生動。

〔七〕「布袖」句：形容畫家用筆連貫迅疾，筆走龍蛇之態。

〔八〕自閑：悠閑自得。

〔九〕遠意：高遠的意趣。追攀：追隨，跟隨。

曹用之 一首

用之，歸德人〔一〕。幼有賦聲〔二〕，屢中甲乙〔三〕，詩亦有功。嘗戲作鬼仙語云：「瀏瀏竹間雨，熒熒窗下燈。相逢不相顧，含淚過巴陵。」詩有本事，中山楊正卿能道所以然〔四〕。真人作鬼語也。

【注】

〔一〕歸德：府名，金時屬南京路。治今河南省商丘市。

〔二〕賦聲：善於辭賦的名聲。金代科舉考試特重賦，往往以此定取黜。故士人習舉業多致力於此，謂之「時文」。有賦聲，即指在各級舉試中名聲較大。

〔三〕甲乙：猶言數一數二。

〔四〕中山：祁州古爲中山國。楊正卿：楊果，字正卿，號西庵，祁州蒲陰（今河北省安國市）人，金哀宗朝進士。歷任縣令，以清廉幹練著稱。入元後，官至參知政事，出爲懷孟路總管。著有《西庵集》。

憶舊

花鳥巡檐喚曉晴，喚來和氣滿春城。春風二十年前客，煮酒青梅也後生〔一〕。

【注】

〔一〕煮酒青梅：以青梅爲佐酒之物的節令性飲宴活動。古人春末夏初時，喜用青梅、青杏煮酒，取其新酸醒胃。宋晏殊《訴衷情》：「青梅煮酒鬭時新，天氣欲殘春。」後生：年輕人。

趙達夫 二首

達夫，太原人。性嗜讀書，而不事科舉。南渡後，居緱氏山中〔一〕，安貧守分，故終世窮悴〔二〕。壬辰之兵〔三〕，遇害。

【注】

〔一〕緱氏山：山名。在河南省偃師縣。

〔二〕窮悴：困頓憔悴。

〔三〕壬辰之兵：金哀宗天興元年（一二三二）蒙古軍圍汴京。

紅梅

西湖句好已成塵〔一〕，蠟點都能幾許春〔二〕。乞與瓊兒薄梳洗，才情留待月中人〔三〕。

【注】

〔一〕「西湖」句：指宋林逋《山園小梅》。

〔二〕「臘點」句：言含苞待放狀如蠟點之紅梅又能持續幾何。

〔三〕「乞與」二句：唐李商隱《燒香曲》「蜀殿瓊人伴夜深」清朱鶴齡注引《拾遺記》：「蜀先主甘后玉質柔肌，先主置於白綃帳中，如月下聚雪。」二句以美女喻紅梅綻放後由紅變白之狀，謂到那時再賦詩贊頌其脱洗黤妝後的天生麗質。

柳

楊柳攙春不耐秋〔一〕，十分憔悴儘風流。水邊沙際風煙冷，收拾殘陽合暮愁。

【注】

〔一〕攙：搶先，搶奪。

邢安國 二首

安國字仲祥，沁州武鄉人〔一〕。少日有賦聲。四十歲後，即不應科舉，以詩酒自娱。避亂客泌陽十餘年〔二〕。後北歸，備極艱苦，其見於詩者如此。往時李長源傳仲祥《柳花》一詩〔三〕，渠甚愛之〔四〕。今以《丹崖集》校之，與傳者不同，當是長源曾與商略之耶〔五〕？

【注】

〔一〕武鄉：金縣名，屬河東南路沁州，今山西省武鄉縣。

〔二〕泌陽：金縣名，屬南京路唐州，今河南省泌陽縣。

〔三〕李長源：李汾，字長源。

〔四〕渠：他。

〔五〕商略：商討。

楊花〔一〕

細點輕團轉復飄，隋家堤岸灞陵橋〔二〕。非綿非絮寒無用，如雪如霜暖不消。狂惹客衣知有恨，巧尋禪榻故相撩〔三〕。陂塘回首浮萍滿〔四〕，依舊春風擺翠條〔五〕。

【注】

〔一〕楊花：指柳絮。小傳所言「仲祥《柳花》」應即此詩。

〔二〕隋家堤岸：隋煬帝開運河，沿河築堤，栽柳以護之，世稱隋堤。灞陵橋：本作霸橋。《三輔黄圖·橋》：「霸橋，在長安東，跨水作橋。漢人送客至此橋，折柳贈别。」

〔三〕禪榻：禪牀。撩：挑弄；挑逗。宋王安石《半山即事》其三：「南浦東岡二月時，物華撩我有新詩。」

〔四〕浮萍：浮生在水面上的一種草本植物。葉扁平，呈橢圓形或倒卵形，表面緑色，背面紫紅色，葉下生鬚根，花白色。古人誤以爲柳絮入水化爲浮萍。蘇軾《再次韻曾仲錫荔支》：「楊花着水萬浮萍。」自注云：「柳至易成，飛絮落水中，經宿即爲浮萍。」

〔五〕翠條：指柳樹的緑色枝條。

過唐州西李口〔一〕

白沙翠竹溪上村，漁家賣魚喚行人。西風吹皺一溪水〔二〕，水光日影金鱗鱗〔三〕。

【注】

〔一〕唐州：金州名，屬南京路，今河南省唐河縣。

〔二〕「西風」句：化用南唐馮延巳《謁金門》詞句：「風乍起，吹皺一池春水。」

〔三〕金鱗鱗：形容波紋金光閃閃，像魚鱗一樣層層排列。

張温 一首

温字元佐，上黨人〔一〕。祖仲容，字才翁。宋末登科，仕至屯田員外郎，以好士名天下。致仕後有詩云：「病身衰退謝明朝，北洞閑眠晝寂寥。十畝晚禾煙冉冉，一林修竹雨瀟瀟。黑花遮眼秋不落，白雪撲頭春未消。世事悠悠吾老矣，一壺濁酒且逍遥。」至今爲鄉里所傳。元佐，泰和六年李演牓乙科登第〔二〕。詩、樂府俱有名於時。

【注】

〔一〕上黨：金縣名，屬河東南路潞州，今山西省長治市。

〔二〕李演：字巨川，任城人，泰和六年詞賦狀元。乙科：此指科考中的乙等。

感懷一首

彌月不出門〔一〕，出門沙漲東風昏。老樹擺撼轟雷奔〔二〕，鬼物叫嘯山前村〔三〕。僑居客子驚心魂，歸來繞屋尋蘭蓀〔四〕，蘭蓀落索靈苗髡〔五〕。主人醉倒老瓦盆〔六〕，衣袖半帶淋漓痕〔七〕。芸芸蕭艾同歸根〔八〕，天生天殺何怨恩〔九〕。糟牀與翁共清渾〔一〇〕，絶勝被髮叫帝閽〔一一〕。

【注】

〔一〕彌月：整月。

〔二〕擺撼：摇動。轟雷：喻風聲。

〔三〕鬼物：喻指令人怪異驚懼的事物。唐杜甫《奉漢中王手札》：「夷音迷咫尺，鬼物倚朝昏。」仇兆鰲注：「夷音、鬼物，厭蠻俗之醜惡。」

〔四〕蘭蓀：一種香草，即菖蒲。多年生水生草本植物，有香氣，可入藥。《文選·沈約·和謝宣城》：「昔賢侔時雨，今守馥蘭蓀。」劉良注：「蘭蓀，香草也。」宋沈括《夢溪筆談·辯證一》：「香草之類，大率多異名，所謂蘭蓀，蓀即今菖蒲是也。」民間在端午節常與艾葉紮束，掛在門前，用以驅鬼避邪。

〔五〕落索：稀少。靈苗：指傳説中的仙草。晉王嘉《拾遺記・炎帝神農》：「神芝發其異色，靈苗擢其嘉穎。」髡：光禿貌。

〔六〕老瓦盆：陳舊的陶製酒器。杜甫《少年行》其一：「莫笑田家老瓦盆，自從盛酒長兒孫。」

〔七〕淋漓：沾濕或流滴貌。唐韓愈《醉後》：「淋漓身上衣，顛倒筆下字。」

〔八〕「芸芸」句：本《老子》：「夫物芸芸，各復歸其根。歸根曰靜。」芸芸：衆多貌。蕭艾：艾蒿，臭草。歸根：歸於本原，返其本初。句言蘭蓀與蕭艾不分香臭，會同歸於死。

〔九〕「天生」句：言天生之，天殺之，又何必以香臭好壞爲標準而爲蘭蓀喊冤叫屈呢！

〔一〇〕糟牀：榨酒的器具。清渾：清澈和渾濁。指好酒與劣酒。

〔一一〕「絶勝」句：《尚書》卷五一載：莊公既殺渾良夫，夢于北宫見人登昆吾之觀，被髮北面而譟曰：「余爲渾良夫，叫天無辜。」被髮：謂髮不束而披散。帝閽：天門，天帝的宫門。絶勝：遠遠超過。

馬舜卿　一首

舜卿名肩龍，以字行，宛平人〔一〕。先世遼大族，有知興中府者〔二〕，故又號興中馬氏。祖大中，國初登科，節度全、錦兩州〔三〕。父成誼，字宜之，張楫牓登科〔四〕，京兆路統軍司判官。舜卿在太學，有賦聲。宣宗初，人有告宗室從坦殺人〔五〕。從坦，字履道。一時賢將帥，處猜嫌之地〔六〕，人以爲必死而不敢言其冤。舜卿以太學生上書，大略謂：從坦有將帥材，方今人物無有出其右者。臣一介書生，無用於世，願代從坦死，留爲天子將兵。書奏，詔問：「汝與從坦交分厚耶〔七〕？」舜卿對：「臣知有從坦，而從坦未嘗識臣。從坦冤，人不敢言，臣以死保之。」宣宗感悟，赦從坦，授舜卿東平録事〔八〕，委行臺試驗〔九〕。宰相侯莘公與之語不契〔一〇〕，留數月罷歸。將渡河，與排岸官紛競〔一一〕，篋中搜得軍馬糧料名數及利害事目，疑其姦人之偵伺者〔一二〕，繫歸德獄根勘〔一三〕。適從坦至，立命出之。正大四年冬，薄游鳳翔〔一四〕，德順州將愛申以書招舜卿〔一五〕。舜卿欲往鳳翔，總管以「敵兵勢甚張，吾城可恃，德順不可守」勸勿往〔一六〕。舜卿曰：「愛申平生未嘗識我，一見爲知己。我知德順不可守，我往必死。然以知己故，不得不死也。」乃舉行橐付族父，明之爲死别，冒險而去。既至，不數日受圍，城中義兵七、八千而已。州將假舜卿鳳翔總管判官，守禦一以委之。凡受攻百日，食盡乃陷。軍中募生致之，不知所終。時年五十三。詔贈某官，配食褒忠廟〔一七〕。舜卿年少時過襄垣〔一八〕，題詩酒家壁，辭氣縱横，時輩少有及者。如云：「玉鞭再過長安道，人面依前似花好。殷勤勸我梨花春〔一九〕，要看尊前玉山倒〔二〇〕。」他語類此。

【注】

〔一〕宛平：金縣名，屬中都路大興府，今北京市。

〔二〕興中府：遼府名，今遼寧省朝陽市。

〔三〕全錦：即全州和錦州。全州：金州名，屬北京路興中府。錦州：金州名，屬北京路，今遼寧省錦州市。

〔四〕張楫：明昌五年狀元。

〔五〕從坦：字履道，宗室子。大安中，充尚書省祗候郎君。貞祐年間改輝州刺史，權河平軍節度使、孟州經略使。興定二年，蒙古兵至平陽，城破，自殺。贈昌武軍節度使。《金史》卷一二二入《忠義傳》。

〔六〕猜嫌：猜忌嫌怨。唐司空曙《送鄭明府貶嶺南》：「猜嫌成謫宦，正直不防身。」

〔七〕交分：交情。

〔八〕東平：金府名，屬山東西路，治今山東省東平縣。

〔九〕行臺：此指行省，尚書省派出機構。

〔一〇〕侯莘公：侯摯，貞祐四年行省於東平。契：相合，默契。語不契：意見不合，談話不和。

〔一一〕紛競：發生爭端。

〔一二〕偵伺：窺探，伺望。

〔一三〕歸德：府名，金時屬南京路。治今河南省商丘市。根勘：徹底查究。

〔一四〕薄遊：漫遊。鳳翔：金路、府名，治今陝西省鳳翔縣。

〔一五〕德順：金州、軍名。皇統二年升德順軍，治隴平縣，在今寧夏隆德縣。愛申：《金史》本傳：「（愛申）累功遷軍中總領。李文秀據秦州，宣宗詔鳳翔軍討之，軍圍秦州城。時愛申在軍中，有罪當死。宣宗問之樞帥，有知其名者，奏此人將帥材，忠實可倚。宣宗命馳赦之，以爲德順節度使、行元帥府事。正大四年春，大兵西來，擬以德順爲坐夏之所。德順無軍，人甚危之。愛申識鳳翔馬肩龍舜卿者可與謀事，乃遺書招之。」

〔一六〕總管：薩哈喇國鑑。《金史·愛申傳》：「肩龍得書，欲行。鳳翔總管薩哈喇國鑑以『大兵方進，吾城可恃，德順决不可守』，勸勿往。」

〔一七〕褒忠廟：金正大二年，哀宗下詔爲抗擊蒙古陣亡將領所立廟宇。《金史·哀宗紀》：「詔有司爲死節士十有三人立褒忠廟。」《金史·忠義傳·馬慶祥》：「正大二年，哀宗詔褒死節士，若馬習禮吉思、王清、田榮、李貴、王斌、馮萬努、張德威、高行中、程濟、姬玘、張山等十有三人，爲立褒忠廟。」

〔一八〕襄垣：金縣名，屬河東南路潞州，今山西省襄垣縣。

〔一九〕梨花春：酒名。因以梨花開時釀成，故名。白居易《杭州春望》：「紅袖織綾誇柿蔕，青旗沽酒趁梨花。」自注：「其（杭州）俗釀酒，趁梨花時熟，號爲『梨花春』。」

〔二〇〕玉山倒：形容人酒醉欲倒之態。典出《世説新語·容止》：「嵇叔夜之爲人也，岩岩若孤松之獨立；其醉也，傀俄若玉山之將崩。」嵇叔夜，即嵇康。

會州道中〔一〕

山腰薄雪眩朝暾〔二〕，未放陽和入燒痕〔三〕。一片長安世情月〔四〕，梨花院落幾黄昏〔五〕。

【注】

〔一〕會州，金州名，治今甘肅省會寧縣。

〔二〕眩：眼昏發花。朝暾：早晨的太陽。

〔三〕陽和：春天的暖氣。燒痕：野火的痕跡。蘇軾《正月二十日往岐亭》：「稍聞決決流冰谷，盡放青青没燒痕。」

〔四〕世情：勢利。

〔五〕梨花院落：指富貴之家。宋晏殊《寓意》：「梨花院落溶溶月，柳絮池塘淡淡風。」

△諸相

劉曹王豫 七首

豫字彦由，阜城人〔一〕。仕宋知濟南府事。汴京下，立張邦昌爲大楚皇帝〔二〕。宋滅楚，更立彥由，國號齊，建元阜昌〔三〕。八年〔四〕，廢爲蜀王〔五〕，遷黄龍府〔六〕，改封曹。有集十卷行于世。二子麟、猊。孫通，海陵朝參知政事。四世孫瑛，今在太原。

【注】

〔一〕阜城：金縣名，屬河北東路景州，今河北省阜城縣。

〔二〕「汴京」二句：天會五年，宗望軍圍汴，宋少帝請割三鎮地及輸歲幣納質修好。於是邦昌爲宋太宰與肅王樞俱爲質……宗翰、宗望復伐宋，執二帝以歸。劉彥宗乞復立趙氏，太宗不許。宋吏部尚書王時雍等請邦昌治國事。天會五年三月，立邦昌爲大楚皇帝。

〔三〕阜昌：天會八年，金朝建立傀儡政權，國號大齊，立叛宋降金的濟南知府劉豫爲皇帝，年號阜昌。天會十五年廢。

〔四〕八年：即阜昌八年，金天會十五年。

〔五〕廢爲蜀王：《金史·熙宗傳》：「天會十五年十一月丙午，廢齊國，降封劉豫爲蜀王，詔中外。」

〔六〕黄龍府：遼府名，屬龍州。遼太祖時有黄龍見，遂名黄龍府。金稱隆州，天眷三年改稱濟州。今吉林長春市農安縣。一説遷於臨潢府。《金史·劉豫傳》：「遂遷豫家屬於臨潢府。」臨潢府，遼稱北京，治所在今古蒙古巴林左旗附近。

雜詩 六首

竹塢人家瀕小溪〔一〕，數枝紅杏出疏籬。門前山色帶煙重，幽鳥一聲春日遲。

【注】

〔一〕竹塢：竹舍，竹樓。

又

風荷柄柄弄清香〔一〕，輕薄沙禽落又翔〔二〕。紅日轉西漁艇散〔三〕，一川山影暮天涼。

【注】

〔一〕柄柄：一柄又一柄。

〔二〕輕薄：輕巧。沙禽：沙洲或沙灘上的水鳥。

〔三〕漁艇：小型輕快的漁船。

又

古渡停驂日向沉〔一〕，淒涼歸思梗清吟〔二〕。碧山幾點塞天闊，紅葉一林秋意深。

【注】

〔一〕古渡：古老的渡口。驂：泛指馬或馬車。

〔二〕歸思：回鄉歸家的念頭。梗：阻塞，妨礙。清吟：清雅的吟誦。

又

倚巖蕭寺據危崖〔一〕，丈室軒窗面水開。雪霽暮寒山月上，數竿修竹一枝梅。

【注】

〔一〕蕭寺：稱佛寺。典自唐李肇《唐國史補》卷中：「梁武帝造寺，令蕭子雲飛白大書『蕭』字，至今一『蕭』字存焉。」後因稱佛寺爲蕭寺。

又

畫色晴明着色圖〔一〕，山光凝翠接平湖。煙嵐自古人難畫〔二〕，遠即深深近卻無〔三〕。

【注】

〔一〕晴明：晴朗，明澈。

〔二〕煙嵐：山間蒸騰起來的霧氣。

〔三〕「遠即」句：化用唐韓愈《早春呈水部張十八員外二首》：「天街小雨潤如酥，草色遥看近卻無。」

又

寒林煙重暝棲鴉〔一〕，遠寺疏鐘送落霞。無限嶺雲遮不斷，數聲和月到山家。

【注】

〔一〕寒林：秋冬的林木。

客館

雪消北嶺安排暖〔一〕，寒入東風阻節春〔二〕。絶塞亂山圍古驛〔三〕，他時説着也愁人。

【注】

〔一〕安排：布置。

〔二〕阻節：阻攔遲延。

〔三〕絶塞：極遠的邊塞地區。唐駱賓王《晚度天山有懷京邑》：「交河浮絶塞，弱水浸流沙。」

杜丞相充 一首

充字公美，相州人〔一〕。仕宋知滄州〔二〕。歸國拜尚書右丞相，領中山行臺〔三〕，以壽終。

【注】

〔一〕相州：宋代州名，金時改稱彰德郡、彰德府。治今河南省安陽市。

〔二〕滄州：州名，宋代屬河北東路，今河北省滄州市。

〔三〕中山行臺：天眷二年，金人以河南之地與宋，行臺移定州，帥府在祁州，祁州古爲中山國，故稱。

塵

汩汩勞生爲爾忙〔一〕，只除不到白雲鄉〔二〕。步回洛浦生羅襪〔三〕，歌斷秦樓蔌杏梁〔四〕。閑撲衣襟迷遠望〔五〕，静穿窗隙鎖斜陽。帝城别有風流在〔六〕，輦路春風十里香〔七〕。

【注】

〔一〕汩汩：水急流貌。喻時光流逝。勞生：指辛苦勞累的生活。《莊子·大宗師》：「夫大塊載我以形，勞我以生，佚我以老，息我以死。」

〔二〕只除：猶除非。白雲鄉：仙鄉。《莊子·天地》：「乘彼白雲，游於帝鄉。」

〔三〕「步回」句：用洛神典故。三國魏曹植《洛神賦》：「休迅飛鳧，飄忽若神。凌波微步，羅襪生塵。」

〔四〕秦樓：秦穆公爲其女弄玉所建之樓。亦名鳳樓。杏梁：文杏木所製的屋梁。宋毛滂《遣隊》：「歌長漸落杏梁塵，舞罷香風拂繡茵。」《列子·湯問》：「昔韓娥東之齊，匱糧，過雍門，鬻歌假食。既去，而餘音繞梁欐，三日不絕。」

〔五〕「閑撲」句：言塵灰撲衣遮迷視野。

〔六〕帝城：京都，皇城。

〔七〕輦路：天子車駕所經的道路。宋陸游《韓太傅生日》：「珥貂中使傳天語，一片驚塵飛輦路。」

虞令公仲文 一首

仲文字質夫，世南之裔〔一〕，武州寧遠人〔二〕。仕爲遼相，歸朝授樞密使平章政事，封秦國公。四歲作詩，《賦煎餅》有「魚目蟬聲」之句，人以神童目之。

【注】

〔一〕世南：虞世南，字伯施，越州餘姚人。唐高宗時官至秘書監。謚文懿。《舊唐書》卷七二。

〔三〕寧遠：遼縣，鎮名，金稱寧縣，屬西京路武州。今山西省神池縣。

雪花　四歲作

瓊英與玉蕊〔一〕，片片落前池。問着花來處，東君也不知〔二〕。

【注】

〔一〕瓊英、玉蕊：喻雪花。

〔二〕東君：司春之神。

張丞相孝純　一首

孝純字永錫，滕陽人〔一〕。宣和末，知太原〔二〕。國兵圍〔三〕，守踰年。人相食幾盡，乃下。朝廷憐其忠，换相職。後以相齊致仕〔四〕。汴京建行臺，起爲左丞相，踰年得請，歸鄉里。二兄尚安健，鄉人爲作三老圖。薨，謚安簡。子公藥，字元石，昌武軍節度副使致仕〔五〕。孫觀，字彦國，世爲文章家。曾孫厚之，字茂弘，承安二年進士。

【注】

〔一〕滕陽：又名滕州，金州名，屬山東西路，今山東省滕縣。

〔二〕太原：金代府名，屬河東北路，治今山西省太原市。
〔三〕國兵：指金兵。
〔四〕齊：天會八年，金朝建立傀儡政權，國號大齊，立叛宋降金的濟南知府劉豫爲皇帝，年號阜昌。天會十五年廢。
〔五〕昌武軍：金南京路許州下置昌武軍。

中運使寄酒清明日到以詩謝之〔一〕

芳樽到日恰清明〔二〕，似與嘉辰默計程〔三〕。擬助林園延勝賞〔四〕，肯容桃李落繁英。老來官爵渾無味〔五〕，閑裏杯盤卻有情。見説使車臨岱麓〔六〕，倘能相過共飛觥〔七〕。

【注】
〔一〕中運使：掌税賦錢糧之官。
〔二〕芳樽：精緻的酒器。借指美酒。
〔三〕嘉辰：指清明節。
〔四〕勝賞：暢快的觀賞。
〔五〕官爵：官職和爵位。

〔六〕使車：指中運使者所乘之車。岱：山名，即泰山。《書·禹貢》：「海岱惟青州。」陸德明釋文：「岱音代，泰山也。」

〔七〕飛觥：傳杯。謂宴飲中傳遞酒杯勸酒。此詩當作於張孝純辭官歸滕州以後，中運使過泰山之麓，張氏邀其相過共飲。

張左相汝霖 一首

汝霖字仲澤，遼陽人〔一〕。家世貴顯。父浩，字浩然，以門資仕〔二〕，揚歷中外〔三〕，遂升端揆〔四〕，進拜太師，封南陽郡王。五子：仲澤，平章政事，莘國公。汝爲，字仲宣，河北東路轉運使。汝翼，仕不達，皆進士也。汝方，字仲賢，自號丹華老人；汝猷，字仲謀，俱至宣徽使〔五〕。父子兄弟各有詩傳於世。王子端内翰〔六〕，太師之外孫。其淵源有自云〔七〕。

【注】

〔一〕遼陽：府名，金時屬東京路。今遼寧省遼陽市。

〔二〕門資：猶門第。

〔三〕揚歷：指仕宦的經歷。

〔四〕端揆：宰相居百官之首，總攬國政，故稱。

〔五〕宣徽使：宣徽院官長，正三品。掌朝會、燕享、殿庭禮儀等事。

〔六〕王子端内翰：王庭筠，字子端，號黄華山主、黄華老人。大定十六年進士，仕至翰林修撰。文詞淵雅，字畫精美。《金史》卷一二六有傳，《中州集》卷三有小傳。

〔七〕淵源有自：即有根據，有來源。宋陸游《讀宛陵先生詩》：「鍛煉無遺力，淵源有自來。」

春溪一首

黯黯春愁底處消〔一〕，小桃無語半含嬌。東風不管前溪水，暖緑溶溶拍畫橋〔二〕。

【注】

〔一〕黯黯：形容心情惆悵迷惘。底處：何處。

〔二〕溶溶：水流和緩貌。畫橋：雕飾華麗的橋梁。

劉右相長言 一首

長言字宣叔，東平人〔一〕。宋相莘老之孫〔二〕，而學易先生斯立之猶子也〔三〕。父蹟，年三十五終於儀真令〔四〕。工詩能文，有《南榮集》傳東州〔五〕。今獨余家有之。宣叔正隆宰相，詩文能世其家〔六〕，今不復見矣。

【注】

〔一〕東平：金府名，屬山東西路，治今山東省東平縣。

〔二〕莘老：劉摯，字莘老，嘉祐進士，歷官尚書左丞、中書侍郎，拜尚書右僕射。《宋史》卷三四〇有傳。

〔三〕學易先生斯立：劉跂，字斯立，號學易先生。元豐二年進士，能文章。劉長言伯父。

〔四〕儀真：即宋代真州府，政和七年賜郡名曰儀真，屬淮南東路，今江蘇省儀徵市。

〔五〕東州：山東州縣。

〔六〕世其家：指能承傳其文學世家的家學。

通叔以詩送古鏡爲長言生日之壽，次韻謝之〔一〕

綵衣禄隱非臞仙〔二〕，猶有向來文字緣〔三〕。都城一别兩歲晚，寄聲勞苦常相先〔四〕。人間始生俗禮重〔五〕，而我永感方頹然〔六〕。遠憑詩句致奇物〔七〕，欲挽暮景迴虞淵〔八〕。規摹九寸函大方〔九〕，古製不作菱花妍〔一〇〕。開奩拂拭愧陋質〔一一〕，但喜虹氣浮晴天〔一二〕。夫君久要心不遷，期與鐵杖論清堅〔一三〕。保身賴此孤月圓〔一四〕，明年上印歸行田〔一五〕。

【注】

〔一〕通叔：其人不詳。古鏡：古時製作的銅鏡。

〔二〕綵衣：五彩衣服，指富貴者所服。宋沈遘《五言送徐同年謌出京》：「還家晝錦樂，拜壽綵衣榮。」禄隱：在官食禄猶能清高自隱。臞仙：稱身體清瘦而精神矍鑠的老人。句言通叔衣錦還鄉，官職清閒，年紀尚輕。

〔三〕文字緣：以文章來往而結交。

〔四〕寄聲：託人傳話，問候。

〔五〕俗禮：世俗的禮節。

〔六〕永感：謂父母雙亡，終生感傷。舊時應試或入仕，填寫履歷，父母雙亡者，即書永感項下。清俞樾《茶香室叢鈔·咸淳七年同年小録》：「每人之下載本貫某州縣、曾祖某、祖某、父某、年若干歲、某月某日某時生，或具慶下，或永感下，略如今制。」參閱元劉壎《隱居通議·雜録》。頽然：失意灰心貌。詩人之生父卒年三十五。二句言自己幼爲孤兒，没有享受到父母給兒子過節行禮等厚愛，深以爲憾。

〔七〕奇物：稀奇之物。此處指古鏡。

〔八〕「欲挽」句：用「魯陽揮戈」典。《淮南子·覽冥訓》：「魯陽公與韓構難，戰酣，日暮，援戈而撝之，日爲之退三舍。」後多用作回天駐日或珍惜光陰的典故。虞淵：亦稱「虞泉」。傳説爲日没處。

《淮南子·天文訓》：「日至於虞淵，是謂黄昏。」

〔九〕規摹：即規模。指鏡面的大小。函：指裝古鏡的匣子。

〔一〇〕菱花：指菱花鏡。句謂此鏡非菱花形狀，據詩末「保身賴此孤月圓」句，可知爲圓形。

〔一一〕陋質：指面容醜陋，老態龍鍾。

〔一二〕虹氣：舊指天地的精氣。

〔一三〕鐵杖：鐵手杖。句出蘇軾《樂全先生生日以鐵拄杖爲壽》其一詩句：「每向銅人話疇昔，故教鐵杖鬬清堅。」二句言只要友人堅守願望，執著不移，自己將來一定會與之拄鐵杖，一起談論清閒之趣及保健之術。

〔一四〕孤月圓：指友人所送之古鏡。

〔一五〕上印：上繳官印。行田：巡視農田。《晉書·王羲之傳》：「比當與安石東游山海，並行田視地利，頤養閑暇。」唐張又新《行田詩》：「欲追謝守行田意，今古同憂是長人。」句謂辭官歸田。

右相文獻公耶律履 一首

履字履道，東丹王之七世孫〔一〕。學通《易》《太玄》〔二〕，至於陰陽曆數，無不精究。嘗以鄉賦一試有司〔三〕，以露索爲恥〔四〕，遂不就舉〔五〕。蔭補國史掾，興陵朝累遷薊州刺史〔六〕。入翰林，爲修撰，歷直學士、待制，禮部尚書。特賜孟宗獻牓進士第〔七〕。俄預淄王定册功〔八〕，拜參知政事。明昌元年進右丞，薨。年六十一。興陵嘗問宋名臣孰爲優，履道以蘇端明軾對〔九〕。上曰：「吾聞軾與王詵交甚款〔一〇〕，至作歌曲戲及姬侍，非禮之甚。尚何足道耶？」履道進曰：「小説傳聞，未必可信。就使有之，戲笑之間，亦何得深責。世徒知軾之詩文人不可及，臣觀其論天下事實，經濟之良才，求之古人，陸贄而下〔一一〕，未見其比。陛下無信小説傳聞〔一二〕，而忽賢臣之言。」明日録軾奏議上之，詔國子監刊行〔一三〕。自號忘言居士，有集傳於世。三子：辨才，武廟署令；善才，工部尚書；楚才，中書令。四孫：鈞，鉉，鏞，鑄。

【注】

〔一〕東丹王：耶律倍，遼太祖耶律阿保機的長子。自幼聰敏好學，文武全才，善騎射和謀略，推崇中原漢族的儒家文化。後被迫讓位于弟，浮海投奔後唐。其子耶律阮（遼世宗）即位後被追尊爲帝。事見《遼史》卷七二。

〔二〕易：指《易經》。太玄：指漢揚雄所著《太玄經》。

〔三〕鄉賦：猶鄉貢。杜甫《奉贈鮮于京兆二十韻》：「學詩猶孺子，鄉賦念嘉賓。」仇兆鼇注：「鄉賦，謂鄉舉。」有司：官署。古代設官分職，各有專司，故稱。

〔四〕露索：露出身體被人搜查。《漢書·蕭望之傳》：「吏民當見者，露索去刀兵，兩吏挾持。」顏師古

注：「索，搜也。露形體而搜也。」古代舉子入試場，需要搜身，以防作弊。

〔五〕就舉：指參加科舉考試。

〔六〕興陵：金世宗完顔雍。薊州：金州名，屬中都路，今天津市薊縣。

〔七〕孟宗獻：大定三年詞賦狀元。

〔八〕淄王定册：指徒單克寧請立章宗事。《金史·徒單克寧傳》載：金世宗大定二十四年，皇上幸上京，皇太子守國。司徒兼樞密使徒單克寧與左丞相守道俱留中都輔太子。時皇太子薨於京師。徒單克寧嚴飭宫衛，謹護皇孫。世宗還京師後，克寧請立金源郡王爲皇太孫，以係天下之望。二十九年正月，世宗崩於福安殿，克寧等宣遺詔立皇太孫爲皇帝，是爲金章宗。淄王：徒單克寧，亦作圖克坦克寧。女真族。章宗時進拜太傅，兼尚書令。明昌二年，克寧屬疾，章宗往視之。榻前拜太師，封淄王，加賜甚厚。《金史》卷九二有傳。定册：古時尊立天子，書其事於簡册，以告宗廟，因稱大臣等謀立天子爲「定册」。

〔九〕蘇端明軾：蘇軾，嘉佑二年進士，累官至端明殿學士兼翰林院侍讀學士，禮部尚書。

〔一〇〕王詵：字晉卿，祖籍太原。宋神宗熙寧二年娶公主，爲駙馬都尉。喜愛書畫，收藏甚豐。亦作畫，以山水見長。與蘇軾友善，唱和之作頗多。

〔一一〕陸贄（七五四——八〇五）：字敬輿，吴郡嘉興（今浙江嘉興）人。唐代政治家，文學家。大曆八年進士，任職翰林學士，甚得德宗信任，大小之事，皆與之商量，人稱「内相」。貞元八年出任宰相，指陳時弊，極言進諫，提出許多善策，力挽唐朝危局。新、舊唐書有傳。

〔二〕小説：謂偏頗瑣屑的言論。《莊子·外物》：「飾小説以干縣令，其於大達亦遠矣。」

〔三〕國子監：教育管理機構和最高學府。《金史·選舉一》：「凡養士之地曰國子監，始置於天德三年，後定制，詞賦、經義生百人，小學生百人，以宗室及外戚皇后大功以上親、諸功臣及三品以上官兄弟子孫年十五以上者入學，不及十五者入小學。」

史院從事日感懷〔一〕

不學知章乞鑑湖〔二〕，不隨老阮醉黄壚〔三〕。試從麟閣諸賢問〔四〕，肯屑蘭臺小史無〔五〕。一戰得侯輸妄尉〔六〕，長身奉粟愧侏儒〔七〕。禁城鐘定燈花落〔八〕，坐拊塵編惜壯圖〔九〕。

【注】

〔一〕史院從事：國史院低層官吏。《中州集》卷一〇李汾小傳：「元光末，用薦書得從事史館。舊例史院有監修，宰相爲之。同修，翰長至直學士兼之。編修官專纂述之事。若從事，則職名謂之書寫，特抄書小史耳。凡編修官得日録，分受之。纂述既定，以藁授從事，從事録潔本呈翰長。」詩作於初入仕途「蔭補國史掾」時。

〔二〕「不學」句：用賀知章典故。賀知章，字季真。越州永興（今浙江省杭州市蕭山區）人。武則天證聖元年進士，歷任禮部侍郎、秘書監、太子賓客等。天寶二年，賀知章以年老請爲道士歸鄉里，玄宗詔許，並賜鑒湖剡川。

〔三〕「不隨」句：用阮籍典故。阮籍嗜酒，曾與嵇康、王戎等飲於黄公酒壚。《世説新語·傷逝》：王戎乘軺車，經黄公酒壚下過，顧謂後車客：「吾昔與嵇叔夜、阮嗣宗共酣飲於此壚。」

〔四〕麟閣：麒麟閣。漢代閣名，在未央宫中。漢宣帝時曾圖霍光等十一功臣像於閣上，以表揚其功績。封建時代多以畫像於「麒麟閣」表示卓越功勳和最高的榮譽。

〔五〕蘭臺：漢代宫廷藏書處。東漢時班固爲蘭臺令史，受詔撰《光武本紀》，故史官亦稱「蘭臺」。唐代秘書省改稱蘭臺，「掌經籍圖書，監國史，令著作、太史二局」。參見《通典·職官八·秘書監》。句言不屑于爲史院從事之職。

〔六〕「一戰」句：用「李廣不侯」典故，用以慨歎功高不爵，命運乖舛。漢名將李廣抗擊匈奴，戰功顯赫，卻不見封侯，而他的部下因軍功而封侯的人很多。《漢書·李廣傳》：「廣與望氣王朔語云：『自漢擊匈奴，廣未嘗不在其中。而諸妄校尉已下，材能不及中，以軍功取侯者數十人。廣不爲後人，然終無尺寸功以得封邑者，何也？』」顔師古注引張晏曰：「妄猶凡也。」妄尉：才能平庸的低級軍官。

〔七〕「長身」句：用東方朔借侏儒邀官事。東方朔語漢武帝：「侏儒長三尺餘，奉一囊粟，錢二百四十。臣朔長九尺餘，亦奉一囊粟，錢二百四十。侏儒飽欲死，臣朔飢欲死。臣言可用，幸異其禮，不可用，罷之，無令但索長安米。」事見《漢書・東方朔傳》。

〔八〕禁城：宫城。燈花：燈心餘燼結成的花狀物。

〔九〕塵編：指古舊之書。壯圖：壯志。

張平章萬公 一首

萬公字良輔，東阿人〔一〕。正隆二年進士，仕長山令〔二〕，有惠政，人爲立祠。入爲右司員外郎，太師淄王愛之〔三〕，許以宰相器〔四〕。明昌初，累遷御史中丞，以言事忤旨〔五〕，除彰國軍節度使〔六〕。召爲大興尹〔七〕，拜參知政事。以母老丐歸養〔八〕，出判東平、河中、濟南〔九〕。丁内艱〔一〇〕，起復，擢平章政事，封壽國公。爲相知大體，有敦庬耆艾之目〔一一〕。既致政，而眷顧未衰〔一二〕，復起判濟南，安撫山東，便宜行事〔一三〕。未幾得請，薨於家，謚文貞。繪像衍慶宫〔一四〕，配享章宗廟廷。

【注】

〔一〕東阿：金縣名，屬山東西路東平府，今山東省東阿縣。

〔二〕長山：金縣名，屬山東東路淄州，今山東省鄒平縣東。

〔三〕淄王：徒單克寧，亦作圖克坦克寧。本名習顯、錫馨。女真族。章宗時進拜太傅，兼尚書令。明昌二年，克寧屬疾，章宗往視之。榻前拜太師，封淄王，加賜甚厚。《金史》卷九二有傳。

〔四〕宰相器：宰相的才能和氣度。《漢書·何武傳》：「初，武爲郡吏時，事太守何壽。壽知武有宰相器，以其同姓故厚之。」

〔五〕言事：指諫立后事。元好問所作《平章政事壽國張文貞公神道碑》：「元妃李氏有寵，上欲立爲后，臺諫以爲不可。……及對，云云。明日，出公爲彰德軍節度使兼應州管内觀察使。」見《遺山集》卷一六。忤旨：違背、違反、不順從皇帝旨意。

〔六〕彰國軍：《金史·地理上》西京路下：「應州，下，彰國軍節度使。」今山西省應縣。

〔七〕大興：金府名，屬中都路，治今北京市大興區。

〔八〕歸養：回家奉養父母。《史記·魏公子列傳》：「父子俱在軍中，父歸；兄弟俱在軍中，兄歸；獨子無兄弟，歸養。」

〔九〕東平：金府名，屬山東西路，治今山東省東平縣。河中：金府名，屬河東南路，治今山西省永濟市。濟南：金府名，屬山東東路，治今山東省濟南市。

〔一〇〕内艱：舊時遭母喪稱「内艱」。

〔一一〕敦庬：敦厚樸實。漢王充《論衡·自紀》：「没華虚之文，存敦庬之樸。」耆艾：年長者。古六十謂「耆」，五十謂「艾」。

〔一二〕眷顧：垂愛，關注。

〔三〕便宜：謂斟酌事宜，自行决斷處理。

〔四〕衍慶宫：金代宫殿名。世宗大定間，於衍慶宫聖武殿之左右廡圖繪二十位功臣像，頒詔表彰功臣。

戊戌二月中旬登稷山清榭〔一〕

問囚推案朝還暮，危坐不知春淺深〔二〕。今日檐間看風色，一株紅杏暗驚心〔三〕。

【注】

〔一〕戊戌：金世宗大定十八年（一一七八）歲次戊戌。稷山：縣名，境内有稷山，故名。金屬河東南路絳州，今山西省稷山縣。榭：建在高臺上的木屋。多爲遊觀之所。《書·泰誓上》：「惟宫室臺榭。」孔傳：「土高曰臺，有木曰榭。」時張萬公任大理評事，或曾往稷山縣審理獄訟，故有此作。

〔二〕危坐：端坐，正身而坐。

〔三〕驚心：謂看到節物變化時光流逝感到驚懼或震動。宋張耒《傷春》其四：「高樓春晝獨驚心，白日閑雲亦自陰。」

董右丞師中　一首

師中，字紹祖，邯鄲人〔一〕，後徙洺州〔二〕。皇統九年進士。承安中，入政府〔三〕，直道自立〔四〕，而以通材濟之〔五〕。泰和初，元妃李氏方寵幸，兄喜兒爲宣徽使，有楊國忠之權〔六〕。一日，德州教授田庭方上書言事，云：「大臣持禄〔七〕，近臣怙寵〔八〕。此言路之所以塞也。」道陵顧謂紹祖言〔九〕：「大臣持禄，當謂公等；近臣怙寵者爲誰？」時喜兒侍立殿上，紹祖倒笏指之〔一〇〕，曰：「莫非謂李喜兒之屬否？」上頷之〔一一〕。紹祖嘗言：「作宰相不難，但一心正，兩眼明，足矣。」少日以詼諧得名〔一二〕，及在相位，亦未嘗廢談笑，然不害其爲國朝名相也。俄致政，賜第京師。後三年薨。有《燕賜邊部詩》傳於世。紹祖師王内翰彦潛〔一三〕，而與之同牓登科。彦潛没後，待其子恩禮殷重〔一四〕，不減骨肉。論者謂孫鐸振之事其兄明之、張轂伯英愛其弟伯玉〔一五〕，舉世無與爲比。至於紹祖之待其師之子，則古所未有也。有《漳川集》傳於家。

【注】

〔一〕邯鄲：金縣名，屬河北西路磁州，今河北省邯鄲市。

〔二〕洺州：金州名，屬河北西路，治今河北省永年縣東。

〔三〕政府：唐宋時稱宰相治理政務的處所。後泛指國家權力的執行機關，即國家行政機關。《資治通鑑·唐宣宗大中二年》：「前鳳翔節度使石雄詣政府自陳黑山、烏嶺之功，求一鎮以終老。」胡三省注：「政府，即謂政事堂。」

〔四〕直道：正直之道。《韓非子·三守》：「然則端言直道之人不得見，而忠直日疏。」

〔五〕通材：即通才。指學識廣博兼備多種才能的人。《六韜·王翼》：「通才三人，主拾遺補過，應對賓客，議論談語，消患解結。」

〔六〕楊國忠：本名楊釗，蒲州永樂人，楊貴妃族兄。楊貴妃受寵唐玄宗以後，楊國忠飛黄騰達，升任宰相，專權跋扈。其與安禄山的矛盾，直接導致了「安史之亂」的爆發。新、舊唐書有傳。

〔七〕持禄：保持禄位。猶言尸位素餐。《晏子春秋·問下十三》：「士者持禄，遊者養交，身之所以危也。」

〔八〕怙寵：倚仗恩寵。《後漢書·朱暉傳》：「恃勢怙寵之輩，漁食百姓。」

〔九〕道陵：金章宗廟號。

〔一〇〕笏：古代臣朝見君時所執的狹長板子，用玉、象牙、竹木製成，用以記事。也叫手板。後世惟品官執之。《禮記·玉藻》：「凡有指畫於君前，用笏；造受命於君前，則書於笏。」

〔一一〕頷：點頭。表示允諾、贊許、領會等意。《左傳·襄公二十六年》：「逆於門者，頷之而已。」楊伯峻注：「頷《説文》引作頜，云『低頭也』，即今點頭。」

〔二〕詼諧：談吐幽默風趣。

〔三〕王内翰彦潛：王彦潛，皇統九年詞賦狀元。大定七年，永成封瀋王，以太學博士王彦潛爲府文學，永成師事之。後爲翰林待制、直學士等。

〔四〕恩禮：舊謂尊上對下的禮遇。殷重：懇切深厚。

〔五〕孫鐸振之：孫鐸，字振之，恩州（今山東省平原縣）人。大定十三年進士。明昌中，擢户部尚書，遷尚書右丞。薨贈太子太師。《金史》卷九九有傳，《中州集》卷九有小傳。張瑴伯英：張瑴，字伯英，臨潁（今河南省臨穎縣）人。大定二十八年進士。仕至河南路轉運使。天性孝友，古所謂博雅君子者。《金史》卷一二八有傳，《中州集》卷八有小傳。

自臨洮還〔一〕

臨潭仍是漢家城〔二〕漢家城，在臨潭，羌人所稱。積石相望十驛程〔三〕。西略河源東并海〔四〕，此身何地不經行紹祖之孫濟剛記此詩，末句又作「塵埃風雨歎勞生」。

【注】

〔一〕臨洮：金路府名。治今甘肅省臨洮縣。

〔二〕臨潭：金縣名，屬臨洮路洮州，今甘肅省臨潭縣。

〔三〕積石：金縣名，屬臨洮路洮州，今甘肅省積石縣。驛程：驛站之間的里程。

〔四〕略：界。接界；接連。河源：指黄河的源頭。

孫太師鐸 一首

鐸字振之，恩州人〔一〕。大定十三年進士。明昌中，擢户部尚書。時已有相望〔二〕，及考滿〔三〕，以户曹繁重，且未有可代者，特旨進一官再任〔四〕。而同列二人〔五〕，俱以入相矣。惟振之賀席中，戲舉青州老柏院布衣張在詩云〔六〕：「南隣北里牡丹開，公子王孫去不回。惟有庭前老柏樹，春風來似不曾來。」爲御史所劾〔七〕，降授同知河南府事。有以詩送之者云：「想到洛陽春正好，南隣北里牡丹開。」聞者皆大笑。振之後入政府〔八〕，遷尚書右丞。薨，贈太子太師。作詩甚多，其《賦玉簪》有「披拂秋風如有待，裴回凉月更多情」之句，甚爲詩家所稱。

【注】

〔一〕恩州：金州名，屬大名府路。治今山東平原縣。

〔二〕相望：作宰相的聲望。

〔三〕考滿：舊時指官吏的考績期限已滿。一考或數考爲一任，故考滿亦常爲任滿。《宋史·選舉志六》：「宋初循舊制，文武常參官各以曹務閑劇爲月限，考滿即遷。」

〔四〕特旨：帝王的特别詔令。

〔五〕同列二人：指御史中丞孫即康與刑部尚書賈鉉。泰和三年二人除參知政事。

〔六〕青州老柏院布衣張在：宋王辟之《澠水燕談録》卷七：「青州布衣張在，少能文，尤精于詩。奇蹇不遇，老死場屋。嘗題龍興寺老柏院詩云：『南鄰北舍牡丹開，年少尋芳日幾回。惟有君家老柏樹，春風來似不曾來。』」

〔七〕爲御史所劾：《金史》卷六六《完顔汴傳》載：「前時孫鐸、賈鉉俱爲尚書，鉉拜參知政事而鐸再任。對賀客誦唐張在詩，有鬱鬱意。卞劾奏之，鐸坐降黜。」

〔八〕政府：唐宋時稱宰相治理政務的處所。後泛指國家權力的執行機關，即國家行政機關。《資治通鑑·唐宣宗大中二年》：「前鳳翔節度使石雄詣政府自陳黑山、烏嶺之功，求一鎮以終老。」胡三省注：「政府，即謂政事堂。」

癸亥清明日〔一〕

倏然一室暗塵凝〔二〕，兀兀端如打坐僧〔三〕。習氣未除私自笑〔四〕，短檠還對讀書燈〔五〕。

【注】

〔一〕癸亥：泰和三年（一二〇三）歲次癸亥。

〔二〕倏然：形容無拘無束貌。暗塵：悄然久積的塵埃。
〔三〕兀兀：靜止貌。端如：猶端然。莊重貌。打坐：指僧道盤腿閉目而坐，使心入定。
〔四〕習氣：逐漸形成的習慣；習性。蘇軾《再和潛師》：「東坡習氣除未盡，時復長篇書小草。」
〔五〕短檠：矮燈架。

梁參政瑝 一首

瑝字國寶，别字瑩中，范陽人〔一〕。大定十六年進士。歷州縣，稍遷警巡使。治尚嚴肅，權貴斂跡。朝廷知其才，累試繁劇〔二〕。由中都路轉運使拜户部尚書，俄參知政事。資方正〔三〕，敢言大事。北兵動，立和議。人有笑其懦者，卒如其言。未幾，薨於位。虎賊咤曰〔四〕：「梁瑝在，族矣〔五〕。」其爲人可知。

【注】
〔一〕范陽：金縣名，屬中都路琢州，今河北省涿州市。
〔二〕繁劇：指事務繁重的官職。
〔三〕方正：指人行爲、品性正直無邪。
〔四〕虎賊：即胡沙虎。紇石烈執中，本名胡沙虎，女真人。崇慶二年，發動叛亂，自稱監國都元帥，殺衛紹王，立金宣宗。貞祐元年拜太師、尚書令、都元帥，監修國史，封澤王，世襲猛安。同年，爲元帥右監軍術虎高琪等誅殺。《金史》入逆臣傳。

〔五〕族：滅族。古代一人犯罪刑及親族的刑罰。《書・泰誓上》：「罪人以族，官人以世。」孔傳：「一人有罪，刑及父母兄弟妻子。」

留題長平驛〔一〕

秦趙均爲失霸圖〔二〕，起何殘忍括何愚〔三〕。殺降未見無禍者〔四〕，累將其能有種乎〔五〕。日暮悲風噎丹水〔六〕，夜深寒月照頭顱〔七〕山名也。快心千載杜郵劍〔八〕，人所誅耶鬼所誅。

【注】

〔一〕長平：地名，在今山西省高平市西北。秦、趙長平之戰處。

〔二〕霸圖：猶霸業。指稱霸諸侯或維持霸權的事業。

〔三〕起：白起。戰國時期秦國名將。白起率秦兵大破趙於長平，趙括走投無路，分兵突圍，終不能出，趙軍大敗，四十萬趙兵投降，白起將降兵全部坑殺。括：趙括。戰國時期趙國人，名將趙奢之子。熟讀兵書，但不曉活用，只會紙上談兵。長平之戰後期代替廉頗擔任趙軍主帥，由于指揮失誤而使趙軍全軍覆没。見《史記・廉頗藺相如列傳》。

〔四〕「殺降」句：古人有「殺降不祥」之説。《史記·李將軍列傳》：「（王）朔曰：『禍莫大於殺已降，此乃將軍所以不能得侯者也。』」

〔五〕累將：指接連任將。其：猶豈，難道。有種：謂世代相傳。種，種類。《史記·陳涉世家》：「王侯將相寧有種乎？」句針對趙括以名將趙奢之子而任將言。《史記·廉頗藺相如傳》：「藺相如曰：『王以名使括，若膠柱而鼓瑟耳。括徒能讀其父書傳，不知合變也。』」

〔六〕丹水：水名，即丹河。發源於山西省高平市趙莊丹朱嶺，沁河重要支流，流經山西省晉城市和河南省焦作市。

〔七〕頭顱：山名，在高平。《金史》卷二六「澤州」：「高平，有頭顱山，米山，丹水。」

〔八〕杜郵：古地名。在今陜西省咸陽市東。秦昭王五十年十一月，因邯鄲之戰秦軍屢敗，秦昭王遷怒白起，派人賜劍，命其自刎於杜郵。事見《史記·白起列傳》。

賈左丞益謙 一首

益謙字亨甫。本名守謙，避哀宗諱改焉〔一〕。宣宗朝參知政事，出知濟南，移鎮河中〔二〕。南渡後，召拜左丞。尋致仕，居鄭州。哀宗即位，史官乞因宣廟實録〔三〕，遂及衛紹王。初，虎賊既弑逆〔四〕，乃立宣宗。宣宗之人至謂衛王失道，天命絶之，虎實無罪，且於主上有推戴之功。獨張信甫上章言〔五〕：「虎賊大逆不道，當用宋文帝誅傅亮、徐羡之故事〔六〕。」章奏不報，爾後舉朝以大安、崇慶之事爲諱〔七〕。及是，謂亨甫大安中嘗拜御史中丞，宜知衛王事。乃差編修官一人就訪之〔八〕，亨甫知其旨，謂來者言：「知衛王，莫如我。然我聞海陵被弑，而世宗皇帝立。大定三十年，禁近能暴海陵蟄惡者〔九〕，得美仕，史官修實録誣其淫毒狠鷙，遺臭無窮。自今觀之，百可一信耶？衛王勤儉，慎惜名器，較其行事，中材不能及者多矣。吾知此而已。設欲飾吾言以實其罪，吾亦何惜餘年。」朝議偉之〔一〇〕。正大三年，年八十薨。子賢卿、頤卿、翔卿，皆以門資仕〔一一〕。今一孫仲明，在東平〔一二〕。

【注】

〔一〕避哀宗諱：避金哀宗完顏守緒諱。避諱：謂封建時代對於君主和尊長的名字，必須避免直接説出或寫出。

〔二〕河中：金府名，屬河東南路，治今山西省永濟市。

〔三〕宣廟：金宣宗完顏珣，貞祐元年（一二一三）至元光二年（一二二三）在位。實録：封建時期編年史的一種，專記某一皇帝統治時期的大事。最早見於記載的有南朝梁周興嗣等的《梁皇帝實録》，記載武帝事，已散佚，見《隋書·經籍志二》。至唐初，由史臣撰已故皇帝一朝政事爲實録成爲定制，後世沿之。

〔四〕虎賊：即胡沙虎。紇石烈執中，本名胡沙虎，女真人。崇慶二年，發動叛亂，自稱監國都元帥，殺衛紹王，立金宣宗。

〔五〕張信甫：張行中，字信甫，莒州日照（今山東省日照市）人。大定二十八年進士，歷任監察御史、左諫議大夫、吏部尚書，尚書左丞等。敢於直言進諫，遇事輒發，無所畏避。《金史》卷一〇七有傳，《中州集》卷九有小傳。

〔六〕「當用」句：南朝宋少帝劉義符行爲失當，徐羨之與同爲顧命大臣的傅亮、謝晦合謀廢殺少帝，改立宋文帝劉義隆。元嘉三年，文帝以徐羨之等廢殺少帝及廬陵王劉義真的罪名，誅殺傅亮、徐羨之、謝晦三人。傅亮：字季友，南朝宋國重臣。歷中書令、太子詹事，加散騎常侍、左光禄大夫、開府儀同三司，進爵始興郡公。徐羨之：字宗文，南朝宋重臣。官至司徒。事見《南史·宋本紀二》。

〔七〕大安、崇慶：皆衛紹王完顔永濟年號。大安從己巳（一二〇九）至辛未（一二一一），崇慶從壬申（一二一二）到癸酉（一二一三）。

〔八〕編修官一人：即元好問。事見元好問《東平賈氏千秋録後記》。

〔九〕禁近：帝王身邊。多指翰林院或官署在宫中的近侍之臣。蟄惡：隱蔽的罪惡。

〔一〇〕朝議：指朝廷的評議。

〔一一〕門資：即門蔭。

〔三〕東平：金府名，屬山東西路，治今山東省東平縣。

贈答史院從事〔一〕

見説才名自妙年〔二〕，多慚政府舊妨賢〔三〕。物華天寶無今古〔四〕，鳳閣鸞臺孰後先〔五〕。鄭圃道尊何敢望〔六〕，濟南書在子當傳〔七〕。莫言老眼昏花滿〔八〕，及見風鵬上九天〔九〕。

【注】

〔一〕史院從事：指元好問。元好問《遺山集》卷三四《東平賈氏千秋録後記》：「某不敏，常被省檄，登左丞公之門。……某初及公門，三往而後見。及見，頗賜顔色。問及時事，輒一二言之；若有當於公之心者，公移坐就之，以至接膝。留連二十許日。某獻詩云：『黄閣歸來履舄輕，天將五福畀康寧。四朝人物推耆舊，萬古清風在典刑。鄭圃亦能知有道，漢庭久欲訪遺經。帝城百里瞻依近，長傍弧南候極星。』公答云：『見説才名自妙年，多慚政府舊妨賢。物華天寶無今古，鳳閣鸞臺孰後先。鄭圃道尊何敢望，漢廷書在子當傳。莫言老眼昏花滿，及見風鵬上九天。』」元好問贈詩題爲《鄭州上致政賈左丞相公》，以「居鄭圃」的陳堯佐和傳《尚書》的伏生稱美賈益謙，賈在答詩中予以回應。

〔二〕才名自妙年：元好問少有才名。郝經《遺山先生墓銘》：「先生七歲能詩，太原王湯臣稱爲神童。」二十八歲以《箕山》、《琴臺》受到禮部尚書趙秉文的賞識，「以爲少陵以來無此作也，以書招之。于是名震京師，目爲『元才子』」。

〔三〕政府：唐宋時稱宰相治理政務的處所。後泛指國家權力的執行機關，即國家行政機關。《資治通鑑·唐宣宗大中二年》：「前鳳翔節度使石雄詣政府自陳黑山、烏嶺之功，求一鎮以終老。」胡三省注：「政府，即謂政事堂。」妨賢：謂妨礙賢者登進，此爲賈氏自謙之辭。

〔四〕物華天寶：指各種珍美的寶物。物華：萬物的精華；天寶：天然的寶物。

〔五〕鳳閣鸞臺：唐武則天時，稱門下省爲鸞臺，中書省爲鳳閣。

〔六〕「鄭圃」句：回應元好問贈詩中所言。宋陳堯佐字希元，閬中人。累官至參知政事，樞密副使。其修《真宗實録》，特除知制誥。舊制須召試，惟楊憶與堯佐不試而授。景祐中，拜相。上章求罷，出判鄭州。退居鄭圃，尤好詩什。《宋史》有傳。鄭圃：古地名，在今河南省中牟縣西南。

〔七〕「濟南」句：用伏生典故。西漢初年，文帝聞濟南伏生善治《尚書》，便派太常掌故晁錯至其家學《尚書》。伏生講授，晁錯筆録，將《尚書》整理記録下來，即傳世的今文《尚書》。「濟南書」三字，元好問《東平賈氏千秋録後記》所録賈詩作「漢庭書」，略有不同，但所指爲同一件事。

〔八〕老眼昏花：指老年人視力模糊。

〔九〕風鵬上九天：大鵬展翅，搏扶摇而上九天。典出《莊子·逍遥遊》。此處以展翅奮飛，勉勵後學，希望其有所作爲。

丞相壽國高公汝礪〔一〕一首

汝礪，字巖甫，應州金城人〔二〕。大定中進士，揚歷中外〔三〕，居户曹、三司爲最久，相宣宗十年。小心畏慎〔四〕，夙夜匪懈〔五〕。篤於古人造膝詭辭之義〔六〕，謀謨周密〔七〕，人莫得而聞。元光末，宣宗上仙〔八〕，公亦薨於位〔九〕。君臣之契，義均同體者，於斯見之。平生嗜讀書，南渡之後，機務倥傯〔一〇〕，未嘗一日廢書不觀。臨終留詩有「寄謝東門千樹柳，安排青眼送行人」之句，時年七十一。謚□，配享宣宗廟庭。至今士論謂公才量渾厚〔一一〕，足爲守成之良相〔一二〕，恨所遭不時耳〔一三〕。

【注】

〔一〕壽國：壽國公。高汝礪於興定四年三月，由平章政事進尚書右丞相，監修國史，封壽國公。見《金史·宣宗紀》。

〔二〕金城：金縣名，屬西京路應州，今山西省應縣。

〔三〕「揚歷」句：謂任職經過在朝與外任。

〔四〕畏慎：戒惕謹慎。

〔五〕夙夜匪懈：亦作「夙夜不解」。形容日夜辛勞，勤奮不懈。《詩·大雅·烝民》：「既明且哲，以保其身。夙夜匪解，以事一人。」

〔六〕造膝詭辭：促膝秘密交談，不向外透露談話内容。

〔七〕謀謨：謀劃，制定謀略。

〔八〕上仙：死亡的婉詞。多指帝王。

〔九〕公亦薨：宣宗死於元光二年十二月二十二日，汝礪死於第二年，即正大元年三月十四，二人離世時間相距不到三個月。

〔一〇〕機務：機要事務。多指軍國大事。倥傯：形容事務繁忙。

〔一一〕渾厚：淳樸，敦厚。

〔一二〕守成：保持前人的成就和業績。《詩·大雅·鳧鷖序》：「《鳧鷖》，守成也。太平之君子，能持盈守成，神祇祖考安樂之也。」孔穎達疏：「言保守成功，不使失墜也。」

〔一三〕所遭不時：時值金末亂世。

雨後

時雨雨三日〔一〕，田家家萬金。有年天子慶〔二〕，憂國老臣心〔三〕。

【注】

〔一〕時雨：應時的雨水。

〔二〕有年：豐年。天子：古以君權爲神所授，故稱帝王爲天子。《史記・五帝本紀》：「於是帝堯老，命舜攝行天子之政，以觀天命。」

〔三〕憂國：爲國事而憂勞。

胥莘公鼎　一首

鼎字和之，代州繁時人〔一〕。父持國，大定中爲太子司藏，有功母后家。章宗即位，擢拜尚書右丞。和之，大定二十八年進士。至寧初都城受兵，由户部尚書參知政事。宣宗即位，除泰定軍節度使〔二〕，不赴。改判大興〔三〕。貞祐二年，拜尚書右丞。車駕南渡，出爲汾陽軍節度使〔四〕，移知平陽〔五〕，權河東南路宣撫使。四年，授樞密副使，權右丞，兼職如故。五年正月，朝京師，進平章政事，封莘國公，行臺關中。未幾，兼左副元帥。明年，以温國公致政，進封英，行臺衛州〔六〕。以病薨於位。雷希顔爲作神道碑云：「黄霸爲良吏稱首〔七〕，及爲丞相，與張敞論列〔八〕，功名大減；王允當漢祀之衰〔九〕，計誅董卓〔一〇〕，近古社稷臣。然不赦凉州人，旋致傕汜之禍〔一一〕。蕭俛之清介〔一二〕，崔植之論議〔一三〕，皆足爲唐名臣。而俛議銷兵〔一四〕，植餓朱克融輩，不畀一官，遂再亂河朔〔一五〕。彼或量不足，或才略有所窮，權不足以濟事，智不足以知時故也。以姚崇之賢〔一六〕，惟其不知道，未免爲救時之相，其他可知也。國家有通明相，曰英國胥公〔一七〕，尚兼數公之長。」予謂希顏此論，似涉過差〔一八〕。至於爲國朝名相，以度量雄天下〔一九〕，則在公爲無媿矣。在長安日〔二〇〕，乞致仕，表云：「興造功業〔二一〕，方聖主有爲之時；表裏山河，豈愚臣養病之地。」《送弟有之》云：「世事正須高着眼，宦途休厭少低頭。」他文類此。弟恒常之子嗣祖，今在燕中〔二二〕。

【注】

〔一〕繁畤：金縣名，屬河東北路代州，今山西省繁峙縣。

〔二〕泰定軍：山東西路兗州下置。

〔三〕大興：金府名，屬中都路，治今北京市大興區。

〔四〕汾陽軍：河東北路汾州下置，治西河，今山西省汾陽市。

〔五〕平陽：金府名，屬河北南路，治今山西省臨汾市。

〔六〕行臺：行省。中央政府派出機關。衛州：金州名，屬河北西路，治今河南省衛輝市。

〔七〕黃霸：字次公，淮陽陽夏（今河南省太康縣）人，西漢名相。生活于漢武帝、漢昭帝和漢宣帝時代。通曉文法，明察秋毫，爲官清廉，爲政外寬内明，力勸耕桑，推行教化，治爲當時第一。《漢書》卷八九入《循吏傳》。

〔八〕論列：上書檢舉彈劾。與張敞論列：指黃霸迷信神異、上奏神雀事。五鳳三年，黃霸任丞相。有一天京兆尹張敞所養鶡雀飛集于丞相府，黃霸素來不識此鳥，驚以爲神。他旁邊的官吏多識之，只因黄霸不識，遂都假言不知。黄霸竟以爲神，且欲上奏。直至張敞家中發覺鶡雀逃走，追蹤尋到相府，黄霸方知此是鶡雀，急將奏章作廢。張敞便將黄霸誤認神雀意欲上奏之事，一一奏聞宣帝。且説臣非敢譭謗丞相，但恐各郡國守丞逢迎丞相之意，妄言治績，有名無實，此風一開，所關非細。宣帝用其言。事見《漢書·循吏傳》。

〔九〕王允：字子師，漢獻帝初年任司徒、尚書令，録尚書事等。董卓掌權時，允爲司徒兼尚書令。他利用吕布和董卓的矛盾，於初平三年，挑撥吕布刺殺董卓。董卓死後，其餘黨李傕、郭汜、樊稠等率軍攻破長安，王允被處死。

〔一〇〕董卓：字仲潁，隴西臨洮（今甘肅省岷縣）人。東漢末年少帝、獻帝時權臣，西涼軍閥。靈帝末年十常侍之亂時，受大將軍何進之召率軍進京，旋即掌控朝中大權。爲人殘忍嗜殺，倒行逆施，後被吕布所殺，餘部由李傕等人率領。

〔一一〕傕汜之禍：董卓被殺後，其部將李傕、郭汜發動叛亂。

〔一二〕蕭俛：字思謙，唐朝名相。唐貞元七年進士，歷任翰林學士、太僕少卿。唐穆宗時任中書侍郎、同中書門下平章事。蕭俛爲相，重惜名譽，嫉惡如仇。新、舊唐書有傳。清介：清正耿直。

〔一三〕崔植：字公修，宰相佑甫猶子。長慶初拜中書侍郎同中書門下平章事，因處置朱克融叛亂事不當，罷爲刑部尚書。新、舊唐書有傳。

〔一四〕銷兵：亦作「消兵」，縮減兵員。《新唐書·蕭俛傳》：「乃密詔天下鎮兵，十之，歲限一爲逃、死，不補，謂之銷兵。」唐穆宗爲削弱藩鎮兵力，采納宰相蕭俛、段文昌建議，令各地軍鎮縮減兵員。盧龍朱克融、成德王庭湊相繼叛亂，落籍兵士都應召入伍，助朱、王作亂，致使唐中央復失河朔。銷兵終以失敗而告結束。

〔一五〕「植餓」三句：指朱克融等客長安，餓且死，數請于相，冀重用，但終被遣回盧龍，導致叛亂。此時崔植爲相。《新唐書·崔植傳》：「時朝廷悉收河朔三鎮，而劉總又以幽、薊七州獻諸朝，且懼部將構亂，乃先籍豪鋭不檢者送京師，而朱克融在籍中。植與杜元穎不知兵，謂蕃鎮且平，不復料天下安危事，而克融等羈旅塞蹟，願得官自效，日訴於前，皆抑不與。及遣張弘靖赴鎮，縱克融等北還，不數月，克融亂，復失河朔矣。天下尤之，植内慚。罷爲刑部尚書。」又《新唐書·蕭俛傳》贊曰：「朱克融等客長安，餓且死，不得一官，而俛未有以措置，便欲去兵，使群臣失職，一日叫呼，其從如市，幽、魏相挻，復爲賊淵，可謂見毫末而不察輿薪矣。宰相非其人，禍可既乎！」

〔一六〕姚崇（六五一——七二一）：字元之，陝州硤石（今河南省陝縣）人。歷任武則天、唐睿宗、唐玄宗三朝宰相，唐代名相之一，有「救時宰相」之稱。新、舊唐書有傳。

畀：與，給予。

〔一七〕英國胥公：正大二年，胥鼎起復平章政事，封英國公，行省衛州。

〔一八〕過差：過分；失度。

〔一九〕度量：氣度胸懷。

〔二〇〕在長安日：興定元年三月，胥鼎移鎮陝西。曾在興定二年、興定三年以年老屢上表求致仕。事見《金史》本傳。

〔二一〕興造：創建，建立。

〔二二〕燕中：燕京。金中都，今北京市。

送弟恒作州〔一〕

男子四方志，人生五馬榮〔二〕。君恩何以報，民政不宜輕〔三〕。御物當存恕〔四〕，存心要盡誠〔五〕。勿矜新號令〔六〕，姑守舊章程〔七〕。斂暴單貧困〔八〕，因淹狡僞萌〔九〕。慈柔難禁暴〔一〇〕，苛急必傷生〔一一〕。東郡吾將老〔一二〕，西陲敵未平〔一三〕。一生能幾别，四事果難並〔一四〕。方此對牀樂〔一五〕，愴然分袂驚〔一六〕。荒詩何足記〔一七〕，聊寫弟兄情。

【注】

〔一〕恒：胥恒，字常之，胥鼎之弟。作：擔任某種職務。《書·舜典》：「僉曰：『伯禹作司空。』」顧奎光《金詩選》中陶玉禾評此詩：「樸實老當，絶無粉飾，此等詩最是有益，不可以其平易忽之。」

〔二〕五馬：太守的代稱。漢樂府《陌上桑》：「使君從南來，五馬立躊躇。」宋胡仔《苕溪漁隱叢話前集》卷六：「《遯齋閑覽》云：『世謂太守爲五馬，人罕知其故事……後見龐幾先云：古乘駟馬車，至漢時太守出則增一馬，事見《漢官儀》也。』」秦置郡守，漢時改名太守，爲一郡最高行政長官。隋初以州刺史爲郡長官。宋以後改郡爲府或州，太守已非正式官名，只用作知府、知州的别稱。

〔三〕民政：理民之政事。

〔四〕御物：駕御萬物。謂管理百姓，待人接物。恕：推己及人，仁愛待物。《論語·衛靈公》：「子貢問曰：『有一言而可以終身行之者乎？』子曰：『其恕乎！己所不欲，勿施於人。』」句言理民當重恕，以寬大爲懷。

〔五〕「存心」句：謂省察内心，要使之誠實無欺。「誠」是儒家思想體系中一個涵義豐富的哲學範疇。《中庸》：「唯天下至誠爲能盡其性。能盡其性，則能盡人之性，能盡人之性，則能盡物之性。」將「誠」視爲溝通知曉天理人性，成己成物的重要途徑。

〔六〕矜：自負自誇。

〔七〕章程：制度、法規或程式、規定。唐趙璘《因話録·徵》：「善守章程，深得宰相之體。」二句囑咐弟恒到官後要遵守原先的章程規定，不要急於廢舊布新，張揚自我。

〔八〕斂暴：急斂暴征。指嚴急而苛猛的賦税。單貧：孤貧。

〔九〕「因淹」句：言束縛淹没不讓他人盡情發表意見，就會滋生虚僞欺瞞之風。

〔一〇〕禁暴：亦作「禁虣」，指制止暴亂；制止强暴。《周禮·地官·司市》：「以刑罰禁虣而去盗。」賈公彦疏：「以刑罰禁虣亂之人。」

〔二〕苛急：苛刻而急切。《宋史·王嗣宗傳》：「侍御史路沖知州事，爲政苛急，盜賊群起。」傷生：傷害生灵。二句言理民之事宜寬猛相濟，對頑固强暴不能以慈柔感化者，必須繩之以法，但偏於苛急則會傷及無辜。

〔三〕東郡：指詩人晚年所在地汴京一帶。

〔三〕西陲：西面邊疆。

〔四〕「四事」句：典出南朝宋謝靈運《擬魏太子鄴中集詩序》：「天下良辰、美景、賞心、樂事，四者難並。」

〔五〕對牀樂：兄弟相聚、對牀而談的歡樂。用蘇軾《東府雨中别子由》：「對牀定悠悠，夜雨空蕭瑟。」

〔六〕分袂：分别，離别。

〔七〕荒：粗糙的、未經過精細加工的。荒詩：指倉促寫就、未經修改之詩。

張左丞行中 一首

行中字信甫，莒州日照人〔一〕。祖莘，鎮西軍節度副使。父暐，御史大夫，以武安軍節度致仕。兄行簡，易無體榜第一人〔二〕。信甫大定二十八年進士。衛紹王朝，虎賊已除名爲民〔三〕，賂遺權貴得復用。信甫言其必反。及弑逆，自爲太師、尚書令、澤王。信甫時爲禮部尚書，人謂必爲所殺，甚危之。一日，虎下禮部，鑄監國寶，信甫持不可。虎雖怒，然亦竟不能殺也。宣宗即位，授參知政事。丞相高琪專權用事〔四〕，聲勢焰焰〔五〕，人莫敢仰視。議論之際，唯信甫與之抗，朝廷稱焉。所居拙軒，有爲作銘者，其引云：「發凶豎未形之謀〔六〕，則先識者以爲明〔七〕；犯强臣不測之威〔八〕，則疾惡者以爲剛〔九〕。」蓋實録云〔一〇〕。元光末，出爲靜難軍節度使〔一一〕。哀宗即位，首命召之，遷尚書左丞。後二年致政，卒於崧山之崇福宮。信甫家世儒素〔一二〕，雖位宰相，而奉養如寒士〔一三〕，日書經史五百字爲課，寒暑不廢者四五十年，故於書無所不讀，詩殊有古意也。

【注】

〔一〕日照：金縣名，屬山東東路莒州，今山東日照市。

〔二〕易無體榜：即大定十九年榜，因御題爲《易無體》，故稱。張行中之兄行簡中此榜詞賦進士第一名，狀元及第。元好問《遺山集》卷一六《沁州刺史李君神道碑》：「俄登大定十九年詞賦進士第……其登科時，御題《易無體》，同年生六十人，自甲選張行簡至黄士表，賦學家謂人人可以魁天下。」

〔三〕虎賊：即胡沙虎。紇石烈執中，本名胡沙虎。崇慶二年，發動叛亂，自稱監國都元帥，殺衛紹王，立金宣宗。貞祐元年拜太師、尚書令、都元帥，監修國史，封澤王，世襲猛安。

〔四〕高琪：術虎高琪，又作珠格高琪。大安三年升元帥右都監。貞祐元年因連戰失利，懼爲權臣紇石烈執中所殺，乃發動政變，殺執中。宣宗赦之，以爲左副元帥，拜平章政事，任以國政。四年，升尚書右丞相。力勸宣宗伐宋，以廣疆土，引起宋、金間連年衝突。興定三年爲宣宗誅殺。《金史》卷一〇六有傳。

〔五〕焰焰：形容氣勢盛貌。

〔六〕凶豎：凶惡的小人。《後漢書·竇武傳》：「當是時，凶豎得志，士大夫皆喪其氣矣。」句指預言胡沙虎將來必反事。

〔七〕先識：先見遠識。

〔八〕强臣：擅權的大臣。句指術虎高琪。

〔九〕疾惡：憎恨壞人壞事。《後漢書·趙岐傳》：「仕州郡，以廉直疾惡見憚。」以上四句出元好問《拙軒銘》。

〔一〇〕實録：如實記載；真實地記録。

〔一一〕靜難軍：慶原路邠州下置，治今陝西省彬縣。

〔一二〕儒素：指讀書人家。

〔一三〕奉養：指生活資料的消費。

右丞文獻公所畫張果像〔一〕

古來人物畫爲難，驚見仙公樹石間〔二〕。莫把丹青名右相〔三〕，太平勳業在人寰〔四〕。

【注】

〔一〕文獻公：耶律履（一一三一——一一九一），字履道，累拜參知政事。官終尚書右丞，謚文獻。履博學多藝，精究曆算，善屬文繪畫。張果：唐方士，隱居中條山，自言生於堯時。傳説他常倒騎白驢，日行數萬里，休息時即將驢折迭起來，藏於巾箱之中。開元間，玄宗遣使迎入京師，賜銀青光禄大夫，號通玄先生。世傳爲八仙之一。其事最早見於《明皇雜録》，新、舊唐書均有傳，列方技類。

〔二〕仙公：仙翁，仙人。此指張果老。

〔三〕右相：指文獻公耶律履，累拜參知政事，官至尚書右丞。

〔四〕勳業：功業。人寰：人間，人世。二句謂千萬不要以畫家來稱謂耶律履，時世安寧的和平功業有他的功勞。

楊户部慥 二首

慥字叔玉，代州五臺人〔一〕。承安五年進士，歷州縣。入爲尚書省令史，拜監察御史，侍御史，京西大農司丞，京南司農卿，户部侍郎權尚書。自入户曹，即有相望〔二〕，資雅重〔三〕，事無巨細，處之皆有法。至於知朝廷大體，則又非他人所能及也。京城受兵，權參知政事。明年，卒於河平〔四〕。叔玉文工於詩，而人不以能文稱，特未見其文耳。

【注】

〔一〕五臺：金縣名，屬河東北路代州，今山西省五臺縣。

〔二〕相望：作宰相的聲望。

〔三〕雅重：雅正持重。

〔四〕河平：河平軍節度，南京路衛州下置。

過司竹監有懷王監正之〔一〕

不見嵩丘跨鶴仙〔二〕，才名留得萬人傳。春郊漬酒傷今日〔三〕，夜雨論文記昔年〔四〕。宰樹謾懸公子劍〔五〕，高山已絶伯牙絃〔六〕。故居修竹青青在，寂寞終南落照邊〔七〕。

【注】

〔一〕司竹監：官署名。掌種植竹葦，以供宫廷及各官署製造簾篚等，並以筍供宫廷食用。金代京兆府有司竹監。《金史》卷五七：「京兆府司竹監，管勾一員，從七品，掌耨養竹園採斫之事。司吏一人，監兵百人，給耨養採斫之役。」王監正之：王特起，字正之，崞縣（今山西省原平市）人。泰和三年進士。智識精深，好學善議論，音樂技藝無所不能，長於辭賦。調真定府録事參軍，改令沁源。又遷司竹監使，朝議欲以館職召試，會卒。《中州集》卷五有小傳。

〔二〕嵩丘跨鶴仙：舊題漢劉向《列仙傳》卷上：「王子喬者，周靈王太子晉也。……道士浮丘公接以上嵩高山。三十餘年後，求之於山上，見桓良，曰：『告我家：七月七日待我於緱氏山巔。』至時果乘白鶴駐山頭，望之不得到，舉手謝時人，數日而去。亦立祠於緱氏山下及嵩高首焉。」句言王正之駕鶴西歸想見而不得之情。

〔三〕「春郊」句：用徐穉祭友典故。東漢徐穉常於家預先炙雞一隻，并以一兩綿絮漬酒中，曝幹以裹雞。遇有喪事，則徑攜墓前，以水漬綿使有酒氣，祭畢即去，不見喪主。事見《後漢書·徐穉傳》。後以「漬酒」指朋友間弔喪墓祭。

〔四〕「夜雨」句：暗用「對牀夜雨」典，言與友人徹夜傾心交談，説詩論文之情形。

〔五〕「宰樹」句：用季札掛劍典故，懷念亡友。《史記·吴世家》：「季札之初使，北過徐君。徐君好季札劍，口弗敢言。季札心知之，爲使上國，未獻。還至徐，徐君已死，於是乃解其寶劍，繫之徐君冢樹而去。從者曰：『徐君已死，尚誰予乎？』季子曰：『不然，始吾心已許之，豈以死倍吾心哉！』」宰樹：墳墓上的樹木。

〔六〕「高山」句：用「高山流水」典故。《吕氏春秋·本味》：「伯牙鼓琴，鍾子期聽之。方鼓琴而志在太山。鍾子期曰：『善哉乎鼓琴，巍巍乎若太山。』少選之間，而志在流水。鍾子期又曰：『善哉乎鼓琴，湯湯乎若流水。』鍾子期死，伯牙破琴絶絃，終身不復鼓琴，以爲世無足復爲鼓琴者。」

〔七〕終南：終南山，在今西安市南。落照：夕陽的餘暉。

乾陵〔一〕

牝雞一啄血波流〔二〕，天下何緣不姓周〔三〕。今日阿婆心力盡〔四〕，乾陵禿似老僧頭。

【注】

〔一〕乾陵：唐高宗與武則天的合葬墓，在今陝西省乾縣梁山。

〔二〕牝雞：即「牝雞司晨」，母雞報曉。舊時貶喻女性掌權，所謂陰陽倒置，將導致家破國亡。語本《書·牧誓》：「牝雞無晨，牝雞之晨，惟家之索。」孔傳：「喻婦人知外事。雌代雄鳴則家盡，婦奪夫政則國亡。」此處指武則天。明謝肇淛《五雜俎·事部三》：「高宗三十年中，而十五改元，蓋自總章、儀鳳以後，政自牝雞出矣。」啄：啄食。血波流：指武則天對唐宗室及忠良的殘害。唐駱賓王《爲徐敬業討武曌檄》：「虺蜴爲心，豺狼成性。近狎邪僻，殘害忠良。殺姊屠兄，弒君鴆母。人神之所同嫉，天地之所不容。猶復包藏禍心，窺竊神器。君之愛子，幽之於別宮；賊之宗盟，委之以重任。」

〔三〕周：武則天改國號「唐」爲「周」，自立爲武周皇帝，定都洛陽。史稱「武周」或「南周」。

〔四〕阿婆：指武則天。心力：心思和能力。

△狀元

鄭内翰子聃 一首

子聃字景純，大定人〔一〕。少日有賦聲〔二〕，時輩莫與爲敵。天德三年，第三人登科，士論仍以爲屈〔三〕，而海陵不之許也。正隆二年，詔景純再試，擇能賦者八人，先以題付之，以困景純，且將視其中與否罪賞之。御題《天錫勇智正萬邦》。海陵謂侍臣：「漢高祖諱，不避之，可乎？」乃改作萬國。及開卷，景純果第一人。楊伯仁、張汝霖中選〔四〕，劉幾、綦戩、李師顔輩皆被黜〔五〕。海陵終不以景純爲工，與被黜者兩罷之〔六〕。趙獻之賀啟云〔七〕：「丹桂一枝，不失舊物〔八〕；青錢萬選，無媿古人。〔九〕」其爲名流所稱道如此。累官吏部侍郎，改侍講學士，卒。其《賦酴醾》〔一〇〕有「玉斧無人解修月〔一一〕，珠裙有意欲留仙〔一二〕」之句，甚爲詩家所稱。

【注】

〔一〕大定：金府名，屬北京路，府治在今内蒙古寧城縣西。

〔二〕賦聲：善於辭賦的名聲。金代科舉考試特重賦，往往以此定取黜。故士人習舉業多致力於此，謂之「時文」。有賦聲，即指在各級舉試中名聲較大。

〔三〕士論：士大夫間的評論、輿論。

〔四〕楊伯仁：字安道。皇統九年進士。天性孝友，讀書一過成誦。天德三年，除應奉翰林文字。鄭子聃卒，宰相舉伯仁代之，乃遷侍講兼禮部侍郎。《金史》卷一二五有傳。張汝霖，字仲澤，遼陽（今遼寧省遼陽市）人。少聰慧好學，貞元二年賜吕忠翰榜下進士。除刑部郎中，進拜平章政事，兼修國史，封芮國公。謚文襄。《金史》卷八三有傳。時爲宣徽判官。

〔五〕劉幾：字仲璋，益都人。天德三年進士，大定初爲太常博士，改左拾遺兼許王府文學。明昌二年，入爲國子司業，轉國子祭酒，擢太常卿，以昏耄不任職，爲御史臺所糾罷。承安二年卒。《金史》卷九七有傳。綦戩：祁宰之婿，任翰林應奉文字、修撰，給海陵王講《漢書》。李師顔：時爲應奉翰林文字。

〔六〕兩罷之：與《金史》本傳不合。《金史·鄭子聃傳》：「御便殿親覽試卷，中第者七十三人，子聃果第一，海陵奇之。有頃，進三階，除翰林修撰，改侍御史。」

〔七〕趙獻之：趙可，字獻之，高平（今山西省高平市）人。貞元二年進士，仕至翰林直學士。風流有文采，有《玉峰散人集》。《金史》卷一二五有傳，《中州集》卷二有小傳。

〔八〕丹桂一枝：五代馮道《贈竇十》：「燕山竇十郎，教子以義方。靈椿一樹老，丹桂五枝芳。」句用此典，謂鄭子聃秉承家學，才華傑出。舊物：先人的遺物。典出《晉書·王獻之傳》：「獻之徐曰：『偷兒，青氈我家舊物，可特置之。』羣偷驚走。」此指鄭氏家學。

〔九〕青錢万选：《新唐书·張薦传》载，其祖鷟字文成，八以制舉皆甲科，「四參選，判策爲銓府最。員外郎員半千數爲公卿稱『鸞文辭猶青銅錢，萬選萬中』，時號鸞『青錢學士』」。後用爲喻文才卓異之詞。古人：此指張鸞。

〔一〇〕酴醾：花名。落葉小灌木，攀緣莖。花白色，有香氣。本酒名，以花顔色似之，故取以爲名。《廣群芳譜》卷四二「酴醾」：「藤身灌生，青莖多刺。一穎三葉，如品字形，面光緑，背翠色，多缺刻。花青跗紅萼，及開時變白，帶淺碧，大朵千瓣，香微而清。盤作高架，二、三月間爛熳可觀。盛開時折置書册中，冬取插鬢，猶有餘香。本名荼蘼，一種色黄似酒，故加酉字。」

〔一一〕「玉斧」句：用玉斧修月典。唐段成式《酉陽雜俎·天咫》載，唐太和中鄭仁本表弟游嵩山，見一人枕襆而眠，問其所自。其人笑曰：「君知月乃七寶合成乎？月勢如丸，其影，日爍其凸處也。常有八萬二千户修之，予即一數。」因開襆，有斤鑿數件。後因有「玉斧修月」之説。

〔一二〕「珠裙」句：用留仙裙典。留仙裙：有縐褶的裙，類似今之百褶裙。漢伶玄《趙飛燕外傳》載：成帝于太液池作千人舟，號合宫之舟，后歌舞《歸風》《送遠》之曲，侍郎馮無方吹笙以倚后歌。中流，歌酣，風大起。后揚袖曰：「仙乎，仙乎，去故而就新，寧忘懷乎？」帝令無方持后裙。風止，裙爲之縐。「他日，宫姝幸者，或襞裙爲縐，號『留仙裙』」。

即事〔一〕

一錢不直程衛尉〔二〕，五斗解酲劉伯倫〔三〕。讀罷離騷解衣卧〔四〕，門前花柳自爭春。

【注】

〔一〕即事：以當前事物爲題材的詩。宋魏慶之《詩人玉屑·命意·陵陽謂須先命意》：「凡作詩須命終篇之意，切勿以先得一句一聯，因而成章，如此則意不多屬。然古人亦不免如此，如述懷、即事之類，皆先成詩，而後命題者也。」多用爲詩詞題目。

〔二〕「一錢」句：用宋黄庭堅《次韻任道食荔支有感三首》詩句：「一錢不直程衛尉，萬事稱好司馬公。」《漢書·灌夫傳》載，（灌夫）行酒至臨汝侯灌賢，賢方與程不識耳語，又不避席，夫怒罵曰：「平生毁程不識不直一錢，今日長者爲壽，廼欲效兒女曹呫囁耳語！」程衛尉：程不識，曾爲漢長樂宫衛尉。句謂官職卑微不值一錢，不必貪戀。

〔三〕「五斗」句：用晉劉伶酒醉典故。《世説新語·任誕》：「天生劉伶，以酒爲名，一飲一斛，五斗解酲。」劉伶，字伯倫。酲：醉酒後神志不清。五斗解酲：以五斗酒來解酒醉。句言要學魏晉名士縱酒任性，曠達自放。

〔四〕離騷：戰國楚屈原所作長篇自傳式政治抒情詩。《世説新語·任誕》：「王孝伯言：名士不必須奇才，但使常得無事，痛飲酒，熟讀《離騷》，便可稱名士。」

孟内翰宗獻　六首

宗獻字友之，開封人。大定三年，鄉府省御四試皆第一。供奉翰林，曹王府文學兼記室參軍〔一〕。以疾尋醫，久之，授同知單州軍州事〔二〕。丁母憂，哀毀致卒〔三〕。劉無黨題其詩卷後云〔四〕：「簪紱忘情累〔五〕，山林閲歲陰〔六〕。選官堂印手〔七〕，説法老婆心〔八〕。友之深於内典〔九〕。世路嗟前卻〔一〇〕，人生變古今。公乎真不死，名姓斗之南〔一一〕。」相人孔嗣訓挽云〔一二〕：「二十年間事，才名一夢新。哀羸驚喪母〔一三〕，哀毀竟亡身。魂返愁楓夜，情留淚草春。黄公酒壚在〔一四〕，此去只悲辛。」汴人高公振特夫云〔一五〕：「見説平生夢，前途盡目前。友之未第時，夢中預見前途所至，於今皆驗。乘除雖有數〔一六〕，凶禍竟何緣。禮樂三千字，才名二十年。仁人遽如許〔一七〕，無路問蒼天。」又云：「誰謂詩成讖〔一八〕，清冰果自焚。友之《雪燭》詩：「固知劫火終無盡，誰謂清冰也自焚。」未幾下世。人嗟埋玉樹〔一九〕，天爲落文星〔二〇〕。」友之隣舍李生言，六月中，連二明星隕於友之所居虚靜軒前。數詩雖不盡工，姑并記之，有以見先生於出處之際〔二一〕，死生之變，造物者皆使之前知。其以天下重名畀之者〔二二〕，爲不偶然云。

【注】

〔一〕曹王：完顔永功，完顔璹之父。永功大定四年封鄭王，七年封隋王，十一年進封曹王。

〔二〕單州：金州名，屬南京路，治今河南省單縣。

〔三〕哀毀：謂居親喪悲傷異常而毀損其身。

〔四〕劉無黨：劉迎，字無黨，號無諍居士。東萊（今山東省萊州市）人。大定十三年進士。官至太子司經。以詩名世。其詩氣骨蒼勁，健樸。所著詩詞集《山林長語》六卷，已佚。《中州集》卷三有小傳。

〔五〕簪紱：冠簪和纓帶。古代官員服飾。亦用以喻顯貴，仕宦。情累：感情上的牽累。《易·夬》「君子夬夬」三國魏王弼注：「君子處之，必能棄夫情累，决之不疑，故曰夬夬也。」

〔六〕歲陰：古代以干支紀年，十二支叫作「歲陰」。《史記·曆書》「焉逢攝提格太初元年」唐司馬貞索隱引《爾雅·釋天》：「歲陰者，子、丑、寅、卯、辰、巳、午、未、申、酉、戌、亥十二支是也。」《通志·總序》：「太史公紀年以六甲，後之紀年者以六十甲，或不用六十甲，而用歲陽、歲陰之名。」

〔七〕堂印：骰子擲雙重四稱爲堂印。唐韋絢《劉賓客嘉話録》：「飲酒家謂重四爲堂印。」句指孟宗獻參加舉試鄉府省御四試皆第一事。

〔八〕老婆心：佛教語，也稱老婆禪。謂禪師苦口婆心，多方設教，反復叮嚀，急切誨人之心。《大慧普覺禪師語録》：「老僧二十年前有老婆心，二十年後無老婆心。」

〔九〕内典：佛教徒稱佛經爲内典。北齊顔之推《顔氏家訓·歸心》：「内典初門，設五種禁；外典仁義禮智信，皆與之符。」宋王禹偁《左街僧録通惠大師文集序》：「釋子謂佛書爲内典，謂儒書爲外學。」

〔一〇〕前卻：進退。引申爲操縱，擺布。

〔一一〕斗之南：北斗星以南。猶言中國或海内。語出《新唐書·狄仁傑傳》：「狄公之賢，北斗以南，一人而已。」

〔一二〕孔嗣訓：相州（今河南省安陽市）人。

〔一三〕衰羸：衰老瘦弱。

〔一四〕黄公酒壚：魏晉時王戎與阮籍、嵇康等竹林七賢會飲之處。《世説新語·傷逝》：「（王戎）經黄公酒壚下過，顧謂後車客：『吾昔與嵇叔夜、阮嗣宗共酣飲於此壚。竹林之遊，亦預其末。自嵇生夭、阮公亡以來，便爲時所羈紲。今日視此雖近，邈若山河。』」後詩文常以「黄公酒壚」指朋友聚飲之所，抒發物是人非的感歎。

〔一五〕高公振特夫：公振字特夫，高士談之子。正隆初進士。歷南京留幕，終於密州刺史。《中州集》卷八有小傳。

〔一六〕乘除：比喻人事的消長盛衰。宋陸游《遣興》：「寄語鶯花休入夢，世間萬事有乘除。」

〔一七〕仁人：有德行的人。《書·泰誓中》：「雖有周親，不如仁人。」遽：通「詎」。何。《後漢書·方術傳下·左慈》：「後人逢慈於陽城山頭，因復逐之，遂入走羊群。操知不可得，乃令就羊中告之曰：『不復相殺，本試君術耳。』忽有一老羝屈前兩膝，人立而言曰：『遽如許？』」李賢注：「言何遽如許爲事。」

〔一八〕詩成讖：謂所作詩無意中預示了後來發生的事。

〔一九〕埋玉樹：《晉書·庾亮傳》：「亮將葬，何充會之，歎曰：『埋玉樹於土中，使人情何能已！』」玉樹，喻風姿秀美或才華出衆的人。後用作哀悼亡友的典故。

〔二〇〕文星：星名。即文昌星，又名文曲星。相傳文曲星主文才，後亦指有文才的人。元好問自注云：「友之隣舍李生言，六月中，連二明星隕於友之所居虚静軒前。」

〔二一〕出處：謂出仕和隱退。

〔二二〕重名：盛名，很高的名望或很大的名氣。《後漢書·孔融傳》：「孔文舉有重名。」畀：賜予。《書·洪範》：「帝乃震怒，不畀洪範九疇。」孔傳：「畀，與。」

龔平甫森玉軒〔一〕

古人借宅亦種竹〔二〕，大是饕奇心未足〔三〕。高齋聞有萬琅玕〔四〕，坐對懷山飲秋緑。官閑勝日無一事〔五〕，尊酒不空仍有肉〔六〕。他時剥啄叩君門〔七〕，高枕矮牀容我宿。

【注】

〔一〕龔平甫：其人不詳。

〔二〕「古人」句：用王徽之典故。《世説新語·任誕》：「王子猷嘗暫寄人空宅住，便令種竹。或問：『暫住何煩爾！』王嘯詠良久，直指竹曰：『何可一日無此君？』」司馬光《獨樂園七題·種竹齋》：「吾愛王子猷，借宅亦種竹。一日不可無，蕭灑常在目。」

〔三〕饕：十分喜好。

〔四〕琅玕：翠竹的美稱。

〔五〕勝日：指親友相聚或風光美好的日子。

〔六〕尊酒不空：杯裏經常有酒。比喻招待不停，賓客不絕。語出《三國志·崔琰傳》裴松之注引張璠《漢紀》：「（孔融）雖居家失勢，而賓客日滿其門，愛才樂酒，常歎曰：『坐上客常滿，尊中酒不空，吾無憂矣。』」仍有肉：蘇軾《於潛僧綠筠軒》：「可使食無肉，不可居無竹。無肉令人瘦，無竹令人俗。」

〔七〕剥啄：象聲詞。敲門聲。蘇軾《次韻趙令鑠惠酒》：「門前聽剥啄，烹魚得尺素。」

舊蓄一琴，棄置者久矣。李君仲通爲張絃料理，仍鼓數曲，以詩贈之〔一〕

我家箏奴憂樂同〔二〕，塵埃滿面鬢髮蓬。徽絃不具挂牆壁〔三〕，似慚無以娱衰翁〔四〕。夫君一見爲拔拂〔五〕，坐使寒谷回春融①〔六〕。中含太古意味足〔七〕，雜以新態來無窮。繁聲流水不可喻〔八〕，直與造化相冥通〔九〕。形神久已坐灰槁〔一〇〕，一旦抉剔驅盲聾〔一一〕。寂然反聽杳難詰，但覺萬竅俱玲瓏〔一二〕。千金不得和扁力〔一三〕，誰謂起廢由枯桐〔一四〕。曲終玄旨竟誰會〔二五〕，非絃非指仍非空〔二六〕。拂衣欲往君且止，爲我乘興彈悲風〔二七〕。

【校】

①回：毛本作「爲」。

【注】

〔一〕李君仲通：李好復，字仲通，安喜人。明昌二年進士。歷任榆次令、歷城令、滑州刺史等。《中州集》卷八有小傳。張絃：安上琴絃。料理：修理。唐段安節《琵琶録》：「内庫有琵琶二面，號大忽雷，小忽雷，因爲題頭脱損，送在崇仁坊南趙家料理。」

〔二〕奴：動植物及其他雜物名所帶的綴詞，具有喜愛的感情色彩。

〔三〕徽絃：琴上的徽和絃。唐韓愈《秋懷》其七：「有琴具徽絃，再鼓聽愈淡。」韓醇注引《晉書·陶潛傳》：「畜素琴一張，徽絃不具。」

〔四〕衰翁：老翁。詩人自謂。

〔五〕披拂：撥開，撥弄。

〔六〕寒谷：陰冷的山谷。春融：春氣融和，亦指春暖解凍。指李仲通妙手回春。

〔七〕太古：遠古，上古。

〔八〕繁聲：繁雜豐富的聲音。

〔九〕造化：自然界的創造者，亦指自然。冥通：句言琴聲神奇，與造化暗通。

〔一〇〕灰槁：灰心槁形。謂意志消沉，形體枯槁。

〔一一〕抉剔：搜求挑取。盲聾：眼瞎耳聾。句言琴聲使自己耳目一新。

〔一二〕萬竅：指人的各種感覺器官。竅，人的耳目口鼻等器官。玲瓏：靈活貌。唐施肩吾《觀葉生畫花》：「心竅玲瓏貌亦奇，榮枯只在手中移。」

〔一三〕和扁：古代良醫秦和與扁鵲的合稱。《漢書・藝文志》：「太古有岐伯、俞拊，中世有扁鵲、秦和。」顔師古注：「和，秦醫名也。」

〔一四〕枯桐：琴的别稱。《後漢書・蔡邕傳》：「吴人有燒桐以爨者，邕聞火烈之聲，知其良木，因請而裁爲琴，果有美音，而其尾猶焦，故時人名曰『焦尾琴』焉。」二句謂自己的疲衰之軀未能得力醫藥救治，不想因琴而重獲新生。

〔一五〕玄旨：深奥的義理。

〔一六〕「非絃」句：蘇軾《琴詩》：「若言琴上有琴聲，放在匣中何不鳴？若言聲在指頭上，何不於君指上聽？」

〔一七〕悲風：琴曲名。李白《月夜聽盧子順彈琴》：「忽聞悲風調，宛若寒松吟。」王琦注：「釋居月《琴曲譜録》有《悲風操》、《寒松操》……並琴曲名。」

張仲山枝巢〔一〕

達人孤高與世疏〔二〕，百年直寄猶須臾〔三〕。歸來掩關聊自如〔四〕，人之不足等有餘〔五〕。樂哉下視濠梁魚〔六〕，逍遥自契莊蒙書〔七〕。異時馭氣游太虚〔八〕，我知枝巢亦蘧廬〔九〕。

【注】

〔一〕張仲山：與劉迎、孟宗獻等人交往。家有枝巢，劉迎有《題仲山枝巢》一詩。枝巢：居室名。取莊子《逍遥游》「鷦鷯巢于深林，不過一枝」之意。

〔二〕達人：看透世情、明達事理的曠達之人。

〔三〕百年：指人的一生。寄：寄居。須臾：瞬間。句言人生之短暫。本《莊子·知北遊》：「自本觀之，生者，暗醷物也。雖有壽夭，相去幾何？須臾之説也。」《古詩十九首·驅上東門行》：「人生忽如寄，壽無金石固。」

〔四〕掩關：關門。自如：自由自在。

〔五〕「人之」句：用莊子齊物論觀，言人之不足與有餘近似相等。

〔六〕「樂哉」句：用莊子典故。《莊子·秋水》：莊子與惠子游于濠梁之上，見儵魚出遊從容，因辯論魚知樂否。後比喻别有會心，自得其樂。

〔七〕逍遥：逍遥自在。指無拘無束，安閒自得。契：領悟。莊蒙：莊周，蒙人，故稱。莊蒙書，指《莊子·逍遥遊》。篇中借用大鵬和小鳩、大椿和朝菌的比喻，説明任何事物都不能超越自己本性和客觀環境，主張各任其性，放棄一切大小、榮辱、死生、壽夭的差别觀念，便能逍遥自在，無往而不適。

〔八〕異時：以後，他日。馭氣：駕馭雲氣。太虚：幻想的虚無縹緲的境界。

〔九〕蘧廬：古代驛傳中供人休息的房子。猶旅館。《莊子·天運》：「仁義，先王之蘧廬也，止可以一宿，而不可久處。」郭象注：「蘧廬，猶傳舍。」古人常用以喻人生之短促。晉陶潛《自祭文》：「陶子將辭逆旅之館，永歸於本宅。」

柳塘

摇摇風影漾寒塘，靜裏亭臺日月長。不似隋家堤岸上〔一〕，亂鴉殘照管興亡〔二〕。

【注】

〔一〕隋家堤岸：隋煬帝修大運河，植柳以固堤，世稱隋堤。

〔二〕管：顧及；過問。二句用唐李商隱《隋宫》「玉璽不緣歸日角，錦帆應是到天涯。于今腐草無螢火，終古垂楊有暮鴉」詩意。

蘇門花塢〔一〕

繞舍雲山慰眼新，看花差後洛陽塵〔二〕。從君小築繁香塢，不負長腰玉粒春〔三〕。

【注】

〔一〕蘇門：山名。在河南省輝縣西北，晉孫登曾隱居於此。花塢：四周高起，中間凹下，種植花木的地方。

〔二〕差：略微。洛陽塵：指衆人赴洛陽看牡丹的盛況。《王吏部分香圖並題册》「牡丹」：「瑁檻特藏春，瑶臺侍太真。香車傾一顧，驚動洛陽塵。」句謂蘇門花事略晚於洛陽牡丹。

〔三〕長腰：長腰粳米，米之絶好者。宋范成大《勞畲耕》：「吴田黑壤腴，吴米玉粒鮮。長腰匏犀瘦，齊頭珠顆圓。」自注：「長腰米狹長，亦名箭子；齊頭白圓凈如珠……皆吴中米品也。」春：古人呼酒爲「春」。二句言有美景在，飲美酒方能盡興。

閏月九日〔一〕

南崖烘暖貯秋光，勝處相沿釂一觴〔二〕。俚諺難逢兩寒食〔三〕，閏餘今值小重陽〔四〕。頭風比似常年愈〔五〕，菊面渾如去歲黄〔六〕。老矣歡遊定能幾，佳時此樂最難忘。

【注】

〔一〕詩題：指閏九月的初九。閏月：農曆一年較太陽年相差約十日二十一時，故須置閏，即三年閏一個月，五年閏兩個月，十九年閏七個月。每逢閏年所加的一個月叫閏月。最初放在歲末，稱「十三月」或「閏月」；後加在某月之後，稱「閏某月」。

〔二〕勝處：美好的地方，山水絶佳處。釂：飲盡杯中酒。觴：古代酒器。

〔三〕俚諺：民間諺語。

〔四〕閏餘：指閏月。小重陽：按詩意指閏九月九日。

〔五〕頭風：頭痛。中醫學病症名。常年：往年。愈：病情痊癒。

〔六〕菊面：指黄色的臉面。

趙内翰摅 一首

摅字子充，宛平人〔一〕。自號醉全老人。

【注】

〔一〕宛平：金縣名，屬中都路大興府，今屬北京市。

早赴北宫〔一〕

苍龙双阙郁层云〔二〕，湖水粼粼柳色新。绝似江行看清晓，不知身是趁朝人〔三〕。

【注】

〔一〕北宫：金代大宁宫，在今北海琼华岛。《历代帝王宅京记》卷一九：「京城北离宫有大宁宫，大定十九年建。后更为宁寿，又更为寿安，明昌二年更为万宁宫。琼花苑有横翠殿，宁德宫，西园有瑶光台，又有琼花岛，又有瑶光楼。」

〔二〕双阙：古代宫殿门两边向外突出的门楼。

〔三〕趁朝：上朝。

赵文学承元 一首

承元字善长，先世汴人，兵火间寓旅河间〔一〕，遂占籍焉〔二〕。大定十三年词赋第一人，除应奉翰林文字，兼曹王府文学〔三〕。以疏俊少检得罪王府〔四〕，贬废久之，遇赦量叙〔五〕，卒于临洮〔六〕。

【注】

〔一〕河間：金府名，屬河北東路，今河北省滄州市。

〔二〕占籍：上報户口，入籍定居。

〔三〕曹王：金世宗子完顔永功，大定十一年封曹王。文學：官名。漢代於州郡及王國置文學，或稱文學掾，或稱文學史，爲後世教官所由來。魏晉以後有文學從事。晉及隋唐時，太子與諸王下亦置文學。

〔四〕疏俊：放達超逸。少檢：行爲不檢點，失於約束。

〔五〕量叙：猶「量授」。叙：按規定的等級次第授予官職。《周禮・天官・宫伯》：「凡在版者，掌其政令，行其秩叙。」鄭玄注：「叙，才等也。」

〔六〕臨洮：金府名，屬臨洮路，治今甘肅省臨洮縣。

探春〔一〕

冰底流泉匹練飛〔二〕，麴塵着柳不禁吹〔三〕。杖藜恰到春生處〔四〕，已有人家插酒旗〔五〕。

【注】

〔一〕探春：早春郊遊。五代王仁裕《開元天寶遺事・探春》：「都人仕女，每至正月半後，各乘車跨馬供帳於園圃或郊野中，爲探春之宴。」宋周密《武林舊事·西湖遊幸》：「都城自過收燈，貴游巨室，皆爭先出郊，謂之『探春』。」

〔二〕匹練：白絹。形容流水。

〔三〕麴塵：本指酒麴上所生菌。其色淡黄如塵，亦用指淡黄色。此借指柳芽。因嫩柳葉色鵝黄，故稱。宋張先《蝶戀花》詞：「柳舞麴塵千萬線，青樓百尺臨天半。」

〔四〕杖藜：謂拄着手杖行走。

〔五〕酒旗：即酒簾。酒店的標幟。

張太保行簡 三首

行簡字敬甫，大定十九年詞賦第一人。家世儒臣〔一〕，備於禮文之學〔二〕。典貢舉三十年〔三〕，門生徧天下。南渡後，遷禮部尚書，太子太保，翰林學士承旨。薨，謚文正。楊内翰之美銘其墓〔四〕，稱敬甫天性孝友〔五〕，太夫人疾，不解衣者數月。居喪，哀毁過禮〔六〕。事其父御史大夫自幼至終，未嘗少違顔色。與諸弟居三十餘年，家門肅睦〔七〕，人無閑言。率勵子弟〔八〕，不知爲驕侈〔九〕，雖處富貴，與素士無異〔一〇〕。平生無泛交，無私謁〔一一〕，慎勤周密，動循禮法。居無怠容〔一二〕，口無俚言〔一三〕，身無徑行〔一四〕，雖古君子無以加。故天下言家法者〔一五〕，唯張氏爲第一。言禮樂，言文章，言德行之純備者〔一六〕，亦唯張氏之歸。有集三十卷傳於家。敬甫《賦燕》云：「王氏烏衣巷〔一七〕，盧家白玉堂〔一八〕。」《寒食》云：「錫粥雞毬留故事〔一九〕，風花鶯柳鬧春城。」《中秋》云：「露凝灝氣霑瑶席〔二〇〕，雲近清光護桂宫〔二一〕。」此類甚多也。

【注】

〔一〕儒臣：泛指讀書人出身的或有學問的大臣。

〔二〕禮文：指禮樂儀制。《漢書·禮樂志》：「是時，上方征討四夷，鋭志武功，不暇留意禮文之事。」

〔三〕典：掌管；主持。貢舉：指科舉考試。

〔四〕楊内翰之美：楊雲翼，字之美。曾任翰林承旨，翰林侍講學士等。

〔五〕孝友：事父母孝順，對兄弟友愛。《詩·小雅·六月》：「侯誰在矣，張仲孝友。」毛傳：「善父母爲孝，善兄弟爲友。」

〔六〕哀毁：謂居親喪悲傷異常而毁損其身。

〔七〕肅睦：安寧和睦。《淮南子·氾論訓》：「天下安寧，政教和平，百姓肅睦，上下相親。」

〔八〕率勵：率領督促。

〔九〕驕侈：驕縱奢侈。

〔一〇〕素士：猶言布衣之士。亦指貧寒的讀書人。

〔一一〕私謁：因私事而干謁請託。《詩·周南·卷耳序》：「内有進賢之志，而無險詖私謁之心。」毛傳：

「謁，請也。」

〔一二〕怠容：疲憊的樣子。

〔一三〕俚言：不高雅的方言俗語。

〔一四〕徑行：任性而行。《禮記・檀弓下》：「禮有微情者，有以故興物者，有直情而徑行者，戎狄之道也。」孔穎達疏：「謂直肆己情而徑行也。」

〔一五〕家法：治家的禮法。

〔一六〕純備：純正完備。《荀子・正論》：「道德純備，智惠甚明。」

〔一七〕烏衣巷：地名。在今南京市秦淮河南。三國吴時在此置烏衣營，以士兵著烏衣而得名。東晉時王謝等望族居此，因著聞。句本唐劉禹錫《烏衣巷》：「朱雀橋邊野草花，烏衣巷口夕陽斜。舊時王謝堂前燕，飛入尋常百姓家。」

〔一八〕盧家：古樂府中相傳有洛陽女子莫愁，嫁于豪富的盧氏夫家。白玉堂：本爲神仙所居。亦喻指富貴人家的邸宅。唐李商隱《代應》：「本來銀漢是紅牆，隔得盧家白玉堂。」

〔一九〕「餳粥」句：寫寒食習俗。宋龐元英《文昌雜録》卷三：「寒食則有假花雞毬、鏤雞子、子推蒸餅、餳粥。」餳粥：甜粥。

〔二〇〕灝氣：彌漫在天地間之氣。瑤席：指珍美的酒宴。唐劉禹錫《酬嚴給事賀加五品兼簡同制水部李郎中》：「彤盤賀喜開瑤席，綵筆題詩出瑣闈。」

〔二〕桂宮：傳説月中有宮殿、桂樹，故稱。南朝梁沈約《八詠詩·登臺望秋月》：「桂宮裊裊落桂枝，露寒凄凄生白露。」

六月二十九日北宮朝回〔一〕

疏柳衰荷又一時〔二〕，清波飛葉夢靈芝〔三〕。年年踏盡溪邊路，不覺吴霜點鬢絲〔四〕。

【注】

〔一〕北宮：金代大寧宮，在今北京北海瓊華島。《歷代帝王宅京記》卷十九：「京城北離宮有大寧宮，大定十九年建。後更爲寧壽，又更爲壽安，明昌二年更爲萬寧宮。瓊花苑有横翠殿，寧德宮，西園有瑶光臺，又有瓊花島，又有瑶光樓。」

〔二〕一時：一個季度。《國語·周語上》：「三時務農而一時講武。」韋昭注：「三時，春夏秋；一時，冬也。」《淮南子·天文訓》：「三月而爲一時，三十日爲一月。」句謂夏去秋來。

〔三〕靈芝：傳説中的瑞草、仙草。《文選·張衡·西京賦》：「浸石菌於重涯，濯靈芝以朱柯。」薛綜注：「石菌、靈芝，皆海中神山所有神草名，仙之所食者。」

〔四〕吴霜：吴地的霜。比喻白髮。鬢絲：鬢髮。唐李賀《還自會稽歌》：「吴霜點歸鬢，身與塘蒲晚。」二句謂時光荏苒，歲月匆匆，不知不覺中已兩鬢斑白。

酬郭光秀才〔一〕

疇昔君來事已睽〔二〕，豈知今我又羈棲〔三〕。波臣儻不辭升斗〔四〕，鵠卵終當遇魯雞〔五〕。

【注】

〔一〕郭光：其人不詳。秀才：唐宋時凡應舉者皆稱秀才。

〔二〕疇昔：往日。睽：不如意，乖離。

〔三〕羈棲：淹留他鄉。

〔四〕「波臣」句：《莊子·外物》：「周顧視車轍中，有鮒魚焉。周問之曰：『鮒魚來，子何爲者邪？』對曰：『我，東海之波臣也。君豈有斗升之水而活我哉？』」

〔五〕「鵠卵」句：《莊子·庚桑楚》：「越雞不能伏鵠卵，魯雞固能矣。」陸德明釋文引向秀曰：「越雞，小雞也，或云荆雞也。魯雞，大雞也，今蜀雞也。」鵠卵：鶴之卵。形體較大。比喻大材。鵠，通「鶴」。二句以「波臣」、「鵠卵」喻郭秀才，勸他暫時接受微薄的接濟，以待將來時來運轉，欣逢貴人，脱穎而出。

題子端雪谿小隱圖〔一〕

出處皆天豈自由〔二〕，仙標終合冠鼇頭〔三〕。不妨貌取黄華景〔四〕，時向鈴齋作卧游〔五〕。

【注】

〔一〕子端：王庭筠，字子端。大定十六年進士，仕至翰林修撰。字畫精美。《金史》卷一二六有傳，《中州集》卷三有小傳。雪溪：王庭筠中年隱居林慮（今河南省林州市）黄華山，自號「黄華山主」，愛黄華山瀑布，其《游黄華山詩》有「掛鏡臺西掛玉龍，半山飛雪舞天風。寒雲直上三千尺，人道高歡避暑宫。」故又號「雪溪」。元好問《游黄華山》云：「黄華水簾天下絶，我初聞之雪溪翁。丹霞翠壁高歡宫，銀河下濯青芙蓉。」小隱：謂隱居山林。晉王唐琚《反招隱》：「小隱隱陵藪，大隱隱朝市。」

〔二〕出處：謂出仕和隱退。

〔三〕仙標：超凡脱俗的風標。用於贊譽人的風度。元好問《王黄華墨竹》：「雪溪仙人詩骨輕，畫筆尚餘詩典刑。」即以仙人稱頌之。鼇頭：唐宋時翰林學士、承旨等官朝見皇帝時立於鐫有巨鼇的殿陛石正中，因稱入翰林院爲上鼇頭。宋江休復《江鄰幾雜誌》：「劉子儀侍郎三入翰林，意望入兩府，頗不懌。詩云：『蟠桃三竊成何事，上盡鼇頭跡轉孤。』」

〔四〕貌取：謂描畫其形貌。唐韓愈《楸樹》：「不得畫師來貌取，定知難見一生中。」黄華景：指黄華山之景。

〔五〕鈴齋：指翰林院。唐代翰林院禁署嚴密，内外不得隨意出入，須掣鈴索打鈴以傳呼或通報。明楊慎《升庵集》卷五十《鈴索》：「李德裕云：『翰林院有懸鈴，以備警急文字，引之以代傳呼也。』

唐制禁署嚴密，非本院人，雖有公事，不敢遽入於内。夫人宣事，亦先引鈴。」唐韓偓《雨後月中玉堂閒坐》：「夜久忽聞鈴索動，玉堂西畔響丁東。」卧遊：謂欣賞山水畫以代遊覽。二句謂翰林院需要王庭筠這類人才，王氏不妨畫黄華山到翰林院，這樣可兩全其美。

張内翰檝　四首

檝字巨濟，先世泰州長春人〔一〕。有官於山陰者〔二〕，遂占籍焉〔三〕。曾祖頤宗，銀青榮禄大夫。祖惠，懷遠大將軍。父天白，虢縣簿〔四〕。巨濟，明昌五年詞賦第一人，仕至鎮戎州刺史〔五〕。爲人有藴藉〔六〕，善談論。文賦詩筆，截然有律度〔七〕，時人甚愛重之。《陜州》詩云〔八〕：「駭浪奔生馬，荒山卧病駝。〔九〕」《永寧劉氏園亭》云〔一〇〕：「菊老芙蓉衰，梨柿葉爭絳。叩門人不應，一犬吠深巷。」此類甚多。

【注】

〔一〕長春：金縣名，屬上京路泰州。遼稱長春州，天德二年降爲縣，隸肇州。今吉林省大安市。

〔二〕山陰：金縣名，屬西京路應州，今山西省山陰縣。

〔三〕占籍：上報户口，入籍定居。

〔四〕虢縣：金縣名，屬鳳翔府路鳳翔府，治今屬陜西省寶雞市。

〔五〕鎮戎州：金州名，屬鳳翔府路，治今寧夏固原市。

〔六〕蘊藉：寬厚而有涵養。

〔七〕律度：猶規矩，法度。

〔八〕陝州：金州名，屬南京路，治今河南省三門峽市西北。

〔九〕「駭浪」二句：謂三門峽一帶的黄河浪濤激蕩澎湃，令人心驚，如同一匹強悍的奔馬，遠處的荒山如伏臥的病駝一般。生馬：猶生駒。指強悍的馬。唐張籍《老將》：「不怕騎生馬，猶能挽硬弓。」

〔一〇〕永寧：金縣名，屬南京路嵩州，今河南省洛寧縣。

秋興〔一〕

飄零千里道〔二〕，牢落半生愁〔三〕。殘月如新月〔四〕，今秋似去秋。露濃花氣重，風細竹聲幽。何日清溪上，煙蓑一釣舟〔五〕。

【注】

〔一〕秋興：指秋日引發的感慨。

〔二〕飄零：飄泊流落。

〔三〕牢落：孤寂；無聊。

〔四〕殘月：農曆月末之下絃月。新月：農曆月初之上絃月。

〔五〕煙蓑：在水霧彌漫中身披蓑衣。二句謂何時纔能脱棄世事，歸隱江湖。

客中

絳唇花不語〔一〕，青眼柳初眠〔二〕。塵去尋芳馬〔三〕，香來載酒船。歸期仍雁後〔四〕，野興已鷗邊〔五〕。惆悵無家客，春風又一年。

【注】

〔一〕絳唇：朱唇，紅唇。代指花瓣。

〔二〕青眼：柳眼。指初生的柳樹嫩葉。

〔三〕尋芳：游賞美景。

〔四〕「歸期」句：化用隋薛道衡《人日思歸》：「人歸落雁後，思發在花前。」

〔五〕野興：對郊遊的興致或對自然景物的情趣。鷗邊：謂與鷗鳥爲友，比喻隱退。宋黄庭堅《登快閣》：「此心吾與白鷗盟。」

蓮實〔一〕

水妃擘出紺珠囊〔二〕，玉筍彫槃喜乍嘗〔三〕。膚白已攙新藕嫩〔四〕，心青猶帶小荷香〔五〕。鬭餘翠鳥零珍羽，飛盡黃蜂露蜜房〔六〕。口腹累人良可笑〔七〕，此身便欲老江鄉〔八〕。

【注】

〔一〕蓮實：蓮子。

〔二〕水妃：水中神女。紺珠囊：寶珠囊，指包裹蓮子的蓮蓬。

〔三〕玉筍：喻女子手指。唐韓偓《詠手》：「腕白膚紅玉筍芽，調琴抽線露尖斜。」

〔四〕膚白：蓮子的表皮。攙：搶先。

〔五〕心青：青色的蓮心。

〔六〕「鬭餘」二句：謂剥取蓮子以後，散落的緑色蓮蓬碎片，如爭鬭後翠鳥留下的羽毛；被剥開的蓮蓬，猶如飛盡黃蜂以後的蜂房一般。蜜房：蜜蜂的巢。

〔七〕口腹：口和腹，多指吃喝，飲食。

〔八〕江鄉：多江河的地方。

初夏

小園綠筍間朱櫻〔一〕，點綴年華似有情。露浥葛巾晨氣潤〔二〕，風隨竹簟晚涼生〔三〕。閑窺黠鼠潛身處〔四〕，靜厭飛蚊遶鬢聲。安得冷泉幽石畔〔五〕，解衣盤礴樹陰清〔六〕。

【注】

〔一〕朱櫻：櫻桃之一種。成熟時呈深紅色，故稱。

〔二〕浥：濕，濕潤。《詩·召南·行露》：「厭浥行露，豈不夙夜？謂行多露。」毛傳：「厭浥，濕意也。」葛巾：用葛布製成的頭巾。

〔三〕竹簟：竹席。

〔四〕黠鼠：狡猾之鼠。

〔五〕冷泉：清涼的泉水。

〔六〕盤礴：箕踞。伸開兩腿坐。蘇軾《和飲酒》序：「在揚州時，飲酒過午輒罷，客去，解衣盤礴終日，歡不足而適有餘。」

閻治中長言 八首

長言字子秀，濟南長清人〔一〕，客居兖州之嵫陽〔二〕。祖俊，行臺南牓〔三〕。父時昇，任忠傑牓〔四〕。曾高以來，登科者六世矣。子秀少日慕張忠定之爲人〔五〕，故名詠，避衛紹王諱改焉。幼孤，養於從祖，能自振厲〔六〕。好學，工詞賦，間有前人句法。性本豪俊〔七〕，使酒任氣〔八〕。及游京師，乃更折節〔九〕，遂以謹厚見稱〔一〇〕。酒酣耳熱，故態稍出〔一一〕，嘗以第一流自負〔一二〕。屏山獨深知之〔一三〕，不以爲過也。平生多奇夢，果魁天下〔一四〕，士論厭服〔一五〕。在翰苑十年，出爲河南府治中。被召，以道梗不得前，卒於亳州〔一六〕。子魯瞻、魯安。今一孫在洺州〔一七〕。

【注】

〔一〕長清：金縣名，屬山東東路濟南府，今山東省長清縣。

〔二〕嵫陽：金縣名，屬山東西路兖州，今屬山東省兖州市。

〔三〕行臺南牓：金代科舉考試，從天會元年至皇統間，因遼宋舊制不同，實行南北選，南選由行臺主持。《金史·選舉志》：「（太宗天會）五年，以河北、河東初降，職員多闕，以遼、宋之制不同，詔南北各因其素所習之業取士，號爲南北選。熙宗天眷元年五月，詔南北選各以經義、詞賦兩科取士。」

〔四〕任忠傑：正隆五年詞賦狀元。

〔五〕張忠定：張詠，字復之，濮州鄄城人，少負氣，不拘小節，雖貧賤客遊，未嘗下人。太平興國五年，郡舉進士，議以詠首薦。卒年七十，贈左僕射，謚忠定。《宋史》卷二九三有傳。

〔六〕振厲：奮勉；振作。

〔七〕豪俊：氣魄大，行爲特出。

〔八〕使酒：因酒使性。任氣：謂處事縱任意氣，不加約束。

〔九〕折節：强自克制，改變平素行爲。

〔一〇〕謹厚：謹慎篤厚。

〔一一〕故態：老脾氣；舊日或平素的舉止神態。

〔一二〕第一流：第一等。《世説新語·品藻》：「桓大司馬下都，問真長曰：『聞會稽王語奇進，爾邪？』劉曰：『極進，然故是第二流中人耳。』桓曰：『第一流復是誰？』劉曰：『正是我輩耳。』」自負：自許。

〔一三〕屏山：李純甫，號屏山居士。

〔一四〕魁：引申爲居第一位，中第一名。據《山東通志》卷二八之二：「閻詠，字子秀，高唐人。承安時擢詞賦魁選。慕張忠定之爲人，氣節豪邁，嘗以第一流自負。仕終河南治中，所著有《復軒集》。」又《陝西通志》卷三〇：「王時憲，承安五年閻詠榜。」可知閻長言「魁天下」是在承安五年（一二〇〇）。

〔一五〕厭服：信服，心服。

〔一六〕亳州：金州名，屬南京路，治今安徽省亳州市。

〔一七〕洺州：金州名，屬河北西路，治今河北省永年縣東。

北齊行〔一〕

天保大人襲世貴〔二〕，未待齊成已無魏〔三〕。讖裏方傳近水羊〔四〕，夢中先兆攻城蝟〔五〕。六君三世都能幾〔六〕，二十八年翻手裏〔七〕。細思孝靜靈運詩〔八〕，天道好還非妄矣〔九〕。

【注】

〔一〕北齊：南北朝時北方王朝之一。公元五五〇年，高洋取代東魏建立，國號齊，建元天保，建都鄴（今河北省臨漳縣），史稱北齊。歷經六帝，後被北周消滅。

〔二〕天保大人：指高洋。他代東魏建齊，建元天保，故稱。世貴：世代顯貴。高洋出身官宦世家，其高祖高謐官至魏侍御史；父高歡爲魏大丞相、都督中外諸軍事，領渤海王，掌軍政大權。高歡以晉陽爲基地，東征西討，爲高洋建立北齊奠定了基礎。

〔三〕「未待」句：公元三八六年，鮮卑族拓跋珪建立魏國，建都平城，五三四年，分裂爲東魏與西魏。十六年後，東魏被北齊取代。句言在北齊建國之前，高氏已實際把持朝政，東魏政權已名存實亡。

〔四〕「讖裏」句：高洋篡魏自立之前，曾出現諸多預示其稱帝的徵兆。有童謡、讖語以及大水中的群羊，爲其稱帝大造聲勢。《北史·齊本紀中》：「先是，童謡曰：『一束藁，兩頭然。河邊羖攊飛上天。』藁然兩頭，於文爲高，河邊羖攊，爲水邊羊，指帝名也。於是徐之才盛陳宜受禪。……且讖云：『羊飲盟津，角拄天。』盟津，水也。羊飲水，王名也。角拄天，大位也。又陽平郡界回星驛傍，有大水，土人常見群羊數百，立卧其中，就視不見。事與讖合。」讖：迷信的人指將要應驗的預言、預兆。近水羊：即水邊羊，暗示「洋」字。

〔五〕「夢中」句：指北齊武成帝高湛曾夢大蝟攻破鄴城事。《北史·齊本紀下》：「武成夢大蝟攻破鄴城，故索境内蝟膏以絶之。識者以後主名聲與蝟相協，亡齊徵也。」人以北齊後主高緯之「緯」與「蝟」聲音相近，將其看作亡齊徵兆。

〔六〕六君：北齊六代君王。分别爲：文宣帝高洋、廢帝高殷、孝昭帝高演、武成帝高湛、後主高緯、幼主高恒。三世：三代。高洋爲高歡次子，高演爲第六子，最後爲幼主禪位的高湝，是高歡第十子，此爲一世；高殷爲高洋長子，高湛爲高洋第九子，又一世；高緯爲高湛子，又一世。

〔七〕二十八年：指北齊統治的時間，從公元五五〇年滅東魏始，至公元五七七年被北周滅亡，前後共二十八年。翻手：翻轉手掌。形容時光迅速或處事輕便。句謂北齊政權歷時很短，興起與滅亡都如翻轉手掌般輕易。

〔八〕「细思」句：孝静：東魏孝静帝，名元善見，鮮卑族，孝文帝曾孫。爲人從容沉雅，有孝文風度。北魏孝武帝永熙三年十月，權臣高歡等立元善見爲皇帝，改元天平，東魏正式建立。由於皇帝年幼，由高歡輔政。歡權傾朝野，令孝静帝如坐針氈。歡死後，其子高澄承繼父職，權勢更大，高洋再繼任父兄之職，迫帝禪位，改國號「齊」，東魏亡。魏帝在次年被高洋毒死，謚號孝静。《魏書》卷一二《孝静帝紀》載：「帝不堪憂辱，詠謝靈運詩曰：『韓亡子房奮，秦帝魯連恥。本自江海人，忠義動君子。』」謝靈運，南朝宋詩人，據《宋書·謝靈運傳》，其詩爲謝靈運拒捕時所吟。

〔九〕「天道」句：語本《老子》第三十章：「以道佐人主者，不以兵强天下，其事好還。師之所處，荆棘生焉。」天道：天理。好：喜好。句言天好還報，善惡終有報應。

應制中秋〔一〕

璧月當秋夜未闌〔二〕，漢宫高會浹宸歡〔三〕。塊蘇塵世三千界〔四〕，珠翠瑶光十二欄。桂實飄香浮壽斝〔五〕，露華零潤溢仙槃〔六〕。都人側聽雲韶奏〔七〕，共指天家是廣寒〔八〕。

【注】

〔一〕應制：應皇帝之命寫作詩文。中秋：指農曆八月十五日。宋吴自牧《夢粱録·中秋》：「八月十五日，中秋節，此日三秋恰半，故謂之中秋。」

〔二〕璧月：對圓月的美稱。闌：盡，晚。

〔三〕漢宫：漢朝宫殿。此代指金朝宫殿。高會：盛大宴會。浹：融洽。漢班固《東都賦》：「皇歡浹，群臣醉。」宋文瑩《玉壺清話》卷一：「真宗嘗曲宴群臣於太清樓，君臣讙浹談笑無間。」宸：北極星所居。即紫微垣。借指帝王之所居，又引申爲帝王的代稱。

〔四〕「塊蘇」句：語本《列子·周穆王》：「暨及化人之宫……王俯而視之，其宫榭若累塊積蘇焉。」塊蘇：原指土塊和草堆。借指宫榭樓閣。三千界：三千大千世界，指廣大無邊的世界。

〔五〕桂實：桂花。斝：古代青銅製的酒器，圓口，三足。

〔六〕仙槃：承露盤。漢武帝迷信神仙，於建章宫築神明臺，立銅仙人舒掌捧銅盤承接甘露，冀飲以延年。後三國魏明帝亦於芳林園置承露盤。

〔七〕都人：京都、京城的人。雲韶：黄帝《雲門》樂和虞舜《大韶》樂的並稱。後泛指宫廷音樂。

〔八〕天家：指帝王家。廣寒：即廣寒宫。舊題唐柳宗元《龍城録·明皇夢遊廣寒宫》載：唐玄宗於八月望日遊月中，見一大宫府，榜曰「廣寒清虚之府」。後因稱月中仙宫爲「廣寒宫」。

婆速道中書事〔一〕

此地先經戰，人生苦未聊〔二〕。泉源疏地脈〔三〕，田壠上山腰。敗石平危徑〔四〕，枯柴補短橋。曉煙明遠爨〔五〕，暮雪暗歸樵。履滑心頻悸，梯危骨欲消〔六〕。解鞍空倒卧，無夢訖通宵〔七〕。

【注】

〔一〕婆速：婆速府路，在今遼寧省東南部。

〔二〕聊：依靠，倚賴。

〔三〕疏：開浚，開通。《國語·周語下》：「夫天地成而聚於高，歸物於下。疏爲川谷，以導其氣。」韋昭注：「疏，通也。」地脈：指地下水流。

〔四〕危徑：險峻的山路。句言用墜落的山石墊補崎嶇不平的山路。

〔五〕爨：竈。

〔六〕「梯危」句：言天梯似的險路使人膽顫心驚，骨頭發軟。

〔七〕訖：通「迄」。到，至。

送麗酒麗橙與秀實御史〔一〕

驄馬朝回畫閤深〔二〕，遥知春意領梅心〔三〕。麗橙嬌軟麗樽小，聊助風流對淺斟。

【注】

〔一〕麗酒麗橙：濃香的酒和鮮美的橙。秀實：其人不詳。劉祁《歸潛志》卷三載：「雷琯，字伯威，坊州人。父秀實，亦名進士。」或爲此人。

〔二〕驄馬：青白色相雜的馬。此用稱美御史之典。《後漢書·桓典傳》：「辟司徒袁隗府，舉高第，拜侍御史。是時宦官秉權，典執政無所回避，常乘驄馬，京師畏憚，爲之語曰：『行行且止，避驄馬御史。』」後用作稱頌御史執法嚴厲、不避權貴的典故。畫閣：彩繪華麗的樓閣。

〔三〕梅心：梅花的苞蕾。唐元稹《寄浙西李大夫》其一：「柳眼梅心漸欲春，白頭西望憶何人？」句言由梅花之花蕾待放領悟到春天將要來臨，即俗云臘梅報春。

閻立本職貢圖〔一〕

諤諤昌周此一書，形容獒貢寫成圖〔二〕。寧知右相無深意〔三〕，莫指丹青便厚誣〔四〕。

【注】

〔一〕閻立本（約六〇一——六七三）：雍州萬年（今陝西省臨潼縣）人。唐代畫家，善畫人物、車馬、臺閣，尤擅長於肖像畫與歷史人物畫。他的繪畫，線條剛勁有力，神采如生，曾爲唐太宗畫《凌煙閣功臣二十四人圖》，爲當時稱譽。代表作有《步輦圖》、《職貢圖》等。新、舊唐書有傳。《職貢圖》所描繪的是唐太宗時婆利、羅刹等國前來朝貢及進奉各式珍奇物品的景象。

〔二〕「謇謇」二句：《書·旅獒》：「惟克商，遂通道于九夷八蠻，西旅厎（致）貢厥獒。太保乃作《旅獒》，用訓于王傳，曰：『嗚呼，明王慎德，四夷咸賓。……玩人喪德，玩物喪志。……珍禽奇獸，不育于國。不寶遠物，則遠人格；所寶惟賢，則邇人安。』」孔安國傳：「犬高四尺曰獒，以大爲異。」謇謇：直言爭辯貌。《韓詩外傳》卷十：「有謇謇爭臣者，其國昌；有默默諛臣者，其國亡。」昌周：使周國昌盛。二句謂閻立本所畫的《職貢圖》賦予深意，近似太保規諫周王之《旅獒》。

〔三〕「寧知」句：《新唐書》本傳載：唐高宗總章元年，閻立本以司平太常伯拜右相。「初，太宗與侍臣泛舟春苑池，見異鳥容與波上，悅之，詔坐者賦詩，而召立本侔狀。閤外傳呼畫師閻立本，是時已爲主爵郎中，俯伏池左，研吮丹粉，望坐者羞悵流汗。歸戒其子曰：『吾少讀書，文辭不減儕輩，今獨以畫見名，與廝役等，若曹慎毋習。』然性所好，雖被訾屈，亦不能罷也。既輔政，但以應務俗材，無宰相器。時姜恪以戰功擢左相，故時人有『左相宣威沙漠，右相馳譽丹青』之嘲。」

〔四〕「莫指」句：言不要看到畫圖便以爲閻立本僅僅畫藝，其圖實則有規諫之深意，是深謀遠慮的政治家。

盤山招隱圖〔一〕

畫出中盤望隱歸〔二〕，嗚珂朝馬尚遲遲〔三〕。賦詩未敢輕相誚〔四〕，卻恐吾山也勒移〔五〕。

【注】

〔一〕盤山：山名，在今天津薊縣城西北，原稱無終山，因漢末田疇隱居此而得名。盤山招隱圖：不知何人所畫，金人多有題詠。

〔二〕中盤：盤山分三盤，素以「上盤之松，中盤之石，下盤之水」著稱。

〔三〕鳴珂：顯貴者所乘的馬以玉爲飾，行則作響，故名。遲遲：徐行貌。《詩・邶風・谷風》：「行道遲遲，中心有違。」毛傳：「遲遲，舒行貌。」句言達官對於招隱，心雖尚之卻仍遲疑不決。

〔四〕相誚：指對貪圖禄位望隱遲疑者嘲諷。

〔五〕勒移：將移文刻於山崖。南朝齊孔稚珪《北山移文》：「鍾山之英，草堂之靈，馳煙驛路，勒移山庭。」句用此典，言自己亦未隱歸，恐怕家鄉的山神也要像鍾山之神拒絶假隱士周顒那樣刻《北山移文》以嘲諷自己。

三門集津圖〔一〕

津門未爲天下險，勿作駭相觀兹圖〔二〕。偃月堂中李林甫〔三〕，有人能寫此心無〔四〕。

【注】

〔一〕詩題：此爲題畫詩，畫不知何人所作。三門集津：黄河中十分險要的地段，在河南三門峽。相傳大禹治水，使神斧將高山劈成「人門」、「神門」、「鬼門」三道峽谷，河道中由鬼石和神石將河道分成三流，水湍浪急。《金史·地理中》「陝州湖城」下云：「鎮二，三門，集津。」《金史·百官三》「孟津渡」下云：「提舉三門、集津南北岸。」三門爲南渡口，集津爲北渡口。

〔二〕駭相：驚懼狀。

〔三〕偃月堂：唐李林甫堂名。《新唐書·奸臣傳上·李林甫》：「林甫有堂如偃月，號月堂。每欲排構大臣，即居之，思所以中傷者。若喜而出，即其家碎矣。」

〔四〕此心：指李林甫的陰險狠毒之心。二句謂李林甫比三門集津之險更可怕。

丁氏思祖亭

鶴野三千里〔一〕，崑函五百年〔二〕。人間仍舊德〔三〕，龜筮得新阡〔四〕。族屬東州望〔五〕，衣冠鼻祖傳〔六〕。異時誰式墓〔七〕，應識子孫賢。

【注】

〔一〕「鶴野」句：用漢遼東人丁令威學化鶴而歸事。《遼史》卷三八：「鶴野縣本漢居就縣地，渤海爲雞山縣。昔丁令威家此，去家千年，化鶴來歸，集於華表柱，以咮畫表云：『有鳥有鳥丁令威，去家千年今來歸。城郭雖是人民非，何不學仙塚纍纍。』」又《易·中孚》：「鶴鳴在陰，其子和之。」

《詩·小雅·鶴鳴》：「鶴鳴于九皋，聲聞于野。」句兼用此，言丁氏心心相印的思祖之意。

〔二〕「梟函」句：用東漢孝子丁密爲父母喪守廬墓有雙梟遊於廬旁事。《太平御覽》卷四一四引《廣州先賢傳》：「丁密，字靖公。遭父憂寢於塚側，致飛梟一雙遊密廬旁小池。後遭母喪，密至所居，一宿，故時雙梟來。時人服其至孝。」

〔三〕舊德：舊有的孝敬祖先之德。

〔四〕龜筮：占卦。古時占卜用龜，筮用蓍，視其象與數以定吉凶。新阡：新築的墓道。

〔五〕族屬：同族的親屬。《禮記·大傳》：「同姓從宗，合族屬。」東州：指東方州縣，丁氏以炎帝神農氏少典的兒子丁公伋爲始祖，以齊地（今山東省北部）爲聚集地。望：郡望。古稱郡中爲衆人所仰望的貴顯家族。

〔六〕衣冠：借指文明禮教。鼻祖：始祖，有世系可考的最初的祖先。

〔七〕式墓：車至墓前，人立車中，俯身按着車軾，以表敬意。

李治中著 一首

著字彦明，真定人〔一〕。高才博學，詩文得前人體。工於字畫，頗尚玄言〔二〕。承安二年經義第一人。在翰林七年，出副定州〔三〕。召爲户部員外郎，坐大中黨事〔四〕，謫臨洮府判官〔五〕，量移西京路按察司判官〔六〕，遷彰德府治中〔七〕。城再陷，避於塔上。兵人招降，大罵不從，掘塔倒而死。

【注】

〔一〕真定：金府名，屬河北西路，治今河北省正定縣。

〔二〕玄言：指老莊之書。《南史·張敷傳》：「性整貴，風韻甚高，好讀玄言。」

〔三〕定州：宋之中山府，天會七年降爲定州博陵軍定武軍節度使，後復爲府。屬河北西路，今河北省定州市。

〔四〕大中黨事：金泰和七、八年間，時任審官院掌書大中，因漏言朝廷除授事，以私議朝政罪被杖罰。多人受牽連，是爲「大中黨事」。參見《金史·劉昂傳》。

〔五〕臨洮府：金府名，屬臨洮路，治今甘肅省臨洮縣。

〔六〕量移：指官吏因罪遠謫，遇赦酌情調遷近處任職。唐白居易《自題》：「一旦失恩先左降，三年隨例未量移。」

〔七〕彰德府：金府名，屬河北西路，治今河南省安陽市。

觀音院書閣

門巷蓬蒿一尺深①〔一〕，小軒岑寂似山林〔二〕。鳥聲落枕有高下，山色閱人無古今。客裏三年侵老境〔三〕，牀頭一易浣塵襟〔四〕。晚涼癡坐忘言裏〔五〕，滿地西風白玉簪〔六〕。

【校】

①門：毛本作「明」。

【注】

〔一〕蓬蒿：蓬草和蒿草。亦泛指草叢，草莽。

〔二〕岑寂：寂寞，孤獨冷清。

〔三〕侵：漸進。杜甫《寄贊上人》：「年侵腰脚衰，未便陰崖秋。」老境：老年時期的景況。

〔四〕易：《易經》。塵襟：世俗的念頭。

〔五〕忘言：謂心中領會其意，不須用言語來説明。語本《莊子·外物》：「言者所以在意，得意而忘言。」

〔六〕白玉簪：花名。又名白萼、白鶴仙，百合科多年生宿根草本花卉。秋季開花，色白如玉，未開時如簪頭，有芳香。

△異人

擬栩先生王中立 六首

中立字湯臣，岢嵐人〔一〕。博學强記，問無不知。少日治《易》，有聲場屋間〔二〕。家豪於財，賓客日滿門。所以待之者，備極豐腆〔三〕，其自奉則日食淡湯餅一杯而已〔四〕。年四十喪妻，遂不更娶，亦不就舉選〔五〕，齋居一室，枯淡如衲僧〔六〕。如是三、四年乃出，時人覺其談吐高闊，詩筆字畫皆超絶，若有物附之者〔七〕。問之不言也。閑閑趙公知平定〔八〕，先生往謁之。與之詩云：「寄語閑閑傲浪仙，枉將詩酒汚天全〔九〕。黄塵遮斷來時路，不到蓬山五百年①。」因言唐世士大夫五百人，皆仙人謫降。中有爲世味所着迷而不反者，如公與我皆是也。一日，來都下，館於閑閑公家。中秋夜飲酒賦詩，且就公索墨水一盤，公如言與之。明旦不告而去，壁間留「龜鶴」二字，廣長一丈，而墨水具在，不知以何物書之也。朝士來觀者，車馬填咽〔一〇〕，都下競傳王先生仙去矣〔一一〕。久之，先生從外至。問二字以何物書之，不答，題詩其旁云：「天地之間一古儒，醒來不記醉中書。旁人錯比神仙字，只恐神仙字不如。」先生平生詩甚多，有「醉袖舞嫌天地窄，詩情狂壓海山平」之句，他亦稱此。人有問世外事者，亦一二言之。好作擘窠大字〔一二〕，往往瞑目爲之，筆意縱放，勢若飛動。

閑閑公甚愛之。屏山嘗見先生〔一三〕，商略前代人物〔一四〕，引先儒論議數十條在目前，如人人自相詰難〔一五〕，然後以己意斷之，以爲辨博中第一流人也〔一六〕。臨終，預尅死期〔一七〕，如言而逝。州將石倫葬之忻州〔一八〕，時年五十六。予嘗從先生學，問作詩究竟當如何？先生舉秦少游《春雨》詩云〔一九〕：「『有情芍藥含春淚，無力薔薇卧晚枝』，此詩非不工，若以退之『芭蕉葉大梔子肥』之句校之〔二〇〕，則《春雨》爲婦人語矣。破卻工夫〔二一〕，何至學婦人？」先生晚年易名雲鶴，自號擬栩云。

【校】

①山：毛本作「萊」。

【注】

〔一〕嵐：金州名，屬河東北路，治今山西省岢嵐縣。

〔二〕場屋：科舉考試的地方，又稱科場。

〔三〕豐腆：指飲饌的豐盛。

〔四〕自奉：謂自身日常生活的供養。湯餅：水煮的麵食。《釋名·釋飲食》：「蒸餅、湯餅、蠍餅、金餅、索餅之屬，皆隨形而名之也。」

〔五〕舉選：指科舉。

〔六〕枯淡：指孤寂淡泊的生活。

〔七〕若有物附之：似有鬼神附身顯靈。

〔八〕閑閑趙公：趙秉文，號閑閑。平定：金州名，屬河東北路，治今山西省平定縣。

〔九〕天全：天賦完美的禀性。

〔一〇〕填咽：亦作「填噎」。堵塞，擁擠。

〔一一〕仙去：成仙而去。

〔一二〕擘窠：寫字、篆刻時，爲求字體大小匀整，以横直界線分格，叫「擘窠」。亦代指大字。

〔一三〕屏山：李純甫，號屏山居士。

〔一四〕商略：品評，評論。

〔一五〕詰難：詰問駁難。

〔一六〕辨博：指學識廣博。

〔一七〕尅：嚴格限定。多用於時日。

〔一八〕忻州：金州名，屬河東北路，治今山西省忻州市忻府區。

〔一九〕秦少游：秦觀，字少游，宋代詩人。

〔二〇〕退之：韓愈，字退之。中唐詩人。「芭蕉葉大梔子肥」出自韓愈《山石》詩。

〔二一〕破卻：破費，花費。

中秋

素丸東溟來〔一〕，飛上玻璃盆〔二〕。聊揮五輪手〔三〕，撥去萬里陰。印透山河影，照開天地心。人世有昏曉〔四〕，我未嘗古今。屏山所傳作「素紈青溟來，聊舒五輪指」。

【注】

〔一〕素丸：指圓月。東溟：東海。

〔二〕玻璃盆：多喻水面，此當指天空。宋黄庭堅《太平寺慈氏閣》：「青玻瓈盆插千岑，湘江水清無古今。」

〔三〕五輪手：即五輪指。指佛手掌五指。《楞嚴經》卷一：「即時如來舉金色臂，屈五輪指。」

〔四〕昏曉：明和暗，或晝和夜。

雜詩四首〔一〕

華山宫殿白雲封〔二〕，不見當年打睡翁〔三〕。貪看終南山色好〔四〕，不知紅日下前峰。

【注】

〔一〕雜詩：謂興致不一，不拘流例，遇物即言之詩。《文選》有雜詩一目，凡内容不屬獻詩、公宴、遊覽、行旅、贈答、哀傷、樂府諸目者，概列雜詩項。即有題如張衡《四愁》、曹植《朔風》等，内容相近，亦歸此項，如王粲、劉楨、曹植兄弟等作皆即以「雜詩」二字爲題，後世循之。《文選·王粲·雜詩》李善注：「雜者，不拘流例，遇物即言，故云雜也。」唐李周翰注：「興致不一，故云雜詩。」

〔二〕華山：五嶽之一。在陝西省華陰市南，北臨渭河平原，屬秦嶺東段。又稱太華山。古稱「西嶽」。有蓮花（西峰）、落雁（南峰）、朝陽（東峰）、玉女（中峰）、五雲（北峰）等峰。

〔三〕打睡翁：謂陳摶。《宋史》卷四五七載：陳摶，後唐末舉進士不第，遂隱居武當山。移居華山雲臺觀，又止少華石室，每寢處多百餘日不起。

〔四〕終南：終南山。秦嶺主峰之一。在陝西省西安市南。一稱南山，即狹義的秦嶺。古名太一山、地肺山、中南山、周南山。

又

獨跨蒼虬下太清〔一〕，春風萬里月華明。因君感激爲君説，鑿破天機我也驚〔二〕。

【注】

〔一〕蒼虬：青色的龍。太清：三清之一。道教謂元始天尊所化法身道德天尊所居之地，其境在玉清、上清之上，唯成仙方能入此，故亦泛指仙境。

〔二〕天機：謂天之機密，猶天意。

又

雲葉粼粼皺碧空〔一〕，笙簫遞響入天風〔二〕。忽驚風浪耳邊急，不覺形神來世中〔三〕。

【注】

〔一〕雲葉：猶雲片，雲朵。粼粼：猶鱗鱗。形容鱗狀雲彩。《文選·鮑照·還都道中作詩》：「鱗鱗夕雲起，獵獵晚風遒。」吕延濟注：「鱗鱗，雲貌。」

〔二〕天風：風。風行天空，故稱。

〔三〕形神：形骸與精神。

又

此生休更問浮名〔一〕，名利區區不暫停〔二〕。我有一丸天上藥，用時還解濟蒼生〔三〕。

【注】

〔一〕浮名：虚名。

〔二〕區區：小少。形容微不足道。

〔三〕解：能够。蒼生：指百姓。

題裕之樂府後〔一〕

常恨小山無後身〔二〕，元郎樂府更清新〔三〕。紅裙婢子那能曉〔四〕，送與凌煙閣上人〔五〕。

【注】

〔一〕裕之：元好問，字裕之。樂府：指詞。

〔二〕小山：北宋詞人晏幾道，字叔原，號小山，撫州臨川（今屬江西）人，晏殊之子。性孤傲，晚年家境中落。其詞工於言情，詞風哀感纏綿、清壯頓挫。與其父齊名，世稱「二晏」。著有《小山詞》。後身：佛教有「三世」的説法，謂轉世之身爲「後身」。

〔三〕元郎：元好問。

〔四〕紅裙婢子：代歌妓，歌女。曉：知道，懂得。句謂元好問詞比晏幾道詞更典雅，其情趣非歌女所能懂。

〔五〕凌煙閣：唐代閣名。唐太宗將二十四功臣畫像於凌煙閣，以表揚其功績。

王先生予可 七首

予可字南雲，吉州人〔一〕。父本軍校〔二〕，南雲亦嘗隸籍〔三〕。年三十許，大病後忽發狂，久之，能把筆作詩文，及説世外恍惚事。南渡後，居上蔡、遂平、郾城之間〔四〕，在郾城爲最久。遇文士則稱「大成將軍」，於佛前則「諦摩龍什」，於道則「騶天玄俊」，於貴游則「威錦堂主人」。爲人軀幹雄偉，貌亦奇古。戴青葛巾〔五〕，項後垂雙帶，狀若牛耳，一金鏤環在頂額之間，兩頰以青涅之〔六〕，指爲翠靨〔七〕。衣長不能掩脛，故時人有「哨腿王」之目〔八〕。落魄嗜酒，每入城市，人爭以酒食遺之。夜宿土室中，夏月或屍穢在旁，蛆蟲狼藉，不卹也〔九〕。人與之紙，落紙數百言，或詩或文，散漫碎雜，無句讀，無首尾，多六經中語及韻學家古文奇字〔一〇〕。字畫峭勁①〔一一〕，遇宋諱亦時避之。人或問以故事，其應如響〔一二〕，諸所引書皆世所未見。談説之際，稍若有條貫〔一三〕，則又以誕幻語亂之〔一四〕。麻知幾、張伯玉與之游最狎〔一五〕。説其所詩，以百分爲率，可曉者才二三耳。《題嵩山石淙》云：「石裂雯華漬月秋。」蓋石淙之石〔一六〕，皆狀若湖玉〔一七〕，其高有五六十尺者。石之文如蟲蝕木，如太古篆籀〔一八〕，奇峭秀潤，一一在潭水中。親到其處，知詩爲工也。《蔡州北懸壺觀仙榆》云：「壺樹苔波月漬皴。」《醉後》云：「一壺天地醒眠小。」《宮體》云：「萬疊雲山飛小雁。」《射虎》首句云：「風色偃貂裘。」《即閣筆自戲》云：「此虎來矣。」樂府云：「唾尖絨舌淡紅甜。」又《自戲》云：「欲下犁舌獄耶。」《和太白宮詞》云：「金盆水不暖，翠雀啄晴苔。」又云：「鳳蹴瑶華散，龍銜桂子香。」《西瓜》云：「一片冷截潭底月，六彎斜卷隴頭雲。」《烹茶》云：「簾捲緑陰花外月，玉山冰雪醉扶翁。」《凌霄花》云：「啼鳥倒銜金羽舞，驚蛇斜傍玉簾飛。」《威錦堂樂府》云：「鳳環捧席帶香屏，鯨杯倚伎和雲捲。屏疑作憑。」此類尚多。人亦多贈南雲詩者。李子遷云〔一九〕：「石鼎夜聯詩筆健，布囊春醉酒錢粗。」真南雲傳神詩也。壬辰兵亂〔二〇〕，爲順天軍將領所得，知其名，竊議欲挈之北歸，館於州之瑞雲觀。南雲明日見將領，自言云：「我不能住君家瑞雲觀也②。」不數日，病卒。後復有見之淮上者。

【校】

① 晝：李本、毛本作「或」。

② 住：李本、毛本作「往」。

【注】

〔一〕吉州：金州名，屬河東南路，天德三年改耿州，治今山西省吉縣。

〔二〕軍校：任輔助之職的軍官。

〔三〕隸籍：指隸屬軍籍。

〔四〕上蔡：金縣名，屬南京路蔡州，今河南省上蔡縣。遂平：縣名，金代屬南京路蔡州，今河南省遂平縣。郾城：金縣名，屬南京路許州，今河南省漯河市郾城區。

〔五〕葛巾：用葛布製成的頭巾。《宋書·隱逸傳·陶潛》：「郡將候潛，值其酒熟，取頭上葛巾漉酒，畢，還復著之。」

〔六〕湼：染。

〔七〕翠靨：古代貴族婦女的面飾。用緑色「花子」粘在眉心，或製成小圓形貼在嘴邊酒窩地方。

〔八〕哨腿：長腿。

〔九〕不衃：不顧及；不在乎。

〔一〇〕六經：六部儒家經典。《莊子·天運》：「孔子謂老聃曰：『丘治《詩》、《書》、《禮》、《樂》、《易》、《春秋》六經，自以爲久矣，孰知其故矣。』」《漢書·武帝紀贊》：「孝武初立，卓然罷黜百家，表章六經。」顔師古注：「六經，謂《易》、《詩》、《書》、《春秋》、《禮》、《樂》也。」

〔一一〕峭勁：挺拔堅勁；剛健。

〔一二〕其應如響：即「應答如響」。對答有如回聲。形容答話敏捷流利。

〔一三〕條貫：條理，貫通。

〔一四〕誕幻：荒誕虚幻。

〔一五〕麻知幾：麻九疇，字知幾。張伯玉：張轂，字伯玉。狎：親近；接近。

〔一六〕石淙：嵩山溪名，又稱平樂澗，與玉溪匯入潁水。

〔一七〕湖玉：指太湖石。

〔一八〕篆籀：篆文和籀文。

〔一九〕李子遷：李夷，字子遷。陳州（今河南省淮陽縣）人。性剛烈，尤喜武事，累試科舉，皆不中。《中州集》卷七、《歸潛志》卷二有小傳。

〔二〇〕壬辰兵亂：金哀宗天興元年（一二三二）蒙古軍圍汴京。

宮詞〔一〕

水曲朱門漪漾漫，一簾花雨月波寒。金閨背襯鴛鴦冷〔二〕，春困秋千立畫干〔三〕。

【注】

〔一〕宮詞：古詩體之一，多七言四句，以宮廷景物人事爲題材。

〔二〕金閨：閨閣的美稱。背襯：衣服背面裏子中的絲棉、駝毛等所襯的薄紗，亦以羽緞爲襯。鴛鴦：指鴛鴦茵，繡有鴛鴦花飾的褥子。

〔三〕春困：謂春日精神倦怠。畫干：指有塗飾的秋千架。干：通「竿」。

南園湖石

翠雀銜雲墮翠蕪〔一〕，砥峰倒影卧平湖。飛花不到穿簾月，高倚晴天一劍孤。

【注】

〔一〕翠雀：即翡翠鳥。

馴鶴圖　張伯玉家畫幀，宫人徐行，以手整釵。一鶴後隨，謂之馴鶴圖。伯玉請賦詩，欽叔常苦其作詩多不用韻，限以釵、來、苔三字。〔一〕

寢處妝鉛未捲釵，孤雲花帶月邊來。六宫簾幕金鸞冷〔二〕，露濕晨煙啄翠苔。

【注】

〔一〕張伯玉：張轂，字伯玉。欽叔：李獻能，字欽叔。限字：即限韻，規定做詩的用韻。

〔二〕六宫：古代皇后的寢宫，正寢一，燕寢五，合爲六宫。因用以稱后妃或其所居之地。金鸞：當指鶴。

雜詩　二首

白露沙灘浸緑湄，小舟艤岸尚依稀〔一〕。山回屏曲江連樹，春鎖人家深處歸。

【注】

〔一〕艤岸：停船靠岸。依稀：隱約，不清晰。

又

暗悲秋色素團團〔一〕，一雨飄零颸霽寒〔二〕。天淨長空煙斂處，彩虹金掛樹頭山。

【注】

〔一〕團團：簇聚貌。

〔二〕颸：暴風。霽：雨雪停止，天放晴。

宮體 二首〔一〕

紅葉鋪霜撼御階〔二〕，繡蓮塵蹴襯羅鞋〔三〕。袖沾鶯翅調簧語〔四〕，墮卻銜翹入鬢釵。

【注】

〔一〕宮體：一種描寫宮廷生活的詩體。始於南朝梁簡文帝，主要作者有徐摛、徐陵、庾肩吾、庾信等人。作品内容多寫宮廷生活和男女私情，形式上追求詞藻靡麗，時稱宮體。後世因稱豔情詩爲宮體。《梁書·簡文帝紀》：「（簡文帝）雅好題詩，其序云：『余七歲有詩癖，長而不倦。』然傷於輕豔，當時號曰『宮體』。」

〔二〕撼：搖落。

〔三〕繡蓮：指宫女的脚。蹴：踩，踏。塵蹴，行走。

〔四〕調簧：調弄舌頭。指舌頭靈巧，能言善辯。

又

驕馬金籠藉草歸〔一〕，翠鸞屏曲染紅霏。凭欄山色春風裏，唤得鶯兒燕子飛。

【注】

〔一〕金籠：金飾籠頭。藉：踏。

照了居士王彧　四首

彧字子文，洺州人〔一〕，承安中進士。資剛决不可犯。爲尚書省掾，知管差除〔二〕，與郎官相可否〔三〕，即棄官去，往來登封、盧氏山中〔四〕。改名知非，字無咎，自號照了居士。居山中二十年，布衣蔬食，井臼自親。時人哀苦之，而知非處之自若也。少日爲文，工於四六，詩亦有功。《和二宋落花韻四首》云：「曾見嬌窺宋玉牆〔五〕，忽驚遺夢到延凉〔六〕。聚塵非分侵凌玉，流水無情葬送香。錦韉謾拖終隔面〔七〕，綵灰雖吐若爲腸〔八〕。蒼苔碧草無窮恨，木石癡兒亦自傷。」「可人未厭出鄰牆，回首空殘翠幕凉。好事只傳懷夢草〔九〕，殊鄉誰致返魂香〔一〇〕。塵凝燕子慵開眼，煙暗馬嵬空斷腸。穠李絳桃俱異物，爲歌薤露寫餘傷〔一一〕。」「緑影浮空只自傷，賞心死着未能忘。瓊枝不解留春色，銀燭空曾照夜妝①。肺腑已傳蜂蜜盡②，肌膏仍與燕泥香。情知青帝回車日〔一二〕，合有祥風老退房。」「韶華終竟合凋傷③，獻笑縈懷忍遽忘。露壓不禁昏淚臉，風披無奈醉愁妝。芳菲頓減園林趣，狼藉空餘陌路香。卻憶班姬浪辛苦〔一三〕，一生都得幾專房〔一四〕。」既學佛，作決定歌。禪家以爲證道、新豐之後，無有及者〔一五〕。初出京，有詩云：「親疏俱穩人倫了，婚嫁齊成俗意周。一筆盡鉤塵債斷，都無虧欠大家休。休休休，愛著何時是徹頭。風息浪平人已渡，笑攜明月下孤舟。」《嵩山中》云：「撒手寧論萬丈崖，脚跟未肯點塵埃。東君也自魔君數〔一六〕，故着青紅眼底來。來何遲，去何早，二五不多十不少。一聲柄木偏虛空，誰識堂堂真照了。」又《贈安居士國寶》云：「不招措大嗔，不喚王子文。不惹禪和笑，不名王照了。他人怕人嫌，照了要人嫌。人人有面樹有皮，努力方便勤妝嚴。妝嚴也由賢，不然也由賢。鼻孔莫遺他人穿〔一七〕。」又《答國寶》云：「幻人誰拙復誰能，游戲何妨傀儡棚〔一八〕。凡事不堪君莫怪，儂家面目得人憎。」又云：「忽然識破虛空我，六合縱横更有誰。」正大壬辰〔一九〕，參知政事宗室思烈行臺洛陽〔二〇〕。以知非有重名〔二一〕，力致之，使參議臺事。城陷，不知所終。子升卿，有賦聲，早卒。

【校】

① 曾：毛本作「存」。

②腹：毛本作「腑」。
③韶：毛本作「繁」。

【注】

〔一〕洺州：金州名，屬河北西路，今河北省永年縣。
〔二〕差除：官職任命。
〔三〕可否：可以不可以；能不能。句謂與郎官意見不一致，産生矛盾。
〔四〕登封：此處指嵩山。盧氏山，在洛西盧氏縣。劉祁《歸潛志》卷五王彧小傳：「睹時政將亂，一旦棄妻子，徑入嵩山，剪髮爲頭陀。」
〔五〕「曾見」句：用宋玉典故。戰國楚宋玉《登徒子好色賦》：「（宋）玉曰：『天下之佳人，莫若楚國；楚國之麗者，莫若臣里；臣里之美者，莫若臣東家之子。臣東家之子，增之一分則太長，減之一分則太短；著粉則太白，施朱則太赤。眉如翠羽，肌如白雪，腰如束素，齒如含貝。嫣然一笑，惑陽城，迷下蔡。然此女登牆闚臣三年，至今未許也。』」
〔六〕「忽驚」句：用漢武帝夢李夫人典。晉王嘉《拾遺記》卷五：「帝息于延凉室，卧夢李夫人授帝蘅蕪之香。帝驚起，而香氣猶着衣枕，歷月不歇。帝彌思求，終不復見，涕泣洽席，遂改延凉室爲遺芳夢室。」二句皆以美人喻花。
〔七〕「錦韈」句：用楊貴妃典。宋王楙《野客叢書》卷二十二「楊妃韈事」：「李肇《國史補注》言，楊妃死于馬嵬梨樹下，店媪得錦韈一隻，過客傳玩，每出百錢，由此致富。《玄宗遺録》又載，高力士於妃子臨刑遺一韈，取而懷之。後玄宗夢妃子云云，詢力士曰：『妃子受禍時遺一韈，汝收乎？』力士因進之。玄宗作妃子所遺羅韈銘，有曰：『羅韈羅韈，香塵生不絶。』」又唐劉禹錫《馬嵬行》：「不見巖畔人，空見陵波襪。郵童愛蹤跡，私手解鞶結。傳看千萬眼，縷絶香不歇。」

〔八〕「綵灰」句：用綵灰酒典故。唐杜荀鶴《松窗雜録》：「唐進士趙顔，於畫工處得一軟障，圖一婦人甚麗。顔謂畫工曰：『世無其人也。如可令生，余願納爲妻。』畫工曰：『余，神畫也。此亦有名，曰真真。呼其名百日，晝夜不歇，即必應之。應，則以百家綵灰酒灌之，必活。』」後遂用「綵灰酒」爲返魂之典。若爲腸：怎能傾訴衷腸。

〔九〕懷夢草：神話傳説中的草名。謂懷之可以夢見自己想夢見的人。舊題漢郭憲《洞冥記》卷三：「種火之山，有夢草，似蒲，色紅，晝縮入地，夜則出，亦名懷夢。懷其葉，則知夢之吉凶，立驗也。帝（漢武帝）思李夫人之容不可得，朔（東方朔）乃獻一枝，帝懷之，夜果夢李夫人。」

〔一〇〕返魂香：即返生香，傳説中能令死人復活的一種香。《太平御覽》卷九五二引《十洲記》：「聚窟洲中，申未地上，有大樹，與楓木相似，而華葉香聞數百里，名爲返魂樹。於玉釜中煮取汁，如黑粘，名之爲返生香。香氣聞數百里，死屍在地，聞氣乃活。」返魂：又指梅花。據吴景旭《歷代詩話》，唐韓偓詩：「玉爲通體尋常見，香號返魂容易回。」此詩題云：「嶺南梅花，一歲再發，故言返魂也。」後人多用此典，如蘇軾《岐亭道上見梅花戲贈季常》：「蕙死蘭枯菊亦摧，返魂香入嶺頭梅。」

〔一二〕薤露：樂府《相和曲》名，古代挽歌。晉崔豹《古今注》卷中：「《薤露》、《蒿里》，並喪歌也。出田横門人，横自殺，門人傷之，爲之悲歌，言人命如薤上之露，易晞滅也，亦謂人死，魂魄歸乎蒿里……至孝武時，李延年乃分爲二曲，《薤露》送王公貴人，《蒿里》送士大夫庶人，使挽柩者歌之，世呼爲挽歌。」

〔一三〕青帝：古代神話中的五天帝之一，指位於東方的司春之神，又稱蒼帝、木帝。唐黄巢《題菊花》：「他年我若爲青帝，報與桃花一處開。」

〔一三〕班姬：指西漢女文學家班倢伃。成帝時被選入宫，立爲倢伃。後爲趙飛燕所譖，退處東宫，作賦自傷。成帝去世後，充奉園陵。唐劉駕《皎皎詞》：「班姬入後宫，飛燕舞東風。」

〔一四〕專房：猶專夜，專寵。唐陳鴻《長恨歌傳》：「行同室，宴專席，寢專房。」

〔一五〕證道：指唐代高僧玄覺（六六五——七一三）所作《永嘉證道歌》。此歌有二千多字，闡述悟道修行之心得，收入《大藏經·諸宗部》。明徐應秋《玉芝堂談薈》卷一五：「先天元年，玄覺參曹溪六祖，一見語合，遽歸永嘉，著《證道篇》。」新豐：指唐代高僧良價禪師所作《新豐吟》。良價，俗姓俞，筠州會稽（今浙江會稽）人，禪宗曹洞宗的開山祖師。

〔一六〕東君：司春之神。宋辛棄疾《滿江紅·暮春》詞：「可恨東君，把春去，春來無跡。」

〔一七〕「鼻孔」句：比喻爲別人所操縱，控制。《資治通鑑·後梁均王貞明元年》：「天子愚暗，聽人穿鼻。」胡三省注：「論之以牛，爲人穿鼻旋轉，前卻一聽命於人，以鼻爲所制也。」

〔一八〕傀儡棚：演傀儡戲的場所。

〔一九〕壬辰：金哀宗天興元年（一二三二）歲次壬辰。

〔二〇〕思烈：宗室完顔思烈。行臺：臺省在外者稱行臺。魏晉始有之，爲出征時隨其所駐之地設立的代表中央的政務機構，北朝後期，稱尚書大行臺，設置官屬無異於中央，自成行政系統。唐貞觀以後漸廢。金、元時，因轄境遼闊，又按中央制度分設於各地區，有行中書省（行省），行樞密院（行院），行御史臺（行臺），分別執掌行政，軍事及監察權。

〔二一〕重名：盛名，很高的名望或很大的名氣。

禪頌三首〔一〕

昧己全拋大事憂〔二〕，爲渠剛攬等閑愁〔三〕。　桑榆晚景無多子〔四〕，針芥人身豈易投〔五〕。

【注】

〔一〕禪頌：指偈頌，佛經中的唱頌詞，通常以四句爲一偈。

〔二〕大事：佛家指生死大事。《報恩論》：「如來爲一大事因緣出現於世。一大事因緣者，死生是也。」

〔三〕渠：他。等閑：輕易。唐劉禹錫《竹枝詞》：「長恨人心不如水，等閑平地起波瀾。」

〔四〕桑榆晚景：夕陽斜照桑榆時的黄昏景象。《初學記》卷一引《淮南子》：「日西垂景在樹端，謂之桑榆。」後用以比喻垂老之年。

〔五〕針芥：被磁石吸引的針和被琥珀吸引的芥。《三國志·吴志·虞翻傳》：「虞翻字仲翔，會稽餘姚人也。」裴松之注引三國吴韋昭《吴書》：「虎魄不取腐芥，磁石不受曲鍼。」磁石引針，琥珀拾芥，因以「針芥相投」謂相投契。《續傳燈録·紹燈禪師》：「受具之後，瓶錫游方，造玉泉芳禪師法席，一見針芥相投，筌蹄頓忘。」

又

閑日搆來忙日用〔一〕，此生迷卻再生休〔二〕。鼻頭捩轉從今始〔三〕，看作回程火裏牛〔四〕。

【注】

〔一〕搆：通「購」。購買。

〔二〕迷卻：不覺悟。再生：來生。

〔三〕捩轉：掉轉，扭轉。

〔四〕回程火裏牛：同安察禪師《十玄談·玄機》：「撒手那邊千聖外，迴程堪作火中牛。」

又

吾身非我底爲情〔一〕，説着塵勞特地驚〔二〕。五九盡時山更好〔三〕，澗泉雲鳥自春聲。

【注】

〔一〕吾身非我：佛教謂「人無我，法無我」，認爲萬法皆無自性，故云。底：何，什麽。

〔二〕塵勞：佛教徒謂世俗事務的煩惱。因煩惱能染汙心性，猶如塵垢之使身心勞累。

〔三〕五九：數九中的第五個九日。諺曰：「交五九，消井口；春打六九頭。」句謂五九盡，春天到。意指經過參禪，悟後即進入新的境界。

又頌

放下情懷觸處安〔一〕，生涯取取没多般〔二〕。褐衣襤褸聊遮赤〔三〕，短髮鬅鬙底用冠〔四〕。一榻省緣資困歇〔五〕，一匙隨分了飢飡〔六〕。也知苦澀人人笑〔七〕，烈日初心不敢謾〔八〕。貞祐末，行臺都尉南征〔九〕，獲武經進士李申之於盱眙〔一〇〕。左右司郎中劉光謙達卿、潤文官李獻能欽叔愛其才辯〔一一〕，欲活之，以避嫌不敢也。乃託以問事機〔一二〕，令軍中羈管之〔一三〕。申之作詩贈主囚者，云：「一飯感君無地報，寸心許國只天知。明朝定作長淮鬼，馬革仍煩爲裹屍。」又云：「胸中萬古横鍾阜〔一四〕，一死鴻毛斷不移。」又獻書都尉云：「金國歲歲南侵，計所得不能一二州，而軍力折耗殆盡，今歲此舉，亦曾慮人有議其後，何以禦之乎？爲公計者，不若此南軍大舉斂兵而退，雖屢出無功，得全師而返，猶可自救。不然，師老食殫，困頓于堅城之下，讒間一行〔一五〕，則公受禍不久矣。某軍敗而死，固其所也。乞于盱眙城下，責以不降之罪，以一死見處，使人人知之，則都尉亦于名教有功。」書上之明日，申之謀遁歸，不果，乃殺之。欽叔説其臨刑回面南向，欣然就戮，甚嗟惜之。予謂申之「胸中萬古横鍾阜」與王知非「烈日初心不敢謾」，皆烈丈夫語〔一六〕，故附見於此。

【注】

〔一〕觸處：到處，隨處。

〔二〕生涯：原謂生命有邊際、限度。後泛指生命、人生。語本《莊子·養生主》：「吾生也有涯，而知也無涯。」取取：區區。小；少。形容微不足道。多般：多種多樣。

〔三〕褐衣襤褸：破舊的粗布衣服。赤：外表無所遮飾；裸露。

〔四〕鬅鬙：頭髮散亂貌。底用：何用。哪里用。

〔五〕省緣：簡省緣飾。句言坐榻不必文飾，簡陋到可以休息解困即可。

〔六〕隨分：隨便；就便。

〔七〕苦澀：又苦又澀的味道。指簡樸艱澀的境況。

〔八〕初心：本心。謾：欺騙；蒙蔽。《墨子·非儒下》：「且夫繁飾禮樂以淫人，久喪僞哀以謾親。」畢沅校注引《説文》：「謾，欺也。」句謂光天化日之下，不敢自欺本心。

〔九〕行臺都尉南征：此次南征，金兵統帥是僕散安貞，俘獲李申之在興定三年二月。事見《金史·宣宗本紀中》。

〔一〇〕武經進士：武舉進士。武經：宋時武試，選定《孫子》、《吴子》、《六韜》、《司馬法》、《三略》、《尉繚子》、《李衛公問對》等七種兵書，供應武舉者研習，名《武經七書》，簡稱《武經》。李申之：時爲宋軍統制官。盱眙：地名，今江蘇省盱眙市。宋金交戰區，歸屬幾易。

〔一〕才辯：才智機辯。

〔二〕事機：機密重要之事。

〔三〕羈管：拘禁管束。

〔四〕鍾阜：山名。即紫金山。在今江蘇省南京市東北。三國吴孫權避祖諱，更名蔣山。至宋復名鍾山。

〔五〕讒間：讒言離間。

〔六〕烈丈夫：剛正有氣節的男子。

無事道人董文甫 八首

文甫字國華，潞人〔一〕，承安中進士。爲人淳質〔二〕，恬于世味〔三〕，於心學有所得〔四〕。人知尊敬之，而不知其所以得也。子安仁，亦學道。父子嘗閑居寶豐〔五〕，閉户不出，以習靜爲業〔六〕，朝夕不繼，晏如也〔七〕。國華歷金昌府判官、禮部員外郎、昌武軍節度副使〔八〕。正大中，以公事至杞縣〔九〕，自知死期，作書與家人及同官，又作詩貽杞縣令佐。詩畢，擲筆于地，以扇障面而逝。有和太白山明和尚牧牛圖詩，刻石於洛陽，其引云：「夫人有等差〔一〇〕，教分頓漸〔一一〕。上根之人〔一二〕，一聞千悟〔一三〕，不落階級。中智而下〔一四〕，必由漸進。此人牛次第，不得不立。心性動靜，徼妙有無〔一五〕，學者所宜諦觀也〔一六〕。以人牧牛，是動而有制，從有以觀其徼者也。進進而不已，則漸至於回首馴服，從無以觀其妙者也。有入于無，徼及于妙，固善矣，又不如靜而無礙之爲愈也。靜而無礙，又不如兩忘雙泯之入神也。若夫人牛兩忘，明月獨照，恍然俱失所在。當是時也，吾將離形去智，神亦無功，同于大通〔一七〕，與道爲一。則向之人牛，亦筌蹄中一微塵耳〔一八〕。吾儒所謂盡心盡性者，無外於是。因借明和尚韻，再下一轉語〔一九〕，會心者必能知之。」詩不録。

【注】

〔一〕潞：潞州，金代屬河東南路，治今山西省長治市。

〔二〕淳質：敦厚質樸。

〔三〕世味：指功名宦情。

〔四〕心學：猶言思想修養。宋范成大《寄題筠州錢有文明府新昌小道院》：「忠厚平生心學，敏明隨處民功。」

〔五〕寶豐：縣名，金代屬南京路汝州，今河南省寶豐縣。

〔六〕習靜：以呼吸、静坐、導引等爲手段的養生方式。亦指過幽静生活。

〔七〕晏如：安定，安然。三國魏嵇康《幽憤詩》：「與世無營，神氣晏如。」

〔八〕金昌府：即河南府，治洛陽。昌武軍：南京路許州下置。

〔九〕杞縣：金縣名，屬南京路開封府，今河南省杞縣。

〔一〇〕等差：等級次序；等級差别。

〔一一〕頓漸：佛教語。頓悟、漸悟或頓教、漸教的並稱。《壇經·頓漸品》：「于時兩宗盛化，人皆稱南能北秀，故有南北二宗頓漸之分。」

〔一二〕上根：佛家語。上等根器。指對佛法的領悟程度屬於上等。《魏書·釋老志》：「初根人爲小乘，行四諦法；中根人爲中乘，受十二因緣；上根人爲大乘，則修六度。」

〔一三〕一聞千悟：形容悟性極高。謂略一指點，即完全了悟。《景德傳燈録·汾州大達無業國師》：「得大總持，一聞千悟。」

〔一四〕中智：中等才智。

〔一五〕微妙：精微；微妙。語出《老子》：「故常無，欲以觀其妙；常有，欲以觀其徼。」

〔一六〕諦觀：審視，仔細看。

〔一七〕大通：通于大道。謂順應自然。《淮南子·詮言訓》：「聖人無屈奇之服，無瑰異之行，服不視，行不觀，言不議，通而不華，窮而不懾，榮而不顯，隱而不窮，異而不見怪，容而與衆同。無以名之，此之謂之通。」

〔一八〕筌：捕魚竹器；蹄：捕兔網。筌蹄：比喻達到目的之手段或工具。語出《莊子·外物》：「筌者所以在魚，得魚而忘筌；蹄者所以在兔，得兔而忘蹄。」

〔一九〕轉語：佛教語。禪宗謂撥轉心機，使之恍然大悟的機鋒話語。如雲門三轉語、趙州三轉語等。宋陳善《捫蝨新話·悟百丈不昧因果》：「某甲對云：『不落因果，遂五百生，墜野狐身，今請和尚代一轉語，責脱野狐身。』」

秋夜

見即如無爐上雪〔一〕，淡而有味水中鹽〔二〕。齊行定慧千燈焰〔三〕，淨識乾坤一鏡奩〔四〕。

【注】

〔一〕爐上雪：佛教語謂「紅爐片雪」，喻實相非相的關係。《法華經大意》：「會我相人相衆相壽相，如紅爐片雪，了無踪跡。」

〔二〕水中鹽：無形但有味。佛教以喻實相非相的關係。《金剛經注解》：「達摩祖師曰：『若解實相，即見非相。若了非相，其色亦然。當於色中不生色體，於非相中不礙有也。正猶水中鹽味，色裏膠青，决定是有，不見其形，此之謂也。』」

〔三〕齊行：並行；一齊走。定慧：定學與慧學的並稱。定，禪定；慧，智慧。《法華經·序品》：「佛子定慧具足。」千燈焰：喻指悟得佛理，心地清淨明朗。《嘉泰普燈録》卷第二十五：「所謂一切衆生妙圓覺心，本無生滅……如百千燈，光照一室。其光圓滿，無壞無雜。」

〔四〕淨識：亦名清淨識。佛教指一切衆生清淨本源心地，諸佛如來所證法身果德。染淨俱泯，纖塵不立。鏡奩：鏡匣。喻天地之明淨。

晝眠

莊周先我復天真〔一〕，化蝶飛來管領春〔二〕。我亦莊周周亦蝶，不知若箇是真身〔三〕。

【注】

〔一〕莊周：莊子，名周。天真：指不受禮俗拘束的品性。語自《莊子·漁父》：「禮者，世俗之所爲也；真者，所以受於天也，自然不可易也。故聖人法天貴真，不拘於俗。」

〔二〕「化蝶」句：用莊周夢蝶典故。《莊子·齊物論》：「昔者莊周夢爲蝴蝶，栩栩然蝴蝶也，自喻適志與！不知周也。俄然覺，則蘧蘧然周也。不知周之夢爲蝴蝶與，蝴蝶之夢爲周與？周與蝴蝶，則必有分矣。此之謂物化。」管領：領受。

〔三〕若箇：哪個。真身：本來面目。指不加飾僞的真相，在禪門中指真心、本性。

審是堂

按劍人人駭夜光〔一〕，蜀雞合道勝鸞凰〔二〕。飛蛾可是無分別〔三〕，直道油燈是太陽。

【注】

〔一〕「按劍」句：《史記·魯仲連鄒陽列傳》：「臣聞明月之珠，夜光之璧，以闇投人於道路，人無不按劍相眄者，何則？無因而至前也。」按劍：以手撫劍，預示擊劍之勢。夜光：夜光璧。

〔二〕「蜀雞」句：《笑林》載：楚人有擔山雞者，路人問曰：「何鳥也？」擔者欺之曰：「鳳皇也！」路人曰：「我聞鳳皇久矣，今真見之，汝賣之乎？」乃酬千金，弗予；請加倍，乃與之。後人用以比喻不辨真僞。蜀雞：大雞。二句言人們不識真假優劣，對不期而至的夜光璧驚拒不受，卻説蜀鷄勝於鳳凰。

〔三〕飛蛾：蛾子。有趨光的習性。晉崔豹《古今注·蟲魚》：「飛蛾善拂燈，一名火花，一名慕光。」可是：真是。

文中子續經〔一〕

紛紛述作史才雄〔二〕，聽似秋來百草蟲〔三〕。不是春雷轟蟄窟〔四〕，蚓蛇會得化成龍〔五〕。予嘗以王氏六經爲問〔六〕，先生云：「王氏六經，以權道設教〔七〕，雖孔子亦然。但後人不能知之耳。」因以此詩見示。

【注】

〔一〕文中子：王通，字仲淹，號文中子，河東龍門人。隋末大儒。受家學薰陶，精習《五經》。曾任蜀郡司户書佐、蜀王侍讀。後辭官歸鄉，以著述和教學弘揚儒學，用九年時間著成《續六經》：「續《書》以存漢、晉之實，續《詩》以辯六代之俗，修《元經》以斷南北之疑，贊《易》道以申先師之旨，正《禮》《樂》以旌後王之失。」

〔二〕述作：指撰寫著作。述：傳承。作：創新。史才：修史的才能。唐劉知幾《史通·覈才》：「夫史才之難，其難甚矣。」

〔三〕秋來百草蟲：謂後世那些「紛紛述作」者大多人云亦云，如秋蟲鳴叫，少氣無力。

〔四〕春雷轟蟄窟：春雷始鳴，驚醒了蟄伏於地下冬眠的昆蟲。此處指王通的《續六經》似春雷陣陣，振聾發聵，驚醒衆人。

〔五〕蚓蛇：蛇。會得：能夠。二句謂假如没有王著面世，那些「紛紛述作」就會混淆黑白，讓人信以爲是。趙秉文《中説類解引》云：「文中子，聖人之徒與？孔孟而後，得其正傳，非諸子流也。」

〔六〕予：元好問。

〔七〕權道：變通之道。

臨終詩四首

無情喪主没錢僧〔一〕，送上城南無事人〔二〕。撿盡傳燈無盡録〔三〕，更無公案遮番新〔四〕。

【注】

〔一〕喪主：喪事的主持人。舊喪禮以死者嫡長子爲喪主；無嫡長子，則以嫡長孫充任。若當家無喪主，則依次以五服内親、鄰家、里尹來擔任。

〔二〕無事人：禪家指擺脱一切束縛，自由自在的人。此用指無事道人自己。

〔三〕傳燈：即傳燈録。佛教禪宗記載歷代祖師禪機語録的著作。

〔四〕公案：佛教禪宗指前輩祖師的言行範例。遮番：這次。

又

生有地，死有處，萬牛不能移一步〔一〕。一輪明月印天心〔二〕，此是渠儂住處住〔三〕。

【注】

〔一〕萬牛：喻指牽引力之大。句言人生死有定數，誰也無法改變。

〔二〕天心：天空中央。李白《臨江王節士歌》：「白日當天心，照之可以事明主。」

〔三〕渠儂：方言。他。元高德基《平江記事》：「嘉定州去平江一百六十里，鄉音與吴城尤異，其并海去處，號三儂之地。蓋以鄉人自稱曰『吾儂』、『我儂』，稱他人曰『渠儂』，問人曰『誰儂』。」住處：居住的處所。

又

白髮三千丈〔一〕，紅塵六十年〔二〕。只今無見在〔三〕，虚費草鞋錢〔四〕。

【注】

〔一〕白髮三千丈：用李白《秋浦歌》詩句。

〔二〕紅塵：指塵世間。

〔三〕無見：指未明心見性，未徹底證悟。

〔四〕草鞋錢：禪家指行脚參禪。

又

今古一輪月，分明印碧霄〔一〕。門門蟾影到〔二〕，處處桂香飄。不起眼中暈〔三〕，何勞指上標〔四〕。真空渾照破〔五〕，歸去杖頭挑〔六〕。

【注】

〔一〕碧霄：青天。

〔二〕蟾影：月影；月光。

〔三〕眼中暈：佛教謂「眼中空花」。指隱現于病眼者視覺中的繁花狀虚影。比喻紛繁的妄想和假相。《楞嚴經》卷四：「亦如翳人，見空中華；翳病若除，華於空滅。」

〔四〕指上標：佛教謂「以手指月」。以指譬教，以月比法。《楞嚴經》卷二：「如人以手指月示人，彼人因指，當應看月。若復觀指，以爲月體，此人豈唯亡失月輪，亦亡其指。」

〔五〕渾：全。

〔六〕杖頭挑：《列祖提綱録》卷第四十一：「古梅友禪師中秋上堂：『衲僧家，没來由。天不管，地不收。杖頭挑日月，隨處逞風流。』」

△隱德

薛繼先 四首

繼先字曼卿，猗氏人〔一〕。少日三赴廷試〔二〕，南渡後隱居洛西山中，課童子學。事母孝，與人交，謙遜和雅，所居人化之。子純孝，字方叔，有父風。客有詐爲曼卿書就方叔取物者，曼卿年已老，狀貌如少壯人，客不知其爲曼卿，而以爲方叔也，而與之書，曼卿如書所取物付之，雖其家人，亦不以語之也①。監察御史石玠子堅，行部過曼卿〔三〕，曼卿避不之見。或言：「君何無鄉曲情耶〔四〕？」曼卿曰：「君未之思耳。凡今時政，未必皆善。石御史一有所劾，則必謂自我發之。同惡相庇，他日并鄰里有受禍者。」其畏慎類此〔五〕。正大末，司農卿楊慥叔玉、丞康錫伯禄薦曼卿與汴人高仲振、武陟宋可、武清張潛、磁陽曹珏、大名王汝梅隱操不減古人〔六〕。朝廷議授以官，以兵亂不果。曼卿喜作詩，工于賦物，如《松化石》云：「瘦見千年傲霜骨，鍊成一片補天心。」時人稱焉。壬辰之亂〔七〕，病没于宜陽〔八〕。仲振字正之，系出遼東，其兄領開封鎮兵。正之幼就舉選，年四十後，即以家業付其兄，挈妻子居嵩山。於書無不讀，而以《易》、《皇極》書爲業〔九〕，安貧樂道，不入城市。山野小人，亦知敬之。王汝梅、張潛從之學。三人行山谷間，人望正之風袖翩然，如欲仙而未舉也。張、王説正之嘗遇異人，教之養生。呼吸吐納〔一〇〕，日以爲常，靈氣時至，安坐不動，而骨節戛戛有聲。恍惚中時與真靈接對〔一一〕，所談皆世外事，既不以語人，故無得而傳。

潛字仲升，有志節，慕荆軻、聶政之爲人〔一二〕。三十歲後乃折節讀書②〔一三〕。太學諸人〔一四〕，高其行義〔一五〕，有「張古人」之目。客嵩山，從正之學《易》，五十歲始娶妻。妻魯山孫氏，亦有賢行。夫婦相敬如賓，負薪拾穗，行歌自得。大用與之同業〔一六〕，而生理優贍〔一七〕，憐高張之貧，時有餽餉〔一八〕，皆謝不受。鄉里爲仲升劚瓜田，瓜熟，仲升約中分之，以償其勤。衆不忍，但小摘而去，仲升亦棄瓜不收。衆如約，然後取食之。嘗行道中，拾得一斧，夫婦計度移時〔一九〕，乃持歸，就訪其主歸之。所居寺莊，有兄弟分財致諍者，其弟指仲升所居曰：「我家如此，獨不畏張先生笑人耶？」天興之兵，避於少室絶頂。時世已亂，寇敓暴横〔二〇〕，無復人理。仲升不甘與之處，閉口不食，七日而死。婦隨亦投絶澗中。汝梅字大用，律學出身〔二一〕，伊陽簿〔二二〕，秩滿〔二三〕，遂不出。性嗜讀書，動有禮法。生徒以法理就學者，兼以經學授之。後生輩服其教，無敢爲非義者。可字予之，貞祐之兵，其姑嫁大姓稾氏，夫與子皆兵死，而貲産獨在〔二四〕。姑以白金五十笏遺予之，予之受不辭。一日，姑得稾之疏屬立爲後〔二五〕，挈之省外家〔二六〕，予之置酒會鄉鄰，且謂姑言：「姑往時遺可以金，可以稾氏無子，故受之。姑今有子矣，此金稾氏物，非姑物也，我何名取之。」因呼妻子舁金出，歸之稾氏。

鄉里用是重之。大兵再駐山陽〔二七〕，軍中有聞予之之名者，問知所在，質其子，使人招之曰：「肯從我者，禍福與公共之。不然，公之子死矣。」親舊競勸之往，予之不從，曰：「吾有子無子，與吾兒之死與生，皆有命焉。豈以一子故，併平生所守者而亡之乎？」其後，予之竟以無子死。珏字子玉，早歲有賦聲。誠實樂易〔二八〕，世俗機械事〔二九〕，皆所不知。喜賓客，款於接物，無書生氣習。從之游者，樂之而不厭也。六人者，喪亂後，惟子玉居弘州〔三〇〕，十二年乃終。

【校】

① 語之：毛本作「與知」，李本作「與之」。

② 三十歲後：毛本作「三十歲」。

【注】

〔一〕猗氏：縣名，金時屬河東南路河中府，今山西省臨猗縣。

〔二〕廷試：科舉制度會試中式後，由皇帝親自策問，在殿廷上舉行的考試。通常稱殿試。《宋史·選舉志一》：「凡廷試，帝親閱卷累日，宰相屢請宜歸有司，始詔歲命官知舉。」

〔三〕石玠：字子堅，河中人。崇慶二年進士。以汝州防禦使行侍郎。見《金史·武仙傳》。行部：謂巡行所屬部域，考核政績。

〔四〕鄉曲：家鄉，故里。石玠與繼先皆爲河中府人，故云。

〔五〕畏慎：戒惕謹慎。

〔六〕楊慥叔玉：楊慥，字叔玉，代州五臺（今山西省五臺縣）人。承安五年進士。入爲尚書省令史，拜監察御史，侍御史，京西大農司丞，京南司農卿，户部侍郎，權尚書。有相望，資雅重，事無巨細，處之皆有法。工於詩文。《中州集》卷九有小傳。康錫伯禄：康錫，字伯禄，沃州寧晉（今河北省寧晉縣）人。崇慶二年進士。歷任監察御史、右司都事、大司農丞等職。《金史》卷一一一有傳，《中州集》卷八有小傳。武陟：縣名，金時屬河東南路懷州，今河南省武陟縣。武清：金縣名，屬中都路大興府，今天津市武清區。磁陽：金縣名，屬河北西路磁州，今河北省磁縣。大名：金府名，屬大名府路大名府，今河北省大名縣。隱操：恬退的操守。

〔七〕壬辰之亂：金哀宗天興元年（一二三二）蒙古軍圍汴京。

〔八〕宜陽：金縣名，屬南京路河南府，今河南省宜陽縣。

〔九〕易：《易經》。皇極：《皇極經世》，宋邵雍著，是一部運用易理、易數推究自然與社會演變的書。

〔一〇〕吐納：吐故納新。道家養生之術。三國魏嵇康《養生論》：「又呼吸吐納，服食養身，使形神相親，表裏俱濟也。」

〔一一〕真靈：真人，神仙。

〔一二〕荆軻：字次非，戰國時人。喜好讀書擊劍，爲人慷慨俠義，受燕太子丹之託入刺秦王，失敗被殺。

聶政：韓國軹（今河南省濟源市東南）人，以任俠著稱。聶政爲幫人報仇，刺殺韓相俠累於階上。因怕連累姊姊，遂以劍自毀其面。荆、聶二人事蹟，俱見《史記・刺客列傳》。

〔一三〕折節：强自克制，改變平素志行。

〔一四〕太學：國學。古代設於京城的最高學府。西周已有太學之名。漢武帝元朔五年（前一二四）初置，東漢大爲發展。魏晉到明清，或設太學，或設國子學（國子監），或兩者同時設立，名稱不一，制度亦有變化，但均爲傳授儒家經典的最高學府。金代五品以上官員的子弟方可入國子監太學。《金史・選舉一》：「凡養士之地曰國子監，始置於天德三年，後定制，詞賦、經義生百人，小學生百人，以宗室及外戚皇后大功以上親、諸功臣及三品以上官兄弟子孫年十五以上者入學，不及十五者入小學。大定六年始置太學，初養士百六十人，後定五品以上官兄弟子孫百五十人，曾得府薦及終場人二百五十人，凡四百人。」

〔一五〕行義：品行，道義。

〔一六〕大用：王汝梅，字大用，大名（今河北省大名縣）人。律學出身。同業：謂研習相同的學業；一同受業。

〔一七〕優贍：充足，富厚。

〔一八〕餽餉：饋贈。

〔一九〕計度：計量估算失主尋找失物的時間。移時：超過一個時辰。古以十二地支計時，一時辰等於現在兩小時。

〔二〇〕寇敓：搶奪。

〔二一〕律學：法律之學，舉試科目。金代科舉設律學。《金史·選舉一》：「金設科皆因遼、宋制，有詞賦、經義、策試、律科、經童之制。」

〔二二〕伊陽：金縣名，屬南京路嵩州，今河南省嵩縣。

〔二三〕秩滿：謂官吏任期屆滿。

〔二四〕貲産：財産。貲，通「資」。

〔二五〕疏屬：遠宗，旁系親屬。

〔二六〕外家：指外祖父、外祖母家。

〔二七〕山陽：金縣名，屬河東南路懷州，興定四年改隸輝州。今河南省焦作市山陽區。

〔二八〕樂易：和樂平易。《荀子·榮辱》：「安利者常樂易，危害者常憂險；樂易者常壽長，憂險者常夭折。」楊倞注：「樂易，歡樂平易也，《詩》所謂愷悌者也。」

〔二九〕機械：巧詐，機巧。《淮南子·原道訓》：「故機械之心，藏於胸中，則純白不粹，神德不全。」高誘注：「機械，巧詐也。」

〔三〇〕弘州：遼金州名，金代屬西京路，治今河北省陽原縣。

九日感懷　曼卿〔一〕

衰年易感我今知〔二〕，無訝騷人動楚悲〔三〕。故國久拋兵劫後〔四〕，佳辰多負菊花期〔五〕。一時蘭艾同凋落〔六〕，兩鬢雪霜仍别離。高世輸他陶靖節〔七〕，悠然高興滿東籬〔八〕。

【注】

〔一〕九日：指農曆九月九日重陽節。《藝文類聚》卷四引南朝梁吴均《續齊諧記》：「今世人每至九日，登山飲菊酒。」

〔二〕衰年易感：《晉書·王羲之傳》：「謝安嘗謂羲之曰：『中年以來傷於哀樂，與親友别，輒作數日惡。』羲之曰：『年在桑榆，自然至此。』」

〔三〕騷人動楚悲：指悲秋。屈原《九章·抽思》：「悲秋風之動容兮，何回極之浮浮。」宋玉《九辯》：「悲哉，秋之爲氣也。蕭瑟兮，草木摇落而變衰。」騷人：屈原作《離騷》，因稱屈原或詩人爲騷人。

〔四〕故國：故鄉。唐曹松《送鄭谷歸宜春》：「無成歸故國，上馬亦高歌。」句言離鄉背井，避亂南渡已久。

〔五〕菊花期：指重陽節。唐王維《奉和對制重陽節宰臣及群官上壽應制》：「無窮菊花節，長奉柏梁篇」。

〔六〕蘭艾：蘭草與艾草。蘭香艾臭。蘭艾同凋落：不分好壞，全被毀壞，有玉石俱焚之意。

〔七〕高世：清高脱俗，出塵離世。陶靖節：陶潛，字元亮，世稱靖節先生。

〔八〕「悠然」句：化用晉陶淵明《飲酒》其五：「采菊東籬下，悠然見南山。」

過洛陽 予之〔一〕

西來東去洛陽城，千尺浮圖了送迎〔二〕。十日酒旗歌板地〔三〕，白頭孤客可憐生。

【注】

〔一〕予之：宋可，字予之，武陟（今河南省武陟縣）人。《金史》卷一二七本傳引自《中州集》卷九「薛繼先」小傳。詩爲宋可所作，附録於此。

〔二〕浮圖：佛教語。指佛塔。句言自己來去洛陽，遠處看到千尺佛塔，似乎在深情迎送。

〔三〕酒旗：即酒簾。酒店的標幟。歌板：即拍板，樂器。歌唱時用以打拍子，故名。唐李賀《酬答》其二：「試問酒旗歌板地，今朝誰是拗花人？」

寄人宰縣 仲升〔一〕

縣務無難易，人才自異同。割雞良暫屈〔二〕，製錦要專工〔三〕。積弊姦贓後〔四〕，遺黎喘汗中〔五〕。不存憂世志〔六〕，底用讀書功。嫉惡看平日〔七〕，知君有古風〔八〕。莫教循吏傳〔九〕，獨載魯山翁〔一〇〕。載，方言作上聲呼。

【注】

〔一〕詩題：元好問居嵩山時與張仲升交誼甚厚。正大四年，元好問令內鄉，張潛作此詩寄贈。元好問《八聲甘州》序云：「同張古人觀許由冢。古人名潛，字仲升。」宰縣：任縣令。張潛，字仲升，武清（今天津市武清區）人。少有志節，三十後入太學，人目爲張古人。客嵩山，從高仲振學《易》。貧而不貪，爲鄉人所重。天興中避兵，絕食而終。《金史》卷一二七本傳引自《中州集》卷九「薛繼先」小傳。

〔二〕「割雞」句：《論語·陽貨》：「子之武城，聞絃歌之聲，夫子莞爾而笑曰：『割雞焉用牛刀？』」後用「割雞」指縣令之職。句言元好問任縣令乃牛刀小試，暫時委屈而已。元好問曾作《自菊潭丹水還寄崧前故人》回應此詩，其中有「正有牛刀恐亦難」「寄與同聲別後看」等句。

〔三〕「製錦」句：《左傳·襄公三十一年》：「子皮欲使尹向爲邑。子産曰：『少，未知可否。』子皮曰：『愿，吾愛之，不吾叛也。使夫往而學焉，夫亦愈知治矣。』子産曰：『不可……子有美錦，不使人學製焉。大官、大邑，身之所庇也，而使學者製焉，其爲美錦不亦多乎？』」後用「製錦」稱賢者出任縣令。專工：專門工於其事。

〔四〕積弊：指積久的弊端。姦贓：謂不法受賄。

〔五〕遺黎：劫後殘留的人民。喘汗：喘氣流汗。二句言内鄉人民飽受天災人禍的煎熬，處於水深火熱之中。

〔六〕憂世：爲時世或世事而憂慮。

〔七〕嫉惡看平日：元好問曾以此句稱美任王屋、登封縣令的薛居中（字鼎臣），《薛明府去思口號七首》其七：「疾惡看平日，天然御史材。」

〔八〕古風：古人之風。

〔九〕循吏：守法循理的官吏。《史記・太史公自序》：「奉法循理之吏，不伐功矜能，百姓無稱，亦無過行。作《循吏列傳》第五十九。」《内鄉通考・職官考》：「元好問勞撫流亡，循吏也，不當徒以詩人目之。」

〔一〇〕魯山翁：元魯山，用唐人元德秀典故。元德秀（六九六——七五四）：字紫芝，世居太原（今屬山西），後移居河南陸渾（今河南省嵩縣）。唐開元進士。爲人寬厚，道德高尚，學識淵博，爲政清廉，名重當時。曾任魯山縣令，有惠政。天下高其行，不名，謂之元魯山。《舊唐書》入《文苑傳》，《新唐書》入《卓行傳》。

白髮感懷　子玉〔一〕

少年豪舉氣如虹〔二〕，今日蕭然一病翁〔三〕。曉鏡祇添頭上雪，春風不緑鬢邊蓬〔四〕。文章那作一錢直〔五〕，燈火空勞半世功〔六〕。擬築糟丘便歸老〔七〕，醉鄉何者是窮通〔八〕。

【注】

〔一〕子玉：曹珏，字子玉。滏陽（今河北省磁縣）人。性穎悟，有聲場屋，入太學，時人雅重。爲人正直清廉。南渡居方城，以教授爲業。金亡後流寓弘州，授徒於州學。元好問爲作《曹徵君墓表》，見《遺山集》卷二三。詩爲曹珏所作，附録於此。

〔二〕豪舉：舉止行爲豪放不羈。氣如虹：氣勢如虹，形容精神高昂。

〔三〕蕭然：衰敗，淒涼。

〔四〕緑：烏黑發亮的顔色。一般用於形容鬢髮。宋晏幾道《生查子》詞：「君貌不長紅，我鬢無重緑。」鬢邊蓬：指鬢髮。宋陸游《雜感》其五：「啼鶯驚斷尋春夢，惆悵新霜點鬢蓬。」

〔五〕「文章」句：李白《答王十二寒夜獨酌有懷》：「吟詩作賦北窗裏，萬言不直一杯水。」宋黄庭堅《次韻答楊子聞見贈》：「文章不直一杯水，老矣忍與時人爭。」

〔六〕燈火：指讀書學習。宋葉適《鞏仲至墓誌銘》：「仲至學敏而早成……宿艾駭服，以爲積數十年燈火勤力，聚數十家師友講明，猶不能到也。」

〔七〕糟丘：積糟成丘。極言釀酒之多，沉湎之甚。《尸子》卷下：「六馬登糟丘，方舟泛酒池。」

〔八〕醉鄉：指醉酒後神志不清的境界。唐王績《醉鄉記》：「醉之鄉，去中國不知其幾千里也。其土曠然無涯，無丘陵阪險。」窮通：困厄與顯達。